本书为教育部2011年人文社会科学研究青年项目"当代中国文学批评的政治文化生态研究"（11YJC751124）最终成果

本书获江汉大学学术著作出版资助

本书获湖北省重点人文社会科学研究基地·江汉大学武汉语言文化研究中心学术著作出版资助

当代中国文学批评的政治文化生态研究

张 贞 著

中国社会科学出版社

图书在版编目（CIP）数据

当代中国文学批评的政治文化生态研究/张贞著.—北京：中国社会科学出版社，2017.4

ISBN 978 - 7 - 5161 - 9189 - 7

Ⅰ.①当… Ⅱ.①张… Ⅲ.①当代文学—文学评论—研究—中国 Ⅳ.①I206.7

中国版本图书馆 CIP 数据核字（2016）第 261139 号

出 版 人	赵剑英	
选题策划	罗　莉	
责任编辑	刘　艳	
责任校对	陈　晨	
责任印制	戴　宽	

出　　版	中国社会科学出版社	
社　　址	北京鼓楼西大街甲 158 号	
邮　　编	100720	
网　　址	http://www.csspw.cn	
发 行 部	010 - 84083685	
门 市 部	010 - 84029450	
经　　销	新华书店及其他书店	

印　　刷	北京明恒达印务有限公司	
装　　订	廊坊市广阳区广增装订厂	
版　　次	2017 年 4 月第 1 版	
印　　次	2017 年 4 月第 1 次印刷	

开　　本	710×1000　1/16	
印　　张	14.5	
插　　页	2	
字　　数	243 千字	
定　　价	69.00 元	

凡购买中国社会科学出版社图书,如有质量问题请与本社营销中心联系调换
电话:010 - 84083683

目　　录

导　　论

　　现代社会以来，传统的"元理论"遭到普遍质疑，"文学批评"作为一个研究对象得到了空前的关注，学者们在对批评精神、批评方法、批评主体、批评话语的多话题讨论中建立了一种开放的、动态的、丰富的、复杂的、发展的研究体系。随着时代的发展和社会语境的转变，文学创作和文学批评都发生了变化，对"文学批评"的研究也随之有了新的进展。目前，学术界主要立足于现代社会的背景来研究"文学批评"的热点问题，如对消费社会语境中的文学批评形态的研究、对价值多元化时代文学批评的价值功能的探讨、对大众传媒影响下文学批评话语的改变的分析、对文学批评与文化批评关系的反思等。近年来，在对这些热点问题的研究中，"生态批评"逐渐成为一个关注重心。

　　"生态批评"是在生态学的基础上发展起来并延伸到文学批评领域的一种批评观念和批评立场，最初是指"关于文学与自然环境的关系的研究"。后来，生态批评的范围逐渐扩大，开始从更为宽泛的文化层面来考察文学艺术，不仅阐释人与自然的关系及其在文学作品中的反映，而且关注社会生态与精神生态，乃至用生态的思想观念——和谐的、动态平衡的观念来研究文学现象。正是在这一背景下，"文学批评生态"引起了学者们的关注。比如说，文学批评如何超越"中心论"和"二元论"，用去中心的、复杂的"生态整体主义"观念来评判文学现象；文学批评如何坚持"和谐美学观"，既正确地把握当前的文学生存空间、文学体制等宏观问题，也注重对各种具体的文学现象以及具体文本的深层细读，并积极寻求两者之间的动态平衡；文学批评如何立足于中国正在进行的现代化实践进程，科学地解决中国正在进行的现代化实践以及中国当代文艺发展之间的矛盾，促进当代中国文学批评的发展；文学批评如何在市场化的言说空间、消费化的言说方式和网络化的批评格局中应对视域全球化、传播媒介化、运作市场化的新型文学；文学批评如何处理马克思主义文学批评的中国化形态与中国古代文学批评的可持续发展等问题。问题的繁杂使文学批评生态研究呈现出多样化的发展趋势，就目前的研究现状来看，学者们对文学批评生态的研究还停留在一个众说纷纭的阶段，既缺少一个完整的体系，又在某些领域出现了过于泛化的现象。因此，从不同的角度对文学批评生态进行具体化、细化和深化的研究，并逐渐为文学批评生态研究建构一个完整的体系，是文学批评生态研究进一步展开的必然趋势。

在将文学批评生态研究进一步细化、具体化的过程中，文学批评的政治文化生态、学科知识生态、学术话语生态等，都具有重要的研究价值。其中，政治文化生态无论是从宏观层面还是从微观角度，都对当代中国文学批评的生存与发展产生了重要的影响和制约。

所谓"政治文化"，主要是指在一定社会语境中形成的国家、民族、阶级和集团所建构的政治规范、政治制度、政治体系，及其影响下的人们的政治心理、政治意识、政治态度、政治价值观等观念形态体系。这个概念由美国政治学家阿尔蒙德于 1956 年提出："政治文化是一个民族在特定时期流行的一套政治态度、信仰和感情。这个政治文化是由本民族的历史和现在社会、经济、政治活动进程所形成。"[1] 阿尔蒙德强调了政治文化是指"政治体系的心理方面"[2]，"是由认识上的、感情上的和价值上的因素组成的。它包括对政治现实的认识和意见，包括对政治和政治的价值观念的情感"[3]。沿着这一思路，西方政治文化研究者主要从"社会心理"层面展开对政治文化的深入拓展性研究，比如：阿尔蒙德、鲍威尔和沃巴从心理或主观角度出发，研究某种政治制度中所有成员关联政治生活一切方面的主观取向；伊斯顿从客观角度研究信念、规范、价值等对社会成员政治行为的影响；锡尼·维巴指出政

---

① ［美］加布里埃尔·A. 阿尔蒙德、小 G. 宾厄姆·鲍威尔：《比较政治学——体系、过程和政策》，曹沛霖、郑世平、公婷、陈峰等译，东方出版社 2007 年版，第 26 页。

② 同上书，第 14 页。

③ ［美］G. 阿尔蒙德：《政治文化研究的回顾与展望》，李黎译，《国外社会科学》1988 年第 8 期。

治文化"不是指正在政治领域中发生的事情，而是指人们对这些事情所抱的信念"①，白鲁恂主张集中研究那些对政治制度运行起作用的关键心理元素等。也就是说，政治文化不同于以往人们在提到"政治"时所暗指的"阶级斗争"，而是指在一定文化环境下形成的人们的政治心理、政治意识、政治态度、政治情感、政治价值观等观念形态体系。

与西方政治文化研究者的思路不同，苏联学者强调了政治文化的阶级性，认为对主体心理动因、主观态度的研究没有揭示出政治文化的本质，真正的政治文化首先表现为一定阶级的文化，是一定阶级的政治思想以及系统化了的政治观点和理论。李春明在《全球化与当代中国政治文化发展》中提出，自20世纪80年代以来，中国学者对政治文化内涵的论述主要分为三类：第一类是宏观化的政治文化定义，认为政治文化不仅包括政治心理，还包括政治理论及政治制度；第二类是中观的政治文化定义，主张将政治文化视作与实体政治相对的观念性的东西，认为政治文化是政治理论和政治心理与价值的综合；第三类是微观的政治文化定义，基本上认同西方政治文化研究者的观点，主要从社会心理层面来研究政治文化②。考虑到本书的研究主旨是从政治文化角度分析20世纪90年代以后的当代中国文学批评，相对于政治制度、政治理论来说，政治文化的社会心理对此时期文学批评的影响更为深远。因此，我们主要采用微观的政治文化定义，在"社会心理"层面探讨当代中国政治文化与文学批评的关系。

具体到文学活动，"政治文化"既是我们考察文学活动的研究背景，也是我们进行具体文学活动的主要途径。由于特殊的社会发展历程，中国现当代的文学活动一直和"政治"元素具有千丝万缕的联系，如五四文学对于"革命救亡"政治环境的依附，延安文学时期"文学服务于政治"口号的提出等。但作为上层建筑的"政治"元素并不直接介入或指挥文学活动，而是更多地通过"政治文化"体系影响文学活动的各个组成部分。近年来，从"政治文化"角度研究中国现当代

---

① 转引自［美］道森（R. E Dawson）、普雷维特（K. Prewitt）《政治文化》，郑永年译，周士琳校，《现代外国哲学社会科学文摘》1986年第12期。

② 具体论述参见李春明《全球化与当代中国政治文化发展》，山东大学出版社2009年版。

文学活动的成果逐渐增多，比如：王本朝的《中国当代文学制度研究》从文学机构、文学政策、文学会议等层面讨论了"社会主义文学制度"如何制约和规范中国当代的文学观念、作家思想、作品创作以及读者阅读；张钧的《中国当代文学制度研究（1949—1976）》将研究对象限定为1949—1976年的中国当代文学，分析了此时期的文学组织制度、文学出版制度、文学批评制度和文学接受制度，及其与中国当代文学之间的关系；李洁非、杨劼的《共和国文学生产方式》历时性地考察了文学体制、文学政策及其监管、文学会议等对20世纪中国文学生产的影响……

总的来说，这些成果的研究范围较广，文学批评只是其考察对象之一，并未得到细致深入的探讨。同时，由其研究对象的时代性决定，这些成果在探讨"政治"元素如何通过文化心理来影响文学活动时，大多依循"从上而下"的研究思路，强调政治体制、政治决策对文学活动的决定性作用。以朱晓进的《政治文化与中国二十世纪三十年代文学》为例，本书鲜明地提出了"政治文化"的理论视野和切入角度，也强调了"政治文化"不是现实的政治决策，而是作为一种心理的积淀，深藏在人们心中并潜移默化地支配人们的政治行为乃至其他行为。但从其具体的研究内容来看，因为该书的考察对象是中国20世纪30年代文学，这个时期的文学与政治体制关系十分密切，从某种意义上可以说是20世纪文学政治化的源头，所以该书偏重于分析政治体制如何通过文化心理影响中国20世纪30年代的文学氛围、文学群体、文学论争、文学批评、文学导向、文学创作选择和文学风尚，探讨此时期文学现象背后的政治体制根源及其具体的影响表现。也就是说，20世纪30年代的中国社会语境中，对文学产生重大影响的"政治文化"内容更偏向于上层政治体制，这一现象一直持续到20世纪80年代。

从20世纪90年代开始，改革开放的深入推进、市场经济的全面影响、科学技术的飞速发展、大众文化的迅速崛起和新媒体的颠覆性入侵，无形中悄然改变了中国"政治文化"的生态体系和内部构成。具体来说，"政治"概念的"阶级"意味逐渐弱化，"阶层"意味日益浓厚，影响人们心理的"政治文化"从显在的政治制度、政治理论逐渐转向更为复杂幽深的社会心理层面，即"政治文化"开始走向世俗化、现代化，公民文化逐渐形成。因此，本书立足当代中国社会独特的社会语境，将考察对象设定为 20 世纪 90 年代以后的当代中国文学批评，致力于从社会心理层面研究大众文化兴起、互联网流行以后中国社会的政治文化生态体系，及其影响下的当代中国文学批评。

第一章　当代中国文学批评的生存语境

　　文学批评是一门既追求系统知识又强调时代活力的学科。一方面，文学批评并不从属于文学史或文学理论，正如诺斯罗普·弗莱在《批评的解剖》中所说，文学批评不是文学的寄生虫，而是"按照一种特定的观念框架来论述文学的"①，有其自足的思想和知识结构。另一方面，文学批评的观念、标准和体系应来自鲜活的文学现象，雷内·韦勒克在《批评的概念》中进一步延展和明确了"文学批评"的概念，认为弗莱所轻视、嘲笑的"文学风尚史"批评恰恰是文学批评的缘起，因为"历史上每个批评家都是通过接触（正如弗莱本人一样）具体艺术作品来发展他的理论的，这些作品是他得去选择、解释、分析并且还要进行评价的。批评家的意见、等级的划分和判断由于他的理论而得到支持、证实和发展，而这些理论也从艺术作品中吸取养分并得到例证的支持，从而变得充实和言之有理"②。面对日新月异的时代及其影响下不断更新的文学现象，过去的历史、知识和标准只能给我们提供有限的帮助，真正有效的文学批评要求我们必须立足于现实社会语境，运用我们"最广博的知识，最仔细的观察，最敏锐的观察力，最公正的判断"，从众说纷纭中理出眉目，对文学艺术作品"进行分析、做出解释，最后得出评价"③。也就是说，研究某个时期的文学批评，首先必须客观认识这个时期的社会语境及其影响下的文学活动、文学现象，从

---

　　① ［加］诺斯罗普·弗莱：《批评的解剖》，陈慧、袁宪军、吴伟仁译，吴持哲校译，百花文艺出版社 2006 年版，第 8 页。
　　② ［美］雷内·韦勒克：《批评的概念》，张今言译，中国美术学院出版社 1999 年版，第 5 页。
　　③ 同上书，第 15 页。

中发现文学批评的时代性、丰富性和前瞻性。从这个意义上来说，准确把握当代中国文学批评的生存语境，有利于我们客观深入地探讨当代中国文学批评的时代特征，并将之行之有效地运用到当代的中国文学批评实践中去。

20 世纪 90 年代以来，消费社会的到来、大众文化的兴起和科学技术的发展深刻影响着当代中国社会的文学批评。从急遽兴起的网络写作、私人写作，到充满消费主义色彩的文学活动，再到全面革新的文学生产、文学传播和文学接受方式，当代中国文学批评需要面对的生存语境主要集中在以下几个方面。

第一节　互联网时代

中国互联网络信息中心（CNNIC）《第 33 次中国互联网络发展状况统计报告》显示，截至 2013 年 12 月，中国网民规模达 6.18 亿，全年共计新增网民 5358 万人。互联网普及率为 45.8%，较 2012 年底提升 3.7%。同时，网络用户从电脑客户端向手机客户端的转换力度正在加大，网络使用越来越便利。一个毋庸置疑的事实是，我们正在大踏步地进入互联网时代。

麦克卢汉说："媒介将重新塑造它们所触及的一切生活形态。"[1] 互联网时代的来临，首先为文学批评提供了新的关注对象，曾军在《有限包容及其文体——"新世纪文学"视野中的"新媒体文学"》中提出，自 1998 年第一部网络小说《第一次亲密接触》流行以来，网络文学经过十几年的发展，已经形成了 BBS 网络文学、文学网站网络文学、电子杂志文学、博客文学、手机文学等多种亚类型[2]，这些新出现的文学类型成为当代中国文学批评亟须关注的对象。

面对这些新兴的文学类型，文学批评需要迅速更新自己的观念体系和评判标准，对之进行及时而客观的评价。以电子杂志文学为例，这一

---

[1]　［加］马歇尔·麦克卢汉：《理解媒介——论人的延伸》，何道宽译，商务印书馆 2007 年版，第 86 页。

[2]　具体论述参见曾军《有限包容及其文体——"新世纪文学"视野中的"新媒体文学"》，《文艺争鸣》2011 年第 2 期。

诞生于新媒体文化语境中的文学类型具有全新的写作方式和写作特征。从前者来说，电子杂志文学依托建立在现代通信技术、数字技术和网络技术等现代科技技术基础之上的"新媒体"，并不是简单地将传统媒体写作的内容直接挪移到新的传播载体上，而是开启了全新的现代化写作方式和写作行为，"从传统的手工写作转变到以电脑等智能设备进行信息处理，使写作主体实现由旧到新的转变，这种转变具有一定的革命意义"①。传统的杂志出版周期长、传播速度慢，电子杂志则可以做到每日更新、随时阅读，并且能将声音、图像、动画、视频等表达手段融为一体，使读者获得丰富的感官体验。

从后者来说，电子杂志在遵循网络"自由写作"规律的基础上，又增加了一定的约束和限制。以韩寒的《ONE·一个》为例，这本杂志以热爱文艺的 18 岁至 35 岁用户为目标读者群，其文本内容经过了人为的以一定目的性为标准的筛选，从某种意义上说，它不是网络写手兴致所至的随性涂鸦，而是受到了某种共同写作趣味的遴选。同时，因为受到电子文艺杂志版面和更新频率、运行方式等的限制，缺少了部分类似于网络文学和博客文学天马行空式的自由，多了一些纸质文学"戴着镣铐跳舞"的意味。这种经过打磨后的半自由式写作，提升了文本的质量和思想深度，凝聚了具有共同欣赏趣味的受众，为文学类电子杂志的长足发展提供了保障。

但是，过于绚丽的影音效果是否就一定符合文学的审美要求？即时更新的文本内容如何让受众产生深远的审美享受？半自由式写作凝聚起来的受众群又如何实现自己的主动性？电子文学杂志是否还有更广阔的发展空间？这些，都需要文学批评及时跟进、深入思考。

互联网时代的到来，在带来新的批评对象之外，最重要的影响还在于改变了文学批评的传播途径、传播模式并进而催生了新的文学批评类型、革新了文学批评的思维模式。在传播史上，"受众"的位置和作用一直是各大理论思潮关注和争论的重要议题。"直接效果"论者把受众视为没有自主意识的个体，认为受众完全被传媒操控，只能像病人一样任由传媒煽动或者被传媒传递的思维定式洗脑。以阿多诺和霍克海默为

---

① 何坦野：《新媒体写作论》，浙江大学出版社 2008 年版，第 168 页。

代表的法兰克福学派之所以强烈批判文化工业对艺术的侵蚀和对意识形态的控制，某种程度上也根源于其对"媒介受众"被动性的认定：文化工业通过大量的机械复制将一致化的意识形态灌输给受众，占据个人的闲暇时间，影响人们的见解和判断，甚至生产受众的需求，使受众在日复一复的被轰炸中失去理性和独立的思考。法兰克福学派强烈的精英主义意识使其居高临下地将受众看作没有任何主动意识的一块铁板，阿多诺甚至认为"研究公众对广播节目或电影的反应就已经是对文化工业的妥协"①，并在实际的研究过程中采用经验主义的研究手法，使研究结果正好证实了他的假设。

　　然而理论总是在自身的发展过程中不断凸显问题又不断引起相关问题的研究与补充，面对阿多诺和霍克海默的悲观主义，克拉考尔和本雅明分别从犯罪小说、奥芬巴赫轻歌剧、白领文化和电影的深入研究中发现了"公众的存在"，认为传媒的进步与发展赋予了一部分人更多的表达空间和发展能力的机会。拉扎斯菲尔德更是提出了"有限效果论"，认为传媒并不能在公共事件中完全操控民众，"投票不单是传媒策划的选举运动导致的个体的偶然选择，而是取决于阶级、地理区域和宗教这三个变量"②，每个个体在接收传媒传递的信息之前首先是隶属于某个或某几个团体（如家庭、学校、朋友圈子、工作单位、协会等）的"社会人"，在接收信息的过程中，受众会用自己已有的认知系统对信息进行过滤，加以选择、分类、剔除、修改甚至是扭曲。因此，"公共传播的经典矛盾就是：教育性质的节目触及的总是那些已经受了教育的人，而不是节目制作方希望教育的对象。在公共传播中得到强化的总是已有观点，这一现象突出表现在人总是对符合自己观点的信息更感兴趣，对其他信息则兴趣不大"③。在 1955 年出版的《个人影响力》中，拉扎斯菲尔德及其学生艾利休·卡茨通过深入调查，进一步发展了二级传播理论，提出"人际传播的影响大于媒介传播"、"舆论领袖不是永远对追随者发挥影响的人"（他们在某个领域中是领导者，在其他领域

---

　　① ［法］埃里克·麦格雷：《传播理论史——一种社会学的视角》，刘芳译，中国传媒大学出版社 2009 年版，第 44 页。

　　② 同上书，第 49 页。

　　③ 同上书，第 50 页。

中则会变成追随者)、"公众有反思和适应的能力"等观点。有限效果论虽然不免落入重视实证而轻视意识形态分析的窠臼,但它对"受众"主动性的发现开启了传播学的另一个新起点。

正是在强调受众主动性的基础上,英美文化研究学派开始致力于研究文化接受过程中错综复杂的细节和多种可能性。霍加特对工人阶级文化的深入剖析,斯图亚特·霍尔关于"认同、反抗、妥协"三种解码的解读,德赛都的"假发策略",某种意义上都是把受众置于和文化生产者、传播者平等的位置上,更加关注个体经验在文化活动中的重要性。值得注意的是,在深入研究受众主动性的过程中,学者们逐渐发现文化生产、文化传播和文化接受之间具有非常复杂的互动关系。一方面,受众的年龄、性别、家庭地位、学习工作情况、收入水准、家庭环境、文化素养、政治观念及其所隶属的社会阶级、所接受的教育、所居住的地点、个人的品位和偏好、对媒介的需求、使用媒介的习惯等,都会对个体的文化接受效果产生影响;另一方面,不同的媒介体系、媒介特征、可提供的内容、传播的时机和呈现的形式等,也都会对受众的实际接受产生影响。因此,受众的形成是复杂而多样化的,受众是一个时刻变化着的群体,并没有任何一种确定的描述或者是单一的理论能够解释受众的接受行为,人们和媒介相互满足,彼此共存。但这种状态不太容易通过操纵或宣传来达到,而是从实实在在的社会需求或在媒介创造力与公众品位的结合中产生。

在充分认可受众主动性及其复杂构成之后,传播学理论在受众研究中又产生了另外一个分歧,即"以媒介为中心"还是"以受众为中心"。两种研究思路都会重视对受众的分析,但前者的目的在于操纵并引导受众的选择行为,寻找受众的市场机会,进行产品测试并提高传播效率;后者则以受众视角来评估媒介表现,测量受众选择与使用的动机,弄清受众对意义的阐释,并由此履行服务于受众的责任。所以约翰·费斯克在考察了各种传播学理论的研究模式之后,将其区分为过程模式和符号模式,认为过程模式强调的是如何将意义有效地传递给受众,符号模式则强调传播发生的前提是使用符号来创造讯息,"这一讯息会刺激你产生自己的讯息意义,但是你的讯息意义某种程度上和我创造的讯息意义相关联。我们共享的传播代码越多,我们使用的符号系统越相似，我们这两种讯息的意义就越彼此接近"①。在过程模式中，更加注重受众的传播者会有意识地在讯息中建立更多的"冗余"，但这些讯息之所以强调可预测或者说常规内容，其目的仍是为了更有效地传递讯息，其内在认知依然是把受众当作可影响甚至是可操纵的对象。相对来说，符号模式对各种代码的深入探析、对"迷思"的详细解读、对意识形态与文化关系的复杂阐释，则立足于受众本身，其研究重点"并不在于过程中的各个阶段，而在于文本与它产生/接收文化之间的互动：重点是传播对建立和保持价值观的作用，以及这些价值观如何使传播有意义"，因为"传播的决定因素在于社会和我们的周围世界，而不在于过程本身"②。

　　正是在"以受众为中心"这一思路的指引下，学者们开始借助索绪尔的语言学理论、列维·斯特劳斯的结构主义理论、路易·阿尔都塞的意识形态理论等理论，来深入探讨社会和周围世界等真正决定传播行为的因素。其中，"技术与人文"是一个非常重要的切入点。在这一问题的研究中，麦克卢汉的"技术决定论"产生了重要影响。虽然麦克卢汉对冷媒介、热媒介的区分引起了很多争议，但他关于"印刷术和视听媒介对个人与社会的影响"的研究直接影响了传播学研究中人们对"技术与人文"命题的思考。在麦克卢汉这里，技术不再是一种纯粹的物理力量，而是和人的精神、感觉、思想紧密联系在一起。例如：印刷术的发明推动了知识的对外开放，使更多的人和知识之间得以建立个人化的关系；电视的出现则让人产生更多的欲望，促进了共同文化和"地球村"的形成。当然，许多学者对此提出质疑，认为社会同样会对技术产生反作用，例如印刷术在某些国家和地区促进了个人主义的发展，在另一些国家和地区则导致了知识和权力的进一步集中；或者说技术的发明本身就源自某个历史时期"长期的、确切的"需要。但无论如何，"技术"这一关键元素的引入，为传播学研究开启了新的领域。从这个角度来说，与口头传播、印刷术传播、视听媒介传播相比，互联

---

　　① ［美］约翰·费斯克：《传播研究导论：过程与符号》，许静译，北京大学出版社2008年版，第33页。

　　② 同上书，第158页。

网时代的传播语境中，受众因为掌握了更先进的传播技术、拥有了更畅通的传播渠道而在某种意义上具备了更多的话语权，所以我们今天能在各个行业领域中听到更加多元化的声音。更重要的是，技术的发展与进步，为"以受众为中心"的传播模式提供了足够的物质支撑，甚至在一定程度上改变了人们的思维模式。

具体到文学批评领域，文学批评的生产者开始更多地关注接受者的复杂构成，更加注重和接受者之间的互动；文学批评的接受者某种程度上也成为文学批评的生产者；文学批评的生产机制也因此发生变化，甚至引发了文学批评衡量标准的改变。其主要表现集中在与时代接轨最紧密的自发批评领域。蒂博代曾经说过，最有生命力的批评是自发批评，在他那个时代，他认为交谈式批评、口头批评和报纸批评是自发批评的代表，因为它们能对最新鲜的文学现象自由发言。随着互联网时代的到来，自发批评的阵地又扩大到了网络，BBS 论坛、网站跟帖、微博上散见着各种文学批评，人们可以随时随地发表自己的意见，这种现象一方面为文学批评提供了大量鲜活的资料和案例，另一方面也有可能将有价值的批评淹没在转瞬即逝的信息汪洋大海中。这些都是当代中国文学批评研究不能绕开的问题。

近年来，随着微博、微信的流行，"自媒体"又逐渐成为文学批评的新领地。"自媒体"这一概念最早出现在 2002 年 Dan Gillmor 对其"新闻媒体 3.0"概念的定义中，其中，"1.0"指传统媒体或旧媒体（old media），"2.0"指新媒体（new media），"3.0"指自媒体（we media）。2003 年 7 月，美国学者谢因·波曼与克里斯·威斯理在美国新闻学会媒体中心出版的自媒体研究报告中提出，"自媒体"（we media）"是普通大众经由数字科技强化、与全球知识体系相连之后，一种开始理解普通大众如何提供与分享他们本身的事实、他们本身的新闻途径"[1]。从"自媒体"的概念来看，数字化技术发展是平台，"普通大众如何提供与分享他们本身"是关键。或者说，"自媒体"看重的不是作为传播途径的"媒介"，而是更加注重个体特色的"媒体"。所

---

① Shayne Bowman & Chris Willis. WeMedia: How audiencesare shaping the future of news and information. The American Press Institute Thinking Paper, 2003.

谓"自媒体"的"自"，既强调"自由性"，又注重"自足性"。具备明确内在核心理念的传播内容，是"自媒体"得以长足发展的首要保障。与网络上信手拈来的批评意见相比，"自媒体"批评的主体具有相对自足的批评观念、清晰思路和逻辑体系，同时又避免了传统期刊出版的种种约束，可以说是非常有潜力的一种批评话语模式。以微信公众号"六神磊磊读金庸"为例，这个由媒体人王晓磊创建的微信公众号，以读金庸作品为主，以打造最有趣的原创读书号为目的，立足当下时代热点话题，结合金庸小说嬉笑怒骂、借古喻今，用幽默、诙谐的文笔巧妙地表述自己的观点。例如，2014 年夏天韩寒导演的电影《后会如期》上映以后，文坛掀起一场针对韩寒的争论，王晓磊迅速写出一篇《快抓住那个韩什么寒》，把文坛比作武林江湖，把韩寒比作扰乱原有江湖规矩从而被众人追杀的成昆、慕容复等人，正话反说地替韩寒鸣不平。同样在 2014 年，面对引起诸多争议的鲁迅文学奖诗歌获奖作品，王晓磊又用一篇《向金庸学怎么当烂诗人》调侃式地发表了自己的意见。纵观"六神磊磊读金庸"，作者的评论内容涉及小说人物、情节、风格、文化内涵、作家创作等方面，又运用了意识形态批评、女性主义批评、文本批评、心理批评、原型批评、文化批评等方法，在浩瀚的网络批评中自成一家风格。类似这样既有独特思想，又能迅速对新兴文学现象发言的自媒体批评，如何获得良性的发展空间，并在当代中国文学批评体系中扬长避短地发挥自己的作用，都是当代中国文学批评研究应该关注的问题。

此外，互联网时代，"大数据"（big date）对社会生活各个方面的影响也日益显著。"大数据"不但改变着我们的生活、工作，也改变着我们的思维，维克托·迈尔－舍恩伯格在《大数据时代》一书中总结了大数据所带来的三个重大思维转变："第一，不是随机样本，而是所有数据；第二，不是精确性，而是混杂性；第三，不是因果关系，而是相关关系。"[1] 这种放弃对"因果"的推论，而寻求数据之间的"关联"，不再追求"为什么"，而只需知道"是什么"的思维方式转变，

---

① ［英］维克托·迈尔－舍恩伯格、肯尼思·库克耶：《大数据时代——生活、工作与思维的大变革》，盛杨燕、周涛译，浙江人民出版社 2013 年版，第 2 页。

一方面使文学批评更加注重数据，如文学网站的"点击率"、"周排名"、"月排名"、"总排名"等，另一方面也带来纵横交错、众声喧哗的各种形态的批评、伪批评甚至是非批评。如何在大数据时代坚守文学批评的审美精神，在大浪淘沙中摸索出适应时代发展的文学批评生存态势，也是当前文学批评研究工作的重心。

第二节　消费社会背景

　　吉登斯在《失控的世界》里说："我们有更充分、更客观的理由认为，我们正在经历一个历史变迁的重要时期。而且，这些对我们产生影响的变迁并不局限于世界的某个地区，而是几乎延伸到了世界的每一个角落。"① 20 世纪 90 年代以后，当代中国社会逐渐进入"消费社会"，人们被层出不穷的消费物品所包围："今天，在我们的周围，存在着一种由不断增长的物、服务和物质财富所构成的惊人的消费和丰盛现象。它构成了人类自然环境中的一种根本变化。恰当地说，富裕的人们不再像过去那样受到人的包围，而是受到物的包围。"② 并且，"今天，生产的东西，并不是根据其使用价值或其可能的使用时间而存在，而是恰恰相反——根据其死亡"③，如电影明星身上只穿了一个晚上的奢华连衣裙、早上穿晚上扔的高价内衣、富人们经常更换的名贵手表乃至汽车……正是在这种此起彼伏不断追求新鲜感的消费主义思维模式的推动下，整体社会的生产得到了飞速的提升。消费社会对文学活动最直接的影响，就是又一次全面而深入地促发了"艺术生产"现象，使文学活动与资本的关系日益密切。在这一社会语境中，当代中国文学批评首先要妥善处理的，就是如何应对蜂拥而至的网络写作、商业炒作、流水线生产等充满商业化色彩的文学现象。

　　实际上，文学艺术的商品属性从未被忽略过，马克思在提出"艺

---

　　① ［英］安东尼·吉登斯：《失控的世界》，周红云译，江西人民出版社 2001 年版，第1—2 页。

　　② ［法］让·波德里亚：《消费社会》，刘成富、全志钢译，南京大学出版社 2001 年版，第 1 页。

　　③ 同上书，第29 页。

术生产理论"时就曾从两个方面论述过这个问题：一是把"艺术生产"作为与物质生产相对的精神生产，从广义上来论述艺术生产的内容与规律；二是立足于资本主义的特定历史时期，揭示与资本进行交换的"艺术生产"的内涵。从前者来说，马克思首先认可了文学艺术活动是一种精神生产并受到一般生产规律的影响："私有财产的运动——生产和消费——是迄今为止全部生产的运动的感性展现，就是说，是人的实现或人的现实。宗教、家庭、国家、法、道德、科学、艺术等等，都不过是生产的一些特殊的方式，并且受生产的普遍规律的支配。"①

对文学活动"生产性"的肯定，要求我们立足不同历史时期的生产力与生产方式，用历史辩证的眼光去审视文学的发展变化，慎重对待新的文学现象并对之进行客观分析。在这一点上，西方马克思主义学者本雅明的思路值得我们借鉴：本雅明继承了马克思"艺术也是一种生产"的观点，认为艺术创作过程中的艺术家是生产者，艺术作品是商品，读者、观众是消费者。同时，艺术生产和其他生产一样，受到生产力与生产关系之间的辩证关系的影响。作为艺术生产力的创作技巧一旦与作为艺术生产关系的艺术家和欣赏者之间的关系出现矛盾，就会发生艺术革命，产生新的艺术生产力，打破旧的艺术生产关系，从而推动艺术创造活动的新发展。由此出发，本雅明提出资本主义艺术生产已进入机械复制时代，复制成为主要的艺术创作技巧，原有的艺术品的"光晕"慢慢消失，艺术消费者欣赏艺术品的方式从"静默"转向了"震惊"，以电影为代表的新的大众艺术开始出现并逐渐兴盛。

和阿多诺等人对大众艺术的猛烈批判不同，本雅明遵循了"艺术生产"的内在规律，对大众艺术进行了较为客观的评价，认为这种艺术形式是艺术生产规律制约下的时代产物，是艺术发展的必然趋势。本雅明的分析提醒我们，文学批评应用历史发展的眼光去客观评判新出现的文学现象，面对消费主义社会所带动的商业浪潮，文学批评既不能被其消费意识所蚕食，也不能对其完全不屑一顾，而是要正视文学创作的商业属性，在尊重市场生产规律的基础上对其进行思辨。20 世纪 80 年

---

① 马克思：《1844 年经济学哲学手稿》，中央编译局译，人民文学出版社 2000 年版，第 82 页。

代末至 90 年代初，文学批评在很长一段时间内对大众艺术现象"失语"，很大程度上是因为批评固守着已经习惯了的政治或审美思维，不能对以机械复制、媒体炒作、大众狂欢等特征为代表的新兴艺术形式做出及时反应。但是若以"艺术生产理论"去关注这一现象，我们会发现，市场经济的迅速发展已使当前中国的艺术生产进入市场主导时期，艺术创作的方式发生了转变——如从传统的纸质写作转向网络写作、从个人化写作转向集体创作等；欣赏者对艺术品的欣赏方式也发生了转变——从传统的"静默"式崇拜转向了瞬间即逝的娱乐消遣；与之相应的艺术革命随之发生，新的生产力和生产关系出现，商品性成为文学创作不可忽视的属性之一，文学批评要对当前的文学现象进行评论，就必须走出"精英意识"，真正深入艺术生产过程，把握艺术生产规律，辩证性地分析商品性赋予艺术生产的特点、优势及其劣根性。

比如说，对商业利益的追求使文学生产充分尊重市场运作规律，真正实现了马克思所说的生产与消费之间的相互制约：生产为消费提供材料、对象和消费的方式，甚至创造消费者；同时，消费也制约着生产，只有通过消费过程，生产行为才能最终完成，产品才能成为真正现实的产品，而且消费创造出新的生产需要，为生产提供内在动机。在这一组矛盾关系的影响下，文学创作者不仅要表述自我，而且要充分考虑到消费者和市场的需求。面对这一现象，文学批评就不能脱离消费市场，纯粹去分析文学作品的审美价值，而是要在综合考虑各种影响元素的情况下对作品进行较为客观的评价。以对网络文学的评价为例，文学批评除了用传统的文学审美标准来判断其作品的优劣之外，还要看到这一新的创作媒介所引发的创作方式的改变，把握这种改变对文学活动发展的影响及其价值意义，从而发展出一套新的评价体系。

从这个角度来说，当代中国文学批评应极力强化"大众"意识，充分挖掘公众自发批评的生命力，从报纸、网络、论坛等途径寻找及时的批评，并从中发现大众的声音和意愿。蒂博代曾指出，这种自发的、逐日的批评具有学院派批评和大师批评所缺少的那种时代的新鲜感、现代的潮流和新的氛围、呼吸，"这种批评符合当日的精神、当日的语言，带有当日的气质，带有让人愉快地迅速地读完所必须的一切，它所表达的是当日的思想，但形式却变幻无常，给人一种新思想的错觉，并力图避免一切学究气息"①。这种批评无须对作品进行系统的、历史的思辨，而是要感觉现时、理解现时、表达现时，能给之后的学院批评或大师批评提供第一手的现场材料。比如说对网络文学、畅销书、微博文化的批评，我们目前亟须进行的不是学院派的分类和构建，而是对纷繁芜杂的作品进行及时的感受，感受其中的市场运作规律、公众真实意愿及其对文学艺术的影响，而这一点，恰恰是当代文学批评所缺少的。

对商品性的认可、对市场规律的尊重，并不意味着文学批评要完全依从商业标准，相反，在当前形势下文学批评更应该坚守自由、审美精神。马克思"艺术生产理论"的第二个层面就是批判资本主义生产方式对"艺术生产"的过度异化：马克思借用了亚当·斯密区分"生产劳动与非生产劳动"的第一种定义，认为在资本主义社会中，直接与资本相交换的劳动是生产劳动，与非资本相交换的劳动是非生产劳动。同一种劳动既可以是生产劳动，也可以是非生产劳动，比如说弥尔顿出于天性创作了《失乐园》并把这个产品卖了五镑，但他没有直接同资本进行交换，所以这种劳动是非生产劳动；同时，莱比锡的一位无产者作家在书商的指示下生产书籍，为书商赚取资本，他的生产行为就是生产劳动。从这个意义上来说，当我们说作家是生产劳动者时，"并不是因为他生产出观念，而是因为他使出版他的著作的书商发财，也就是说，只有在他作为某一资本家的雇佣劳动者的时候，他才是生产的"②。需要注意的是，在马克思此处的论述中，"生产劳动不过是对劳动能力出现在资本主义生产过程中所具有的整个关系和方式的简称"③，而在资本主义生产方式和生产关系中，所有劳动（异化劳动）的目的都是为了替资本家赚取剩余价值，以至于"连最高的精神生产，也只是由于被描绘为、被错误地解释为物质财富的直接生产者，才得到承认，在

---

①　［法］蒂博代：《六说文学批评》，赵坚译，郭宏安校，生活·读书·新知三联书店2002年版，第60页。

②　马克思：《剩余价值理论》，《马克思恩格斯全集》第26卷（Ⅰ），中共中央马克思恩格斯列宁斯大林著作编译局编译，人民出版社1972年版，第149页。

③　同上书，第426页。

资产者眼中才成为可以原谅的"①。由此出发，马克思特意分析了非物质生产对资本运作的两种情况——生产的结果是具有使用价值的商品（如书、画以及一切脱离艺术家的艺术活动而单独存在的艺术品）和产品同生产行为不能分离的艺术活动（如表演艺术等），认为资本主义的生产方式在这个领域内的作用与整个生产比起来是微不足道的，真正的精神生产应该是自由独立的："作者当然必须挣钱才能生活，写作，但是他决不应该为了挣钱而生活，写作。……作者绝不把自己的作品看作手段。作品就是目的本身；无论对作者本人还是对其他人来说，作品都绝不是手段，所以，在必要时作者可以为了作品的生存而牺牲他自己的生存。"②

用马克思的这一论断来审视当下的文学批评，我们必须警惕消费意识对批评自由审美精神的动摇。比如说在市场经济和大众商业意识的冲击下，文学批评精神在某种程度上出现了浮躁化的征兆，甚至完全从市场、人情等功利主义目的出发，不是引导读者注意其文学价值，而是直接面向市场、刺激消费，以韩寒为例，从最早的"青春偶像"到后来的"公知形象"，批评界一直关注的都是其身份的符号意义而非其作品的内在张力，所以当方舟子质疑韩寒代笔事件发生时，批评家们迅速划分成两大阵营，用圈子、打假、隐私等噱头来吸引大众，甚至将质疑青春作家的风波延伸到蒋方舟身上。在热闹非凡的论战中，韩寒作品本身的文学价值、作为公知的社会意义和他对文艺杂志的革新被一笔带过，大众在看了一场热闹之外一无所获。

如果说对文艺生产商品性的认可和对市场运作规律的尊重是一种态度的话，那么对自由、独立、审美精神的坚守就应该是文学批评持之以恒的价值理念。尤其是在消费娱乐意识全面入侵的今天，文学批评既要发现并张扬"日常生活审美化"等新的艺术观念，也要对过度娱乐、非理性、低俗化等现象进行批判，引导接受者建立正确的审美观与价值

---

① ［德］马克思：《剩余价值理论》，《马克思恩格斯全集》第 26 卷（Ⅰ），中共中央马克思恩格斯列宁斯大林著作编译局编译，人民出版社 1972 年版，第 298 页。

② 马克思：《第六届莱茵省议会的辩论（第一篇论文）》，《马克思恩格斯全集（第二版）》第 1 卷，中共中央马克思恩格斯列宁斯大林著作编译局编译，人民出版社 1997 年版，第 192 页。

观，追求真正的人的全面解放。马克思之所以深入分析精神生产的普遍规律和资本主义精神生产的特殊性，就是为了全面消除资本主义生产方式对人的异化，用独立自由的精神生产引导人们从私有制的束缚下脱离出来，恢复人的本质力量，解放人的一切感觉和特性，使人具有"音乐的耳朵"并因而享受到艺术的美。从这个角度来说，文学批评的价值意义就在于用辩证唯物主义、历史理性主义等标准作为指导，透过各种复杂的表面现象，摒除那些虽然赢取巨大商业利益但并不具备充足审美价值的产品，发掘那些可能暂时未被市场认可但审美内涵丰富的产品，或者从各种新兴艺术形式和文艺现象中提炼出有利于精神生活的新的质素，引导接受者走向真正的全面解放与发展。

第三节　文化研究视野

从 20 世纪 90 年代开始，随着大众文化在中国社会的迅速崛起，文化研究逐渐成为学术界瞩目的热点研究话题，为各个学科打开了新的研究视野和思路，其最大影响就是消融了精英与大众之间的界限，把文学艺术研究带入一个"大文化"场域。

威廉斯曾经在《文化分析》一文中给"文化"进行了三种界定：第一种是"理想的"文化定义，根据这一定义，文化被理解为"人类完善的一种状态或过程"，也就是"对生活或作品中被认为构成一种永恒秩序、或与普遍的人类状况有永久关联的价值的发现和描写"；第二种是"文献式"文化定义，这一定义认为文化是"知性和想象作品的整体，这些作品以不同方式详细地记录了人类的思想和经验"，即具有文化价值的经典作品；第三种是"社会"定义，"根据这个定义，文化是对一种特殊生活方式的描述，这种描述不仅表现艺术和学问中的某些价值和意义，而且也表现制度和日常行为中的某些价值和意义"①。威廉斯认为这三种定义均有价值，我们应该把"文化"看成一个整体，这个整体既包括经典的文学文化文本，也包括正在发生的尚未完成的日

---

①　[英] 雷蒙德·威廉斯：《文化分析》，赵国新译，载罗钢、刘象愚主编《文化研究读本》，中国社会科学出版社 2000 年版，第 125 页。

常生活中的文化现象。由此思路出发，先前不被学者所注意的日常生活如影视娱乐、体育赛事、流行歌曲、酒吧生活、网络游戏等，也具有了自己的文化价值和意义，成为被研究对象。在具体的研究过程中，学者们引入了阶级、种族、性别等研究视野，更多地强调了文化分析的意识形态意味。以英美文化研究为例，早在 20 世纪 60 年代的对工人阶级文化的研究中，霍加特、汤普森等人就从通俗文化、娱乐休闲、工资物价、宗教道德等方面入手分析英国工人阶级的生活方式及其影响下的阶级意识。到了 20 世纪 70 年代，斯图尔特·霍尔和托尼·杰弗森等人把研究重心转向青年亚文化，通过对无赖青年、嬉皮士、摩登派、摇滚派、朋克等青年亚文化范式的分析，研究青年亚文化如何反抗主流文化，以及主流文化如何收编亚文化。20 世纪 80 年代以后，"大众文化"成为新的研究对象，约翰·费斯克借鉴德赛都的理论，深入分析了大众文化如何用"弱势者的攻击艺术"来抵抗主流意识形态，比如说大众虽然无法改变整个资本主义的生产关系及其体制，无法颠覆文化工业均一化、标准化的生产，但可以通过"穿破牛仔裤"这一行为来"展示贫穷"、抵抗前者：

> 这是一个矛盾的标志，因为那些真正的穷人不会把贫穷变成一种时髦的表现。对富裕的有意弃绝，并不必然意味着在文化上对那些经济上的贫困者有义务，因为这种"贫穷"是自己选择的结果，虽然它可能在某些情形下，表示对贫困状况的同情。它主要的力量在于"否定"，是对 1960 年代牛仔裤抵抗能力的复兴，因为昔日的牛仔裤是替代性的、有时是对抗性的社会价值观的标志。……这是对商品化的拒绝，是对个人权利的首肯，即，每个人都可在商品系统所提供的资源之外，创造自己的文化。①

除了阶级意识形态之外，种族、性别等问题也因为其鲜明的意识形态性成为文化研究的关注对象。安·杜西尔在《塑料和玩具娃娃：跨

---

①　［美］约翰·费斯克：《理解大众文化》，王晓珏、宋伟杰译，中央编译出版社 2001 年版，第 22 页。

文化的芭比和差异销售规则》中提出，"芭比娃娃"并不仅仅是一个单纯的玩具，而是鲜明地体现了种族差异意识和性别差异意识，并在被玩耍的活动中潜移默化地向日常生活中的孩童灌输这些意识：从前者来说，驰名世界的芭比娃娃一开始都是白色的，黑人孩子在玩芭比娃娃时，往往把自己想象成自己的玩具娃娃，从而进入一个虚拟的白人世界（美丽、漂亮的都是白人），黑色的自我反而成为"没有面孔的、遥远而陌生的"他者，即使在1990年秋曼托尔公司推出黑人和西班牙版本的芭比娃娃以后，这些玩具也依然是按照白人芭比的模型来制作的，所有的芭比都有着相似的身高、身材和衣着，不同的只是毫无区分意义的肤色或服装。从后者来说，所有的芭比娃娃都体现了男性对女性的控制欲望——性感的上身和绝无性感的下身组合成荡妇/小姐的完美化身，而且"所有的玩具娃娃都是为了教会小女孩理家的本领"①，真正的女性意识在芭比娃娃身上荡然无存，玩耍芭比娃娃的女性从孩童时期就自动接受了传统的性别意识。

　　需要注意的是，在日常生活中，阶级、种族、性别并非完全独立的要素，它们往往交织在一起，形成复杂化的文化环境：以黑人文化为例，以前的黑人理论认为黑人是完全相同的，作为同质性的群体而与白人相对立，现在的黑人理论则认为，在某种意义上黑人与白人是相同的——在人类同情、道德牺牲、服务于人、智力和美等肯定的能力方面或者凶残暴虐的否定行为方面；同时，黑人内部也因年龄、性取向、信仰等因素的不同存在许多相异之处。此外，当个体在社会层级中不断流动时，会在不同时间和不同地点从属于不同的社会群体，形成不同的文化效忠从属关系，以应付并理解日常生活中的不同领域："譬如说，当年龄轴变得至关重要时，我此时的效忠从属关系，就可能抵触那些在其他时间，更为切中肯綮的性别轴、阶级轴或种族轴中形成的效忠从属关系。"② 所以，文化研究在扩大研究视野与范围、重视意识形态分析的同时，也强调了文本研究不能孤立进行，而是要结合其生产与消费的历

---

　　① ［美］安·杜西尔：《染料和玩具娃娃：跨文化的芭比和差异销售规则》，马海良译，载罗钢、刘象愚主编《文化研究读本》，中国社会科学出版社2000年版，第192页。
　　② ［美］约翰·费斯克：《理解大众文化》，王晓钰、宋伟杰译，中央编译出版社2001年版，第36页。

史条件、周围环境与话语体系等因素。

20 世纪 80 年代中期，美国学者弗雷德里克·詹姆逊来华讲学，随后其讲稿经由唐小兵翻译和整理，以《后现代主义与文化理论——弗·杰姆逊教授讲演录》为名出版，自此在中国学界掀起了文化研究热潮。一方面，以《读书》杂志在 2014 年第 7 期、第 8 期刊登汪晖对李欧梵的访谈《什么是"文化研究"》《文化研究与地区研究》为开端，中国学者致力于及时、全面、深入地介绍西方文化研究理论。另一方面，自 20 世纪 90 年代起，中国学者也一直致力于本土的文化研究实践，戴锦华的《隐形书写——90 年代中国文化研究》、高小康的《世纪晚钟》、孟繁华的《终身狂欢——当代中国的文化冲突问题》等都标志着当代中国学者在文化研究实践上的本土性和原创性。

进入 21 世纪以后，中国学者开始对文化研究进行更深入的理论反思，从文化研究的理论来源、传入路径、在中国本土的发展演变、面临的问题与困境等不同层面切入，详细剖析文化研究在当代中国本土语境中的生存现状和发展趋势。尤其是在文化研究进入中国以后的本土化演变问题上，有学者提出，中国"在最初接受'文化研究'思潮的时候，主要接受的是'美国化'的文化研究"[1]，这导致部分学者在一段时期内把"文化研究"简单等同于"流行文化研究"，缺少足够的总体性问题意识。另外，在充分追溯英国文化研究传统之后，也有学者提出，英国文化研究受其所处社会时代历史的影响，过于强调"阶级"、"政治"元素，同样与当代中国的文化研究有一定的隔阂与距离。因此，"讨论文化研究的问题必须考虑到社会历史的现实性。……任何一种理论旅行也好、学说的阐发也好，都不应该忽视特定社会历史对理论的限定性，这样我们才能更好地把握理论的超越性"[2]。

从介绍、反思西方文化研究理论到进行本土文化研究实践，文化研究已经成为当代中国文学、艺术、哲学、历史等社会科学研究领域无法绕开的一个社会文化语境。具体到文学批评领域，在相当长一段时间

---

① 孟登迎：《"文化研究"的英国传统、美国来路与中国实践——兼析"文化研究"进入大陆学术思想界的历程》，《文艺理论与批评》2016 年第 1 期。

② 崔柯等：《文化研究的政治理念与中国实践——马克思主义与文艺理论学科建设之三》，《文艺理论与批评》2016 年第 1 期。

内，有一批文学批评家都投身到了文化批评领域。对此，有学者指出："搞文学批评的人也在参与影视批评乃至文化批评，影视批评和文学有直接的关系，而文化批评也包含了文学批评，有些文学现象本身就是文化现象，文化和文学越来越趋向合流，两者交织的情况比较多，今天，要严格区分文学和文化或者区分文学批评和文化批评意义已经不大。"①但也有学者有所质疑，认为文化研究虽然可以扩大文学视野，把作家、批评家从纯粹的审美维度中解放出来，但"这些批评模式其实更接近于哲学或社会学研究，尽管它们使文学批评的视界无限扩大，但实际上却也造成了巴别塔式的障碍。无论是德里达还是福柯，他们的理论更多体现在认知的层面上，涉及的范围很大，并不直接指向文学批评，因此，对文学批评本身的建构不能起到应有的、积极的推进作用"②。

总的来说，文化研究语境的形成和文化批评浪潮的涌现，一方面扩展了文学批评的关注对象和研究视野，使其在分析不断涌现的各种文学现象如网络文学、手机文学、文学产业、文学的视觉转向时能够及时找到相适应的批评话语体系，不至于在层出不穷的新现象面前失语。另一方面，也引出了当代中国"文化研究"该如何进行自我界定、文学批评如何调和"文学审美性"和"文学的政治文化性"之间的关系问题。究竟是以"审美性"为唯一标准，还是要深入挖掘文学现象背后的政治经济文化元素，抑或两者兼顾并根据不同的社会语境有所侧重？这些都是当代中国文学批评需要面对的新命题。

中国共产党第十七次代表大会在关于《中国共产党章程（修正案）》的决议中提出，要把"经济建设、政治建设、文化建设、社会建设四位一体的中国特色社会主义事业总体布局"写入党章，这就意味着作为文化建议之一的文学活动必然要与经济、政治、社会这三种因素密切相关，必然会受到这三种因素的影响和制约。比如说，充满活力的社会主义市场经济体制为中国快速进入互联网时代和消费社会提供了保障，而"社会化中的变化，特别是价值观念和期望的变化，是产生政

---

① 张光芒、王研：《批评家不应该为了名利而争吵》，《重估中国当代文学批评》，辽宁人民出版社 2012 年版，第 54 页。

② 陈众议、王研：《建构中国文学批评理论体系的时机到了》，《重估中国当代文学批评》，辽宁人民出版社 2012 年版，第 41 页。

治变化压力的强有力的源泉"①，当然，这种变化在社会制度上的表现并不明显，而是更多地在文化层面静悄悄地进行。正是在这个意义上，我们选择从当代中国社会的政治文化入手，分析互联网时代、消费社会背景和文化研究视野兴起后的当代中国文学批评，力图为错综复杂的当代中国文学批评梳理出一个既多元开放又脉络清晰的动态发展图景。

---

① ［美］加布里埃尔·A. 阿尔蒙德、小 G. 宾厄姆·鲍威匀：《比较政治学——体系、过程和政策》，曹沛霖、郑世平、公婷、陈峰等译，东方出版社 2007 年版，第 66 页。

第二章　当代中国社会的政治文化生态体系及其对文学批评的影响

20 世纪 90 年代以来，工业化、城市化、市场化、全球化、信息化快速发展，带动中国社会迅速向市场经济、现代化转型，创造了"中国奇迹"。重大的社会经济变革必然导致文化的嬗变，具体到政治文化层面，正在勃然兴起的"中国模式"主要促进了当代中国社会政治文化向世俗化、现代化发展，这一发展趋势催生了公民文化的雏形，并深刻影响到当代中国社会的方方面面，包括文学批评①。

第一节　当代中国社会政治文化的世俗化、现代化转型

按照阿尔蒙德的解释，所谓政治文化世俗化，是指随着现代化程度的提高，人们会逐渐对政治文化形成"世俗—理智型态度"，这种世俗化在体系层次上"意味着以习惯和超凡魅力为基础的合法性标准的削弱，而政府实际作为的重要性日益成为合法性的基础"②，在过程层次上"指对于政治机会有较强的意识以及利用这些可能改变个人命运的政治机会的意愿"，也就是说，政治文化的世俗化使政治参与人数大幅度增加，"强调了个人具有可利用各种机会来改变自己处境的

---

① 需要说明的是，我们在这里并不试图全面深入地研究当代中国社会的政治文化现状，及其对社会政治制度的影响。而是立足当代中国文学批评，分析政治文化元素如何在文化心理、文化意识层面影响批评主体的行为与抉择。

② ［美］加布里埃尔·A. 阿尔蒙德、小 G. 宾厄姆·鲍威尔：《比较政治学——体系、过程和政策》，曹沛霖、郑世平、公婷、陈峰等译，东方出版社 2007 年版，第 52 页。

能力"①。政治文化的世俗化意味着政治活动和现实日常生活的关系越来越密切,个体的日常生活行为既受到政治体制、政治决策等"从上至下"的制约,也"从下至上"地发挥着自我主观能动性,对政治体制产生影响。

　　政治文化的世俗化、现代化转型,一方面有赖于整个国家的经济增长和政治进步,另一方面也需要公民素质的提高和主动参与意识的增强。从社会整体的发展来看,在现代化转型之前,中国社会经历了漫长的封建皇权文化时期,这一时期的社会形态以农业为产业主体,以家庭为基本生产单位,以皇帝的终极所有权和地主阶级的土地私有制为基础,社会结构等级森严,依靠传统型权威②来维持社会秩序。1840 年以后,中国社会经历了漫长曲折的旧民主主义文化转型、深刻的新民主主义和社会主义文化转型,为当代社会的现代化文化转型积累了经验、奠定了基础。改革开放开启了当代中国社会的政治文化转型,自 1992 年党的十四大确立以"建立社会主义市场经济体制"作为经济体制改革的目标以来,中国社会主义市场经济体制基本建立并逐步完善,经济主体的独立性、经济制度的法治化、经济组织的科学化、经济行为的契约性等都在呼求着相关政治文化的转型。李志勇在《市场经济视野中的中国政治文化转型研究》中提出,市场经济以经济自由为前提,经济自由决定了主体的选择自由、促发了主体的独立性与自主性,从而派生出政治自由,政治自由反过来又保障了经济自由的长远发展。同时,市场平等意识在日常市场经济活动中渐入人心,形成习惯并积淀于心理、观念层面,逐渐催生了政治平等意识,市场经济制度和市场行为模式也带动了相应的政治制度建设与政治行为模式规范,天赋人权、利益联结和理性的思维特征构成了当代中国社会市场经济、民主政治和现代文化

---

　　①　[美] 加布里埃尔·A. 阿尔蒙德、小 G. 宾厄姆·鲍威尔:《比较政治学——体系、过程和政策》,曹沛霖、郑世平、公婷、陈峰等译,东方出版社 2007 年版,第 51 页。

　　②　马克斯·韦伯把社会权威分为三种类型:传统型、克里斯玛型、法理型或科层制(官僚制)类型。传统型权威的本质是世袭性的,使用"庇护与被庇护"关系以及风俗、习惯等来维持社会秩序;克里斯玛型权威依靠领导人个人的超凡魅力及其信徒的忠诚进行统治;而在法理型权威中,社会秩序的稳定依赖于政府行政机构的运作效率。马克斯·韦伯认为,法理型权威是提供服务和管理公共事务最为有效的手段,随着科学、技术和理性的进步,法理型权威将逐步控制现代社会。

发展的基础，促进了中国社会的现代化转型。总而言之，随着社会主义市场经济体制的不断完善，当代中国社会的现代化程度日益提高，宽容、有序、稳定、理性的观念越来越得到人们的认同，社会成员长期被压抑的独立意识和自主精神被唤醒，不再以某种预设的、抽象的"个人超凡魅力"来评价政治体系，而是根据政府的实际运作来评价政治体系和政治权威。人们从曾经视为神圣的道德原则、意识形态理想、宗教信仰和效忠意识中摆脱出来，转而以世俗化的市场功利实效作为自己的处世原则和取舍标准。新的社会改革对中国民众的影响深刻而持久，整个社会的现代化转型，既对政治文化的世俗化、现代化转型提出了时代要求，也为其提供了基础和保障。

从社会成员个体来说，社会主义市场经济体制有利于促进积极的、主动的、参与型的现代化个人的成熟。这种现代化个人"对世界有充分了解，并作为一个公民扮演一种积极的角色；重视教育与专门的技术，希望自己在经济上有所改进；强调个人的责任，了解计划的优点，包括家庭计划在内；赞同社会变革和乐于接受新的经验，包括城市生活和工业就业的经验；表现出个人效能感；不绝对地屈服于家族、种族或学派中得到承认的权威，发展更新的非偏狭性的忠诚；阶级地位较低、权力较小的人，例如少数民族团体和妇女，相应有更多的自主与权利"①，能够从被动的、宿命式的臣民状态中解放出来，转变为主动的、参与型的公民，成为参与型政治文化②的构成主体。现代化个人的出现，是促进参与型政治文化与民主制发展的保障。中国曾经历过漫长的人治社会阶段，社会成员或者缺乏明确的政治文化意识，被动地参与政

---

① ［美］阿列克斯·英克尔斯、戴维·H. 史密斯：《从传统人到现代人——六个发展中国家的个人变化》，顾昕译，中国人民大学出版社1992年版，第156页。

② 阿尔蒙德把政治文化分为村民型政治文化、臣民型政治文化和参与型政治文化三大类型。在村民型政治文化中，人们并不期望从政治体系中得到什么，甚至对政治体系的感知也是模糊的、不确定的或否定的；在臣民型政治文化中，人们意识到政治体系的存在，但缺乏积极参与的取向；在参与型政治文化中，人们不但意识到政治体系的存在、接受政治体系的输出，而且作为"积极"参与者主动参与政治体系的输入，相信自己可以在某种程度上影响政治体系。美国学者迈克尔·罗斯金等人认为：在村民型政治文化中"发展民主是非常困难的"，在臣民型政治文化中，当"人们习惯于把自己视为驯服的客体而非积极的参与者时，民主即难以扎根"；只有参与型的政治文化才是"保持民主制的理想土壤"。［美］麦克尔·罗斯金等：《政治科学》，林震等译，华夏出版社2001年版，第133页。

治文化事件；或者情绪性地参与到群众运动中去，缺乏理性的自我认知和判断。但随着社会主义市场经济体制的不断完善和中国社会的现代化转型，社会成员的自由平等观念、法律权利意识、独立自主精神逐渐增强，开始要求在政治、经济、文化等各个领域发表自己的意见、参与到社会政策的规划和管理过程中，逐渐成为具有"公民意识"的现代化个人。

楚成亚、徐艳玲在《变迁、分化与整合：当代中国政治文化实证研究》中详细分析了20世纪90年代以来中国公民的政治认知取向、政治情感取向和政治价值取向，认为当代中国公民在政治认知取向上对于政府统治的合法性比较认可，安全感和稳定感较高；在政治情感取向上自豪感普遍提高，但阶层分布不均匀，主观阶层①较高的群体自豪感更高；在政治价值取向上更加倾向于认同温和渐进的改革，越来越多的人倾向于通过渐进的改革来实现社会制度的完善，对待权威的态度更加理性，在个人与国家关系的问题上大多仍持有"国家和公共利益高于个人和家庭利益"的集体主义价值观。此外，当代中国公民的社会观呈良性发展态势，"不道德的家族主义"进一步式微，人际信任程度在社会主义市场经济发展过程中又略有提高，竞争观念与主要国家的平均水平趋同，这一切都为公民社会的成长提供了条件。

社会整体的现代化转型和具有"公民意识"的现代化个人的出现，带来了当代中国政治文化的世俗化、现代化转型。在这一转型过程中，中国人逐渐建立起与社会主义市场经济体制相适应的价值观和社会心态，打破了传统的权威崇拜意识，开始构建更加理智、积极的"公民文化"。

第二节　公民文化发展影响下的当代中国社会政治文化生态体系

当然，在阿尔蒙德那里，"公民"的身份是复杂多元化的，是"参

---

① 主观阶层认同是指自我认同自己的阶级归属或近似于阶级归属的社会地位归属。参见楚成亚、徐艳玲：《变迁、分化与整合：当代中国政治文化实证研究》，山东大学出版社2010年版，第5页。

与型、臣民型、村民型取向的特定混合"，一个参与型政体中的公民"不仅取向于积极地参与政治，并且也臣服于法律和权威，同时又是更松散的初级群体的成员"①。同样，公民文化也是公民、臣民、村民的取向的特定混合。阿尔蒙德在《公民文化——五个国家的政治态度和民主制度》中提出，"公民文化不是一种现代的文化，而是将现代与传统相结合的文化。……它是以沟通和说服为基础的多元主义文化，是一致性与多样性相结合的文化，是允许变革但要渐进性变革的文化"②。在公民文化中，参与的政治取向与臣民和村民的政治取向相结合，公民秉从"理智—积极性"的政治文化模式，一方面在参与取向的驱使下主动投入政治活动，另一方面又用臣民和村民的非参与取向对参与取向进行"节制"或约束，从而构成一种更为平衡的政治文化。

　　在公民文化的发展过程中，不同国家因为政治发展和文化变迁的不同，会呈现出不同的"村民型、臣民型、参与型的取向"的融合方式，如村民—臣民型文化、臣民—参与型文化、村民—参与型文化等。也就是说，每个特定时期的政治文化并非单一形态，而是在各个元素的交织中建构起一个复杂、多质、动态发展的结构体系，当这一结构体系趋向于生态发展时，各种社会活动（包括文学活动）都将保持稳定状态，一旦这一结构体系的生态被打破，社会变革（包括文学变革）就会破茧而出——20 世纪初西方文明对国人文化意识的入侵便是引起五四运动和五四文学的主要因素之一。从这个角度来考察，我们会发现当代中国社会正处于一种独特的政治文化生态体系中，这一生态体系对文学活动的各个方面都产生了深刻的影响。

　　首先，"主流文化/官方意识"是当代中国社会政治文化生态体系的核心。所谓"主流文化/官方意识"，是指一个民族、时代或地域遵循主导生产方式、顺应历史发展而形成的文化精神主流，它由国家意识形态所控制，在任何稳定的社会历史时期都占据着主导地位，通过主流文化的载体承担着引导精神文化总风向、稳定社会意识的作用："文化

----

① ［美］加布里埃尔·A. 阿尔蒙德、西德尼·维巴：《公民文化——五个国家的政治态度和民主制度》，张明澍译，商务印书馆、人民出版社 2014 年版，第 19—20 页。
② 同上书，第 5—6 页。

实乃具有阶级属性，任何时代的主流文化必定为主流支配阶级所有。"①按照现代化理论，较为成熟的公民文化需要一套复杂多元化的政治文化生态体系，在这一体系中，政府既要有领导权、决策权，又要对公民负责。公民既需要积极主动地参与政治、向统治者表达自己的观点，又要接受统治者的统治。在这一动态过程中，无论是政府领导阶层还是大众平民阶层，都需要一套核心价值体系作为基本共识来保障彼此之间的信任和互动。这就意味着较为成熟的政治文化生态体系需要一种"主流文化"来引导社会文化的整体走向、凝聚社会成员的力量，"主文化对绝大多数社会成员形成和选择根本的价值标准、行为规范、思维方式等影响极大。一个社会的主文化模糊不清或受到削弱，社会成员就会无所适从，有失落感，社会就会陷入失控状态"②。因此，坚持马克思主义指导，坚持"以人为本"，坚持民主法治，建设社会主义核心价值观，是当代中国政治文化生态体系的核心。中国十六大提出党要"代表中国先进文化的前进方向"，《中共中央关于加强党的执政能力建设的决定》中指出"要牢牢把握先进文化的前进方向，坚持为人民服务、为社会主义服务的方向和百花齐放、百家争鸣的方针，贴近实际、贴近生活、贴近群众，创新内容、创新形式、创新手段，努力铸造中华文化的辉煌，为激励人民奋勇前进提供强大的精神动力和智力支持"③，正是这一主流文化/官方意识的具体体现。

其次，精英文化/知识分子意识是当代中国政治文化生态体系的重要保障。这种政治文化心理追求启蒙、真理或者永不妥协的叛逆精神，认为"充分发达的意识文化只能是精英的财富，大多数民众不可能有意识地去分享这份少数人的文化财富"④，不管是在民族危急时刻，还是在物化意识愈演愈烈的后现代消费社会，这种超越日常生活的现代批

---

① ［英］阿兰·斯威伍德：《大众文化的神话》，冯建三译，生活·读书·新知三联书店2003年版，第37页。

② 郑杭生：《关于当前文化发展模式的几点思考》，《人民日报》1994年6月9日。

③ 《中共中央关于加强党的执政能力建设的决定》，《十六大以来重要文献选编》（中），中央文献出版社2006年版，第283页。

④ ［英］迈克·费瑟斯通：《消费文化与后现代主义》，刘精明译，译林出版社2000年版，第193页。

判意识都具有启迪民智的社会功用。很多时候，正是这种精英意识引发了知识分子对边缘生活、弱势人群和社会黑暗问题的关注，如果没有这些精英知识分子的坚守，中国当代社会将会在后现代消费意识的浸泡下逐渐异化变质。但不能否认的是，精英文艺的表述者总是站在更高的层面上俯视日常生活，这种高高在上的态度使他们自然而然地放弃了对日常生活本身的价值和意义的挖掘，遗失了很多日常生活层面的审美内涵。

最后，"大众文化/平民意识"是当代中国政治文化生态体系的主体。随着中国国民素质的提高、独立自主意识的增强，人们的参与型取向愈加明晰，大众文化/平民意识逐渐成为影响当代中国政治文化生态体系的重要元素。白鲁恂曾经分析中国传统大众政治文化有"重关系"、"崇尚秩序和信赖集体"、"需要权威又讨厌权威"、"父母官和清官情结"、"圣王期待"① 等特点，但实际上，中国的大众政治文化会根据时代不同和"大众群体"的变迁动态发展：20 世纪 80 年代之前，中国社会阶层结构体系中的"大众"主要是指工农群众，此时期的大众意识主要以民间伦理文化的形态呈现；20 世纪 80 年代以后，随着社会经济的发展、全球化进程的加快和消费社会的来临，中国的社会结构发生变化，市民阶层和中产阶层逐渐成为"大众"群体，与之相适应的消遣娱乐、通俗易懂、机械复制、传播迅速和复杂异质等成为大众意识的主体。大众文化/平民意识天生的复杂性和异质性使其在不同历史时期具有不同的政治文化功能：在文化类型较为单一、主流权威或精英意识处于垄断地位的情况下，大众意识具有一定的反叛权威、表述民众真实意愿的功能；但在消费娱乐过于泛滥并且成为唯一目标和意义的情况下，大众意识也有可能变成消磨民众个性的工具。

从当前中国社会的实际来看，随着改革开放的进展、全球化速度的加快和消费社会的到来，政治文化体系出现了以下几个特征：第一，大众文化/平民意识以商业流行文化的形态全面兴盛，曾经隐藏的民间、大众意识逐渐成为显在元素并对其他文化形态产生影响。通

---

① 参见张英魁《中国传统政治文化及其现代价值——以白鲁恂的研究为考察中心》，中央编译出版社 2009 年版，第 57—65 页。

俗易懂、消费娱乐、日常生活、平民意识不但具备了自身独立性，而且深刻影响到主流文化、精英文化的运作，如《建国大业》《建党伟业》等主旋律影片借用明星效应吸引观众，越来越多的学者走上电视、通过媒体包装产生"学术明星"等。第二，精英文化／知识分子意识借助西方文化重新崛起。新时期以来，各种西方哲学、美学、文艺思潮的涌入引起了文学界对"文学内在性"的高度重视，长期被"政治话语"掩盖的知识分子的文学先锋意识、公共知识分子的社会责任感等精英情怀被重新唤起。同时，受市场经济影响，精英意识中的独立性、质疑性又遭受到消费文化的全面冲击。第三，主流文化／官方意识转移到幕后，主要进行宏观调控。以当前的电视剧和电视娱乐节目为例，每过一段时间，都会风行一种迎合大众欣赏口味的电视剧题材（近年来曾流行过婚恋题材、后宫题材和穿越题材等），每当一种题材过于泛滥或者出现导向偏误时，代表主流意识形态的广电总局便会出台禁令或相关制约政策，但大多数情况下，这些大众题材的电视剧还是处于一种自由发展的状态。同样，近年来兴起的各种选秀节目如"超级女声"、"快乐男声"、"绝对唱响"、"中国好声音"，相亲节目如"非诚勿扰"、"百里挑一"、"我们约会吧"、"为爱向前冲"等，基本上也都以尊重大众口味和市场规律为主，主流意识形态的干预主要表现为对总体倾向的调控。在精英文化的运作领域，主流意识形态的调控主要通过文学生产方式、文学评奖制度等形式进行，如作为当代中国最高文学奖项的"茅盾文学奖"，在评奖标准中把"有利于倡导爱国主义、集体主义、社会主义的思想和精神"作为首要条件，提倡关注那些"深刻反映现实生活和人民主体地位、弘扬社会主义核心价值体系、体现民族精神和时代精神、塑造社会主义新人形象"的作品，无形中对知识分子的文学创作起到一定的导向作用。

需要注意的是，在当代中国社会的政治文化体系中，主流文化／官方意识、精英文化／知识分子意识和大众文化／平民意识之间的界限并非泾渭分明，这三者的良性互动为当代中国社会政治文化体系的生态构建提供了保障，也深刻影响到当代中国文学批评的生存与发展。

第三节　当代中国社会的政治文化生态体系对文学批评的影响

作为内化于社会成员的认知、情感和评价之中的文化心理，当代中国政治文化体系的内部构成及其动态发展直接影响到文学批评活动的各个方面，大众文化/平民意识的全面入侵、主流文化/官方意识的幕后调控和精英文化/知识分子意识的重新崛起，为当代中国文学批评提供了新的文化语境，也为当代中国文学批评提出了新的要求。

一　文学批评对象

从批评的发展历程来看，批评理论与创作实践之间的脱节一直是困扰文学批评的难题，文学批评要想避免与创作实践之间出现巨大鸿沟，就必须随时关注文学批评对象的状况，而文学活动的变化也必然会影响到文学批评的发展。陈思和在《艺术批评·新方法论·学院批评——二十五年文学批评论回顾》中提到，20世纪50年代以来的中国文学批评主要是评判作品是否符合政治标准，所以有大量的作品评论，缺少作家论和现象论。90年代以后，文学批评改变了宏观模式，转向了作家研究和现象分析。之所以出现这种情况，其实是跟文学创作密切相关的：20世纪50年代时期的政治文化心理主潮是主流文化/官方意识，作家创作和文学活动都受其影响，政治标准自然成为文学创作和文学批评的共同准则。20世纪90年代以后，精英文化意识和大众文化意识悄然兴起，作家在创作时有意识地追求鲜明个性，文学活动也开始进入多元化、市场化状态，文学批评的任务就随之改变。

具体到当前的政治文化体系，主流文化/官方意识、精英文化/知识分子意识和大众文化/平民意识三足鼎立的局面使当代文坛呈现出以下格局：主流文学在社会主义核心价值观的引导下呈现出"文化领导权幕后调控、视觉文化转向、大众平民意识凸显和精英审美品格滞缓"等时代话语特征，精英文学在坚守现实主义理念和人文精神的基础上探索新的文学理念、创作技巧和传播方式，大众文学则兼具平民意识、消费主义等特征并开始转战网络平台，这三者在相互影响中多元共存、和谐发展，但也保留着各自的特性。这一现状要求文学批评适当调整相关策略——在很长一段时期内，文学批评都只注重一种文学对象、张扬一种文化意识，这并不利于文学批评的生态构建。回顾中国现当代文学批评的发展，五四文学的影响使文学批评的精英意识在20世纪三四十年代得到长足发展；20世纪40年代以后，受特定历史时期和文艺政策的影响，文学批评长期秉从"政治决定文艺"的主流意识形态；改革开放的到来使文学批评再度重视文学内在的审美性，甚至过犹不及地遗失了政治话语。至于大众平民意识，在文学批评场域内则一直处于劣势地位，以至于20世纪90年代初，在面对大众文学的异军突起时，文学批评一时措手不及，或者从精英意识出发猛烈批判其粗制滥造，或者从主流意识出发怒斥其趣味低下和价值观不正确，唯独缺少与之相适应的大众平民意识审视。近年来，随着大众文学自身的逐步稳定和文学批评的自身调整，大众平民意识在文学批评话语中也开始占据一定地位，比如说通俗文学佳作《暗算》被诸多知名作家和学者推选为第七届茅盾文学奖获奖作品，而第八届茅盾文学奖评选结果揭晓后，有很多批评家对"网络文学代表作"未能入选抱以不满。由此可见，一旦作为批评对象的文学活动出现新趋向，文学批评如果不能及时调整自己的观念、标准和方法，就会出现相对滞后的现象。所以，当前的文学批评除了丰富各种理论观念之外，还应该深入了解当代中国政治文化体系，及时掌握批评对象的新状况并做出相应改变。

二 文学批评类型

当代法国批评家蒂博代把批评分为三种类型：媒体批评/自发批评/口头批评、学院批评/职业批评、作家批评/大师批评。在当代中国社会的政治文化的影响下，这三种类型分别呈现出不同的面貌与变化：从媒体批评来说，电视、网络等新型媒体的盛行，某种程度上促进了媒体批评的大众化、全民化发展，但媒体批评在市场经济、消费文化的影响下也更加显示出媚俗化、炒作化等弊端。按照蒂博代的分析，媒体批评起源于18—19世纪的沙龙，在20世纪初慢慢发展成昌盛的报刊批评，这种批评讲究机智、敏锐、生动和迅速，不一定沿用经典的文学观念，但要在某种程度上承担起对繁多的当代作品进行筛选优劣的责任。用这一标准来审视当前中国的媒体批评，我们会发现，对市场的过度偏重使媒体批评失去了应有的责任感，在拼命追逐甚至制造"看点"的过程中迷失了自我。在18—19世纪的法国，由贵妇组织的沙龙造就了卢梭、夏多布里昂等许多作家的声誉，这一盛况在当代中国的媒体批评中却难以再现。究其原因，不能不说是媒体批评过于看重大众文化/平民意识的商业变体，在主流文化/官方意识和精英文化/知识分子意识相对缺席的情况下，商业化、娱乐化等大众文化特征的过度发展严重影响到批评自身的独立性。

与媒体批评不同，当代中国的学院批评主要受到主流文化/官方意识的制约，体制内的生存环境使学院批评家们把职称作为学术研究的首要目标，因而更看重国家课题的申报、学术著作的出版和权威核心期刊论文的发表，而课题、著作和学术期刊对学术研究的要求以系统化、理论化、科学化为主，这就让学院批评热衷于文学史的考证、文学理论的研究和文学现象的纵深分析，对于具体文本的时评则不屑一顾。尤其是随着20世纪末各种西方批评思潮的涌入，学院批评在精神分析、新批评、结构主义、解构主义、女性主义、后殖民主义等各种理论的轰炸下出现观念先行、为验证理论而分析文本等特点，陷入蒂博代所说的"感觉遗失"、"趣味缺乏"的困境。当然，也有一些思想深厚、感觉敏锐的学院批评家，能及时对各种文学现象、文坛热点进行分析评价，与文学创作进行真正意义上的互动。但总的来说，大众文化/平民意识的缺失还是让大多数学院批评不能及时与文学实践对话。

此外，作家批评作为个性与独立精神的彰显者，在当代中国的社会语境中出现了某种弱化的趋势：一方面，作家批评不遵守体制内的学术研究规则，除了知名作家外，其他作家的文学批评很难在相关学术刊物发表；另一方面，因为游离于消费娱乐市场之外，作家批评也无法引起大众的兴趣。而按照蒂博代的观点，以"同情"和"理解"为前提的作家批评是最能弥合批评与创作之间裂痕的批评类型，他曾非常明确地指出："我这里所说的批评有着非常具体的含义：一群程度不同以专门谈书为职业的作家，他们在谈论别人的著作的同时，自己也发表作品，他们的作品虽然尚未达到天才的顶峰，但同其他作品比较起来，却没有任何理由自惭形秽。"① 从社会文化心理分析，作家批评的薄弱跟精英文化/知识分子意识受到消费市场冲击和主流文化/官方意识调控不无关系。因此，要让不同的批评类型各司其职，共同构建和谐的批评生态，就必须正视当前的政治文化生态体系，对其进行有针对性的调整。

三 文学批评精神

在当代中国社会政治文化的影响下，文学批评精神出现了双重裂变：一方面是平民意识的彰显与强化，另一方面则是功利化、市场化、人情化现象的逐渐泛滥。从前者来说，随着主流意识/官方意识退居幕后，文学批评不再局限于"政治化评判"的单一标准；各种西方哲学、美学、文学思潮的输入又使文学批评具备了更为开阔的理论视野，从人性关怀、审美性探讨到文化批判，多元化的发展趋势为文学批评开拓了更宽广的空间。尤其是随着网络传媒的发展，批评不再是专家学者的专利，以普通大众为主体的"受众批评"逐渐兴起，不仅为更多的人提供了发表评论的场所，无形中也提升了文学批评的实效性、公正性和生命力。相对于发表周期较长的学术期刊而言，网络评论更关注当下的文坛热点问题，如莫言获得诺贝尔文学奖之后，各大文学网站、论坛、博客都出现了即时的评论，这些评论迅速有效地介入一场文学活动并对大众的认知进行引导，某种程度上弥补了"文学批评滞后于文学创作"的缺憾。同时，网络的自由也使评论呈现出多元化的状态，在众声喧哗的评论中，我们既熟悉了莫言作品的魔幻现实主义特色、汪洋恣肆的语言风格、天马行空的想象力、根植于民间的传统文化底蕴，也看到了莫言作品的怪诞审丑、粗糙油滑，甚至由此触及到对诺贝尔文学奖本身的了解。在各种各样或褒或贬的议论中，获得诺贝尔文学奖的莫言及其作品以较为客观、辩证的形象呈现在公众视野中，这不能不归功于网络评论的民间形态与平民意识。

但我们同时也要看到，消费文化时代大众商业意识的冲击也使文学批评精神出现了浮躁化的征兆，甚至完全立足市场，为了娱乐、消费而

---

① ［法］蒂博代：《六说文学批评》，赵坚译，郭宏安校，生活·读书·新知三联书店2002年版，第33页。

进行批评。莫言获诺贝尔文学奖后引发的一系列图书抢购、网络狂欢现象，某种意义上与其作品本身并无太大关系，反倒成为调剂大众生活的佐料，当人们津津乐道于莫言应该穿什么衣服去瑞典领奖、750 万奖金在北京能买什么样的房子、莫言家乡是否斥巨资种植红高粱等话题时，莫言作品的内在价值意义在大众视野中悄然隐退。因此，在平民意识逐渐提高影响力的今天，文学批评更应坚守独立的文学精神，重建科学、准确的文学评价体系，普及并提高大众的审美精神、独立精神和批评精神，使之能与精英话语和主流意识平等对话，共同维持文学批评的精神世界。

在不同的历史时期，主流文化/官方意识、精英文化/知识分子意识和大众文化/平民意识之间具有此消彼长和相互影响、相互制约的关系，它们之间的关系直接影响到特定历史时期的文学批评。以延安时期为例，当时中国共产党正处于抗日救亡和与国民党反动派进行抗争的特殊社会历史时期，用无产阶级思想领导一切以获取抗战胜利成为当时社会各界包括文艺界的"总问题"，主流文化/官方意识在当时的社会活动中处于绝对的主导地位。具体到文艺界，当时的文艺工作者与领导们的文学批评思想和实践呈现出浓厚的"政治标准第一"特色。毛泽东在《在延安文艺座谈会上的讲话》中虽然对文艺批评提出了"政治和艺术统一、内容和形式统一、革命的政治内容和尽可能完美的艺术形式统一"的要求，但他更明确地强调了"任何阶级社会中的任何阶级，总是以政治标准放在第一位，以艺术标准放在第二位"[①]，这一标准直接影响了延安文艺的指导思想、文艺政策和批评实践，使延安文艺选择了"让文艺承担起建构现代民族国家的叙事话语的职责，并用这一核心理念对各种文艺观念和文艺形态进行整合"的文艺道路：比如说使主流文艺创作深入生活又高于生活，通过大众喜闻乐见的形式对民众进行普及和提高；在保留民间文艺自身生命力的同时，挖掘和突出民间文艺形式的意识形态内涵——经过鲁艺文人改造的秧歌剧是其典型代表；通过引导、教育对左翼文艺思想进行整合，坚持"文艺为工农兵服务"的

① 毛泽东：《在延安文艺座谈会上的讲话》，《毛泽东文艺论集》，中共中央文献研究室编，中央文献出版社 2002 年版，第 73 页。

核心思想和"无产阶级现实主义"的创作风格——这一政策深深影响了丁玲、孙犁等一大批精英知识分子的创作。但此时期的政治文化意识也并非由主流文化/官方意识形态单独构成，大众文化/平民意识以民间伦理道德的形式保存在各种文艺文本中——歌剧《白毛女》的开场戏"过年"就是用送旧迎新的民间文化习俗突出日常生活中的伦理秩序和道德逻辑，当杨白劳、喜儿和王大婶母子一起享受天伦之乐和邻里之情时，崇尚"平安和谐、生活稳定"的大众文化/平民意识就成为这个文本广泛流传的内在支撑。

当然，主流文化/官方意识一枝独秀的社会政治文化体系还是在很长一段时间内影响到中国当代的文学活动，使之过于强调官方主流意识形态的政治标准，相对忽略了精英意识的慎独、反思和大众意识的民间性。文学批评要想和谐发展，必须慎重对待这三种政治文化意识对社会和文学活动的影响，主动调整相关理念和政策。

从当代中国文学批评目前的存在状况来看，大众文化/平民意识的影响最为深远，随着经济水平的提高、教育资源的丰富和社会结构的变迁，当代中国社会中的"大众"开始掌握一定的经济资本、文化资本和社会资本，这为他们产生并表达自我意愿提供了更多的机会，尤其是传播媒介的多元化发展和网络的兴盛，使大众能够通过各种渠道来表达自我，文学批评的受众和主体范围日益扩大，这些都给文学批评带来了新的生机。需要注意的是，大众文化/平民意识的政治文化功能较为复杂，目前影响到文学批评的主要是其中的商业流行特质，如果不能真正发掘民间的平民意识，警惕消费文化的全面入侵，文学批评的独立性、审美性将会被严重削弱。与大众文化/平民意识相比，精英文化/知识分子意识和主流文化/官方意识对文学批评的影响还有待加强，文学批评精神的坚守、文学批评价值观的锻造都需要主流精神和精英意识的引导。具体说来，当前的文学批评应强化对正面价值、民族精神的肯定与宣扬，在对现实主义和时代整体的把握中突出作家的生命写作、灵魂写作和独创性写作，尊重大众平民意识但不被商业消费所牵制，在三种政治文化意识的协同作用下构建和谐生态的批评体系。

第三章　当代中国文学批评对象的
政治文化生态研究

　　研究当代中国文学批评，首当其冲的一个问题就是批评对象的发展与变化。用政治文化生态的视角来看，20 世纪 90 年代以来，当代中国面临着全球化和社会转型的双重挑战。在全球化的历史趋势中，国家与国家、民族与民族、个人与个人之间的交往更加便捷，封闭式发展被摒弃在历史轨道之外，对话和交流成为主体生存的必然选择。而在这频繁的对话和交流中，以美国文化为代表的西方文化更有实力对发展中国家进行文化殖民和文化霸权侵入，为了维护自身的文化特色和文化安全，中国必须形成一系列有效措施以抵抗这种文化殖民和文化霸权。同时，当代中国社会正经历着从"以政治为中心"向"以经济为中心"转变及"从传统社会向现代社会、从农业社会向工业社会和信息社会、从封闭性社会向开放性社会的社会变迁和发展"① 的过程，尚未发展成熟的社会形态必然会使公众面临着各种纷繁芜杂的文化现象，如果不能及时有效地引导公众对这些文化现象做出正确的判断，将会动摇国家主流意识形态的主导地位，给国家安全问题带来内部隐患。此外，教育的普及、物质生活的改善和社会现代化程度的提高，使普通民众产生了表述自我意愿的文化需求，并且具备了一定的条件。考虑到这一社会意识形态环境，当代中国的文艺创作面对的"总问题"应该是如何处理经济快速发展时期国家文化安全对文艺的要求与纷繁芜杂的文艺现象、人民大众层次不一的文艺需求之间的多元矛盾关系，与之相应，当代中国的文学创作具体表现为"主旋律"文学、精英文学和大众文学"三分天

---

　　① 　郭德宏：《中国现代社会转型研究评述》，《安徽史学》2003 年第 1 期。

下"的局面。

第一节 "主旋律"文学：主流意识形态的时代话语表述

在文艺界，"主旋律"的概念最早出现在 20 世纪 80 年代末。1987年 1 月，中共中央发出《关于当前反对资产阶级自由化若干问题的通知》，文艺界积极响应，贺敬之在《关于当前文艺战线的几个问题——在全国故事片厂长会议上的讲话》中提出了"主旋律"的概念，电影局局长滕进贤在全国电影会议上也提出了"突出主旋律、坚持多样化"的口号。可见，"主旋律"概念的出现，本身就是中国主流意识形态在新时期社会政治、经济、文化状况的吁求下对文艺创作提出的时代要求。

从主流文化的发展历程来看，"新中国的官方文艺政策，相继经历了十七年和文革时期的'文艺为政治服务，为工农兵服务'、新时期的'文艺为人民服务，为社会主义服务'和 90 年代以来的'弘扬主旋律，提倡多样化'三个阶段"[1]，每个阶段的文艺政策都有不同的侧重点：十七年延续的是延安文艺政策，作为无产阶级整个革命事业的一部分，无产阶级的文学艺术"在党的整个革命工作中的位置，是确定了的，摆好了的；是服从党在一定革命时期内所规定的革命任务的"[2]，这种"文艺为政治服务"的文艺政策不断被提升，至"文化大革命"时期达到顶峰，使文艺成为政治的附庸。1979 年 10 月，邓小平在《在中国文学艺术工作者第四次代表大会上的祝词》中以"文艺为人民服务，为社会主义服务"的口号代替过去"文艺为政治服务"的口号，在新时期社会主义建设的浪潮下张扬"人民"的主体性，催生了伤痕文学、反思文学、改革文学、寻根文学等文学思潮，遭受"文化大革命"重创的文艺界全面复苏，同时侧重"个人化表达"的文艺创作开始成为潮流。20 世纪 90 年代以后，"主旋律"渐次成为当代中国文化发展战

---

① 王庆卫：《"主旋律"文艺的意识形态策略与后意识形态境遇》，《中山大学学报》（社会科学版）2013 年第 3 期。

② 艾克恩主编：《延安文艺史》（下），河北教育出版社 2009 年版，第 308 页。

略的重要内容，所谓"弘扬主旋律"，"就是要在建设有中国特色社会主义的理论和党的基本路线指导下，大力倡导一切有利于发扬爱国主义、集体主义、社会主义的思想和精神，大力倡导一切有利于改革开放和现代化建设的思想和精神，大力倡导一切有利于民族团结、社会进步、人民幸福的思想和精神，大力倡导一切用诚实劳动争取美好生活的思想和精神"①。相对而言，"主旋律"在坚持主流意识形态的基础上弱化了政治话语对文艺创作的正面操控，以更宽容、更灵活的姿态追求文艺创作的多元化发展。

随着全球化、现代化程度的提高，当代中国的思想文化愈加丰富多元，社会民众的文艺审美能力和需求日益增加，如何通过潜移默化的形式在各种意识形态的博弈中积极有效地传播正能量，在尊重民众个人意愿的基础上建构以主流意识形态为主导的文化秩序，成为"主旋律"文艺的时代任务与职责。2014 年，习近平总书记在《在文艺工作座谈会上的讲话》中指出："每个时代都有每个时代的精神。文艺是铸造灵魂的工程，文艺工作者是灵魂的工程师。好的文艺作品就应该像蓝天上的阳光、春季里的清风一样，能够启迪思想、温润心灵、陶冶人生，能够扫除颓废萎靡之风。广大文艺工作者要高扬社会主义核心价值观的旗帜，把社会主义核心价值观生动活泼、活灵活现地体现在文艺创作之中，用栩栩如生的作品形象告诉人们什么是应该肯定和赞扬的，什么是必须反对和否定的，做到春风化雨、润物无声。要把爱国主义作为文艺创作的主旋律，引导人民树立和坚持正确的历史观、民族观、国家观、文化观，增强做中国人的骨气和底气。"② 这段话进一步明确了当前文艺创作的主要宗旨是高扬社会主义核心价值观，要求文艺工作者结合时代特色，用生动活泼的文艺形象将主流意识形态的价值观念潜移默化地传输给民众，引导民众在如沐春风般的文艺审美和享受中树立正确的人生观、价值观，增强国家民族自信，强化爱国主义意识。

① 江泽民：《全国宣传思想工作会议上的讲话》，《十四大以来重要文献选编》（上），中共中央文献研究室编，人民出版社 1996 年版，第 656 页。
② 习近平：《在文艺工作座谈会上的讲话》，《光明日报》2015 年 10 月 15 日。

具体到文学领域，在当代中国的政治文化生态体系中，"主旋律"文学呈现出以下几个时代特征：

一 "文化领导权"的幕后调控

"文化领导权"（culture hegemony）① 最早由葛兰西提出，指的是统治阶级通过意识形态的引导和操纵，在文化和道德上实施领导。葛兰西认为，国家统治主要由"国家机器控制"和"道德文化领导"两个部分组成，其中"国家机器控制"主要通过军队、警察、监狱等强制性力量来实施，"道德文化领导"则主要通过文学艺术、教育、大众传媒等途径在市民社会中来实施。对于一个政党来说，无论是在取得领导权之前，还是取得领导权之后，"道德文化领导"都至关重要。"主旋律"文学正是在这个意义上践行着社会主义文化的领导权。

当然，随着社会语境的转变，社会主义文化领导权对文学的影响方式也在发生变化，概括来说，就是从十七年文学时期的全面"询唤"到"文化大革命"时期的"政治唯一"再到 20 世纪 90 年代以后的幕后调控。我们可以从小说《林海雪原》的几次版本改编中窥见这一变化轨迹。

小说《林海雪原》出版于 1957 年，是十七年文学中"红色经典"的代表作。小说里面，党的领导和指挥是贯穿多次战斗活动的明线，也是每个战士自觉的精神皈依对象。小分队的 203 首长少剑波从小失去父母，在姐姐的抚养下长大，作为少剑波唯一的亲人，姐姐鞠县长除了在生活上无微不至地照顾他之外，更是他思想意识上的引路人，正是在姐姐言传身教的影响下，少剑波 15 岁就加入了八路军。他的个人成长历程，就是在思想上逐渐靠拢党组织的一个过程，是从一个懵懂的"个体"被共产主义意识形态询唤为"主体"的过程——所谓"询唤"，按照阿尔都塞的理论，是指某种意识形态通过传唤或呼唤的方式"在个人中间招募'主体'（它招募所有的个人）或把个人'改造'成主体

---

① 也有人将之译为"文化霸权"或"话语霸权"，但实际上这一概念强调的并非统治阶级意识形态的强制推行和灌输，而是要求统治阶级和被统治阶级在相互沟通、相互妥协的基础上达成一致，共同维护现行社会秩序的正常运行。从这个意义上来说，"文化领导权"的译法更为适宜。

（它改造所有的个人）"①。一旦个体被意识形态询唤为"主体"，他就会将这一意识形态内化为自己的行为规范，绝对服从并自觉维护这一意识形态，成为这一意识形态的驯服臣民。在具体的"询唤"过程中，"意识形态担负着指定具有承担者功能的主体（一般）的任务。为此，意识形态必须面向主体、提醒他是主体，并提供他是承担这种功能的主体的理由"②。

《林海雪原》里面，这一"询唤"从少剑波的少年时代开始，一直持续到他后来的工作和生活中。在看到姐姐被害的惨状时，少剑波的耳边响起的是刘政委"剑波同志！……万一有什么不幸，切记要镇静！"的叮嘱；在受命带领小分队消灭力量数倍于己的残匪时，少剑波得到了何政委和田副司令"这次战斗既要有集体作战的群胆，也要有各个为战的孤胆"的教导；奶头山战役胜利之后，何政委和田副司令又来信提醒他"戒骄戒躁、切忌轻敌"，并给出了"雪地在这方面给了你困难，同样反过来也给了极大的便利，问题是你如何善于利用它"的建议，从而使少剑波灵光一闪，想出了利用大雪掩盖足迹的妙计……正是在党的一次次教导和指引下，少剑波快速成长为一个有智有胆有识的共产党中坚力量，并主动承担起"询唤"身边人的职责：对小分队的战士来说，他那过人的胆识、精密的战术布置、专注的工作态度、顽强的战斗意志是凝聚大家的精神力量；对老百姓来说，他那解决群众吃饭穿衣问题的策略、带领小分队消灭众匪的战斗力和极具说服力的政策宣传能力是构建人们心中"共产党形象"的最佳途径。正是在这样一个链条体系中，《林海雪原》《铁道游击队》《敌后武工队》等十七年文学中的"红色经典"用一大批意志坚定、公而忘私的共产党员形象，用一个个惊天动地的革命战斗故事在潜移默化中感动读者并对之进行意识形态层面的"询唤"。

需要注意的是，十七年文学时期"红色经典"对个体的全面"询唤"是以坚实深厚的民间因素为基础的。《林海雪原》里的大部分战士

① ［法］阿尔都塞：《意识形态与意识形态国家机器》，陈越译，载何怀宏主编《哲学与政治：阿尔都塞读本》，吉林人民出版社2003年版，第364页。
② ［日］今村仁司：《阿尔都塞——认识论的断裂》，朱建科译，河北教育出版社2001年版，第231—232页。

都出身贫寒，少剑波从小父母双亡，杨子荣被地主恶霸欺凌得家破人亡，栾超家自幼为生存而奔波于深山老林……共产党在用意识形态"询唤""个体"的同时，也在用"国家机器"摧毁给他们带来"家仇国恨"的反动势力，个体是在满足了生存需要和安全需要之后才甘愿被"询唤"为"主体"的。而且，就当时的时代背景而言，人们一起经历过八年抗战和解放战争之后，形成了较为一致的阅读期待视野和接受心理，"红色经典"的话语言说符合当时的时代审美趣味。此外，"红色经典"还采用了中国民间通俗文学的叙事模式，满足了读者对传奇故事的阅读心理。何其芳在看完《林海雪原》以后说："在当时读完后我就想，作者一定很得力于我国的古典小说，因为从其中许多地方都可以看到他学习古典小说的写法的痕迹。学习而还有过于明显的痕迹，或许也可以说是缺点，然而我国的古典小说的这种突出的艺术特点、情节和人物给读者的印象非常深，读后就不能忘记，却是十分值得学习和发扬的宝贵传统。"他还援引了作者曲波的看法说："在写作的时候，我曾力求在结构上、语言上、故事的组织上、人物的表现手法上、情与景的结构的结合上都能接近于民族风格。我这样做，从目的性来讲，是为了要使更多的工农兵群众看分队的事迹。我读过《钢铁是怎样炼成的》、《日日夜夜》、《恐惧与无谓》、《远离莫斯科的地方》，我非常喜爱这些名著，深受其高尚的共产主义品质道德及革命英雄主义的教育，它们使我陶醉在伟大的英雄气魄里，但叫我讲给别人听，我只能讲个大概，讲个精神，或是只能意会不能言传。可是叫我讲《三国》、《水浒》、《说岳全传》，我可以像说评词一样的讲出来，甚至最好的章节我可以背诵！在民间一些不识字的群众也能口传；看起来工农兵还是习惯于这种民族风格。"① 少剑波智斗定河老道、杨子荣智取威虎山等脍炙人口的故事情节，一直在老百姓的口耳相传中具有鲜活的生命力，这也使此时期"红色经典"的意识形态"询唤"得以在民间顺利进行。

小说《林海雪原》出版以后，反响较大，很快被改编成现代京剧《智取威虎山》，并在 1967 年被进一步经典化为样板戏《智取威虎山》，成为"政治唯一"指挥棒下的主流文学代表。和小说相比，样

---

① 何其芳：《我看到了我们文艺水平的提高》，《文学研究》1958 年第 2 期。

板戏《智取威虎山》高度政治化、概念化，按照"在所有人物中突出正面人物，在正面人物中突出英雄人物，在英雄人物中突出中心人物"的"三突出"原则重新塑造人物形象、改编故事情节。为了突出主要英雄人物，样板戏大量缩减反面人物如定河道人、座山雕的戏份儿，"调动一切艺术手段的积极因素，用最美的词，最好的腔，最突出的地位，最鲜明的色彩"[①]来塑造第一号英雄人物杨子荣，弱化其身上"莽里莽撞，甚至略带匪气"的个人化色彩，突出其作为"无产阶级革命战士"的坚定性和纯洁性。比如说"打虎上山"这场戏，小说中的杨子荣一路上想的是自己被地主欺压得家破人亡的个人仇恨，唱的是土匪的淫词小调，打虎时心中也有恐惧，遇见土匪时也会暗中紧张；样板戏中的杨子荣则用宏伟远大的无产阶级革命理想替换了私人化感情，面对群山抒发的是"愿红旗五洲四海齐招展"、"迎来春天换人间"的豪情壮志，并且目光炯炯、大义凛然地面对老虎和土匪。在这一原则的要求下，样板戏《智取威虎山》尽量隐去民间因素和个人化色彩，"203 首长"、"小白鸽"等世俗化名字被更具有集体主义色彩的"参谋长"、"卫生员"代替，杨子荣和土匪周旋时说艳俗段子、调情等戏份儿被删去……正是在这样不断净化的过程中，以《智取威虎山》为代表的"文化大革命"样板戏把十七年时期红色经典文学的"询唤"转变成了意识形态的强制灌输，试图通过反复的强化来使接受者的思想意识同质化、统一化。这种"文艺为政治服务"的文艺观念将"文化领导权"推至极致，表面上进一步净化了主流意识形态，实际上却遗失了真正能够"询唤"民众的民间文化元素。从几个较为成功的样板戏来看，《智取威虎山》《沙家浜》《红灯记》《白毛女》等的生命力仍然来自民间文化元素，陈思和曾以《沙家浜》为例分析说："即使改编到最后的'样板戏'，仍然不能改掉阿庆嫂与三个男人之间的固定关系，郭建光的不断抢戏，除了增加空洞与乏味的豪言壮语以外，并没能为艺术增添积极的因素，春来茶馆老板娘角色地位无法改变。因为没有了阿庆嫂所代表的民间符号，就失去了《沙家

---

　　① 上海京剧院《智取威虎山》剧组：《毛泽东思想永放光芒——从革命现代京剧〈智取威虎山〉的诞生和成长看两条路线的斗争》，《人民日报》1969 年 1 月 6 日。

浜》本身，即使是最高指示把剧名由'芦荡火种'改成'沙家浜'，即使是'三突出'理论甚嚣尘上，《沙家浜》舞台上仍然并立着两个主要英雄人物，而且真正的主角只能是这个江湖女人。"① 同样，《白毛女》中固有的亲情伦理、《智取威虎山》中兵匪之争的传奇色彩，才是真正支撑起革命英雄人物的血肉和肌理。

　　由此可见，"文化领导权"必须和民间文化元素进行协调、相互妥协、达成有机平衡以后才能顺利实施。按照葛兰西的理论，这两者之间的互动关系正好对应统治者与被统治者之间的交互关系："统治集团根据从属集团的整体利益进行具体调整，国家生活被看作基本集团和从属集团的利益之间的不稳固平衡（在法律上）持续形成和取代的过程——在这一平衡中，统治阶级的集团占上风，但只是在一定程度上，也就是说仅止于狭隘的社团经济利益。"② 如果说十七年文学时期的红色经典是用主流意识形态来引导、融合民间文化元素的话，"文化大革命"时期样板戏中的主流意识形态则完全主导、控制了民间文化元素，而到了 20 世纪 90 年代以后，随着大众传媒的发展和平民意识的崛起，"文化领导权"逐渐转向幕后调控，"民间"以崭新的面貌重新走上台前。陈思和在《民间的浮沉：从抗战到文革文学史的一个尝试性解释》中提出，"民间是与国家相对的一个概念，民间文化形态是指在国家权力中心控制范围的边缘区域形成的文化空间"，他认为"民间文化"至少包含了三种文化层面："旧体制崩溃后散失到民间的各种传统文化信息，新兴的商品文化市场创造出来的都市流行文化，以及中国民间社会的主体农民所固有的文化传统。"③ 如果说十七年文学时期乃至"文化大革命"样板戏时期的"民间文化元素"指的是"中国民间社会的主体农民所固有的文化传统"的话，20 世纪 90 年代以后，中国社会中的"民间文化元素"则更多地指向都市流行文化中的消费文化、商业文化

---

　　① 陈思和：《民间的浮沉：从抗战到文革文学史的一个尝试性解释》，《上海文学》1994 年第 1 期。

　　② ［意］安东尼奥·葛兰西：《狱中札记》，曹雷雨等译，中国社会科学出版社 2000 年版，第 144—145 页。

　　③ 陈思和：《民间的浮沉：从抗战到文革文学史的一个尝试性解释》，《上海文学》1994 年第 1 期。

元素。2014 年徐克导演的 3D 电影《智取威虎山》，正是按照这一时代话语模式，用"文化领导权"在幕后调控了以"商业、消费文化"为主要构成内容的民间文化元素。

从主流意识形态层面来看，电影《智取威虎山》完全保留"革命英雄人物智勇双全，以少胜多剿灭悍匪"的故事主线，黑白分明、正义战胜非正义，带给观众激情洋溢的革命浪漫主义感受。但值得注意的是，这个版本的《智取威虎山》隐去了主流意识形态对英雄人物的"询唤"过程，203 首长、杨子荣等人一出场就已经是定型的、成熟的、坚毅的战斗英雄，党的教导在他们出现之前已经基本完成。这样一来，主流意识形态主要通过已经被询唤的"主体"来吸引接受者，引导接受者主动皈依。同时，为了满足当代社会语境中受众新的期待视野，被"询唤"后的"主体"保留了多元化的个人风格，张涵予饰演的杨子荣硬朗霸气，既能勇武射杀老虎、沉稳应对座山雕，又能大口喝酒、大声唱戏，利用多年的侦察战斗经验和过人的心理战术一路斩妖除魔，凭借强大的个人气场成为中国的"007"。而林更新饰演的 203 首长面孔俊朗、身材颀长，为集体主义色彩浓厚的党的代表增添了时尚气息。这些依然具有个性特色的魅力"主体"，形象地表征着当代主流意识形态的博大和宽容。甚至于为了满足接受者的期待视野，电影除了渲染战争场面之外，还为原本模糊化、脸谱化的反面人物增添了一丝趣味：阴险诡谲的座山雕兴致高涨时也会唱戏文；"八大金刚"中的老二疑心重重，屡次试探杨子荣却偷鸡不成蚀把米；老八对杨子荣一见忠心，无底线信赖和追随，很傻很天真……这些随处点撒的精彩演绎正好符合了当代受众对"转瞬即逝"的快餐文化的消费心理。

随着市场经济的发展和转型，20 世纪 90 年代以后的中国社会逐渐从以"政治为中心"转向"以经济为中心"。在鱼龙混杂、光怪陆离的经济大潮中，以突出党的领导、弘扬革命传统、倡导社会主义精神文明为己任的"主旋律"文学，具有整合思想意识、凝聚民众力量的重大作用。但需要注意的是，在"主旋律"文学的生产过程中，那种"几十年不变的僵硬模式和狭窄的题材、刻板的面孔"，"已经越来越丧失了影响力和感染力"，"它的存在事实上仅仅成了一种具有姿态性的表意符号，既不符合市场条件下的文化生产规律，也失去了对主流文化宣传的功能"①。从这个角度来说，将主流意识形态的调控转到幕后，通过更具时代特征和日常生活气息的人物形象、故事情节、空间场面来吸引接受者，也许是"主旋律"文学在当代中国社会政治文化生态体系中的绝妙选择之一。

二 现代化社会语境中的"视觉文化"转向

21世纪以来，"主旋律"文学呈现出的另一个时代特征就是"视觉文化"转向。随着全球化、现代化程度的日益提高和经济技术的飞速发展，中国社会正在经历大跨步的现代化转型，人们的生活被五彩争胜、流漫陆离的社会景观所充斥，各种奇观景象纷至沓来又转瞬即逝，人们已无暇慢慢欣赏"静默"的艺术形式，而是在一次又一次的"震惊"中体验"审美浪潮"的冲击与离去。正如本雅明所说，在这个时代，"虽然这一称谓我们可能还熟悉，但活生生的、其声可闻其容可睹的讲故事的人无论如何是踪影难觅了。他早已成为某种离我们遥远——而且越来越远的东西了。……讲故事这门艺术已是日薄西山。要碰到一个能很精彩地讲一则故事的人是难而又难了"②。更关键的问题是，即便现在依然有这种能讲出精彩故事的人，能静下心来倾听他讲故事的人也越来越少了。在碎片化阅读正当其道的消费社会语境中，人们越来越不习惯用漫长的时间来阅读文学作品、倾听故事讲述，而是更多地通过视觉感官来接受艺术形象、感受情绪情感、体会思想意义。于是，借助视觉传媒重新被当代受众所认知，逐渐成为"主旋律"文学的时代选择之一。"据国家广电总局统计，从2010年至2012年三年间有1411部47330集电视剧获准发行，其中'红色经典'电视剧就有226部8077集③，《铁道游击队》《小兵张嘎》《林海雪原》等一大批"红色经典"被改编成电影、电视剧搬上银幕，通过视觉化传播途径重新占有市场。

---

① 孟繁华：《传媒与文化领导权——当代中国的文化生产与文化认同》，山东教育出版社2003年版，第147页。

② ［德］瓦尔特·本雅明：《讲故事的人》，张耀平译，载陈永国等编《本雅明文选》，中国社会科学出版社1999年版，第291页。

③ 马玉玲、黄解明、彭海宝：《"红色经典"主流价值与当下文艺创作研究》，《江西社会科学》2013年第9期。

　　与精英文学相比，"主旋律"文学在影视剧改编方面具有一定的优势。我们知道，文学是一门语言艺术，读者在接受这种艺术形式时必须通过自己的想象进行艺术再创造，在这一接受过程中，每个人都会因为自己的文学素养、知识积累、人生阅历、职业年龄、价值观念的不同而对同一种艺术形象产生不同的理解，因而会出现"一千个读者就有一千个哈姆雷特"的文学现象。但是银幕/荧幕形象的出现，在把这种抽象化理解形象化、具象化的同时也固定化了，面对直接的视觉感受，观众首先捕捉到的是同质化的艺术形象，接受到的是同质化的艺术信息。并且，随着银幕/荧幕形象的转瞬即逝，观众很难有时间对这些信息进行再处理。这也是本雅明在《机械复制时代的艺术作品》中对以电影为代表的机械复制文化艺术的审美判断之一："总而言之，复制技术把所复制的东西从传统领域中解脱出来。由于它制作了许许多多的复制品，因而它就用众多的复制物取代了独一无二的存在；由于它使复制品能为接受者在其自身的环境中加以欣赏，因而它就赋予了所复制的对象以现实的活力。这两方面的进程导致了传统的大动荡——作为人性的现代危机和革新的对立面的传统的大动荡，它们都与现代社会的群众运动密切相联，其最大的代理人就是电影。"① 也就是说，产生并兴盛于机械复制时代的电影艺术追求的审美效果是"震惊"而非"韵味"，这种审美文化不需要人们流连忘返、驻步沉思，而是像一颗飞驰的子弹一样，让观众在转瞬即逝的"震惊"中获得快感体验。为了让观众快速感知，电影必须强调镜头语言的"肖似符号"性，用直观画面准确传达出各种审美体验，包括"那种即便千言万语也难以说清的内心体验和莫名的感情。这种感情潜藏在心灵最深处，决非仅能反映思想的言语所能传达的；这正如我们无法用理性的概念来表达音乐感受一样。面部表情迅速地传达出内心的体验，不需要语言文字的媒介"②。但与此相应的是，对直观画面的追求也削弱了语言的丰富性和想象力，转瞬即逝的画面不能留给观众足够的反思时间。从接受心理来说，银幕/荧幕形

---

　　① ［德］瓦尔特·本雅明：《机械复制时代的艺术作品》，王才勇译，中国城市出版社2002年版，第10—11页。

　　② ［匈］贝拉·巴拉兹：《电影美学》，何力译，中国电影出版社2003年版，第25页。

象更适合通过多次重复来强化观众的认知。

正是由于这种机械复制的本质，电影电视在改编精英文学文本时，很难通过视觉形象来全方位地展示幽深的人性和复杂的社会历史内涵，故事情节的剪裁、场景空间的取舍、价值取向的把握、演员对主要人物的演绎等都制约着改编的成功与否。尤其是近年来随着科学技术的发展和消费观念的转变，影视艺术的重心逐渐从"叙事"转向"奇观"："近年来的电影中——尤其是如果我们把奇观的定义扩大到包括有攻击性本能的形象上去的话——'奇观'不再成为叙事的附庸。即是说，有一个从现实主义电影向后现代主义电影的转变，在这个转变中，奇观逐渐地开始支配叙事了。"① 对"奇观"的追求，使现在的影视剧越来越追求直接的视觉吸引力和快感最大化，相对忽视有内在逻辑关系的深度叙事。如果说传统的以"叙事"为画面组接核心的影视艺术还能从精英文学中萃取精华的话（如电影《红高粱》《大红灯笼高高挂》等)，当代以"奇观"为画面组接核心的影视艺术则不得不面对"叙事"与"奇观"之间的冲突和撕扯。这种艰难，可从近年来《白鹿原》《温故一九四二》改编成电影后毁誉参半的现实处境中窥见一斑。

以《白鹿原》为例，陈忠实先生的原著通过主人公传奇式的人生描述了渭河平原 50 年的历史变迁，小说中厚重深邃的社会历史内容、奇谲瑰丽的民间生活场景、跌宕起伏的故事情节、复杂多变的人物性格、带给人们无穷的审美可能性。但是改编后的电影《白鹿原》，为了追求画面效果和视觉冲突，把立体化的圆形人物简约化、类型化：如小说的主人公白嘉轩既是传统伦理道德的拥护者和践行者，又体现出小农思想的狭隘和闭塞，而且精通乡土生活的人情世故，在电影里却成了"忠孝仁义"的符号代表；小说里，鹿兆鹏、黑娃、白孝文等人的性格转变和命运变迁背后沉淀着的几十年来国家民族命运的风云变幻，在电影里却被解读为更具有视觉奇观效果的"本我"情欲元素……此外，小说多元化的叙事视角、错综复杂的叙事线索、原生态的民间生活情态等，都远非更注重视觉震撼的电影所能把握。同样，由《温故一九四二》改编而成的电影《一九四二》，虽然已经尽量用多元化的叙事来弥

---

① Scott Lash. Sociology of Postmodernism, London: Routlodge, 1990, p. 188.

补奇观电影的浮夸，却依然无法传达出原作中的黑色幽默、历史无奈、人性复杂等艺术张力，为了更鲜明地表述意义，冯小刚不得不用一些更直接的画面补充阐释，有时甚至会带来叙事上的硬伤：电影把日本人给灾民发粮食的目的解读为"让灾民反过来替自己打国民党"，这个意图最初是通过冈村宁次和他部下的对话表现出来的，为了更直观地表现日本人的狼子野心和凶残，《一九四二》安排栓柱被日本人用挑着馒头的刺刀刺死，寓意日本人提供的粮食背后是杀人的刀。如果仔细推敲，在为了吃可以放弃一切的那个时刻，栓柱为了保护自己女儿（还不是亲生女儿）的玩具而坚决与日本人对抗的情节，到底有多少可信度？除此以外，作为导演，冯小刚不能无视奇观场面得天独厚的视觉刺激效果，对直接视觉效果的追求让他时不时渲染某些细节——比如说在白修德照片上反复定格的"狗吃人"现象、炮火轰炸下小女孩身上汩汩流出的鲜血、栓柱被日本人用挑着馒头的刺刀刺穿后脑勺等。这些血腥、杀戮场面虽然能刺激眼球，却无法带来视觉审美，甚至会破坏人们的敬畏和肃穆感。与"叙事"渐行渐远的当代影视艺术，面对磅礴复杂的精英文学，还有很长一段路要走。

与改编精英文学时的捉襟见肘相比，当代奇观电影在改编"主旋律"文学时却呈现出得天独厚的优势。首先，"主旋律"文学的主题鲜明，矛盾冲突集中，不会给影视改编造成太大的叙事困难。无论是历史传承下来的红色经典《林海雪原》《铁道游击队》《小兵张嘎》，还是新时期弘扬革命英雄主义的军旅小说《我是太阳》《突出重围》《亮剑》，抑或鞭挞恶习、伸张正义的反腐倡廉小说《苍天在上》《抉择》……都遵循着"宣扬主流意识形态"的书写原则，立场鲜明，正义与非正义的对峙一目了然。即便融入了更为丰富的日常生活场景、更为立体的场面空间营造、更为复杂的人物内心描写、更为细腻的情绪情感抒发，编剧们也非常容易从中选取最清晰的叙事主线和最集中的矛盾冲突，不会让观众在进行视听享受的同时产生理解上的阻滞和困难。

其次，"主旋律"文学中的人物形象主要性格突出，拥有坚定的人生信仰和坚毅的精神品格，面对各种艰难困苦毫不退缩，利用自己的智慧和勇气排除千难万险，有鹤立鸡群、显而易见的性情甚至是脾气，有利于银幕/荧幕形象的演绎和阐释。比如说《亮剑》中的李云龙可以用

"面对强大的敌手，明知不敌也要毅然亮剑。即使倒下，也要成为一座山，一道岭"这句话来概括；《我是太阳》中的关山林是典型的硬汉形象——"今天把我打下去，明天我照样能再升起来"；《抉择》中的李高成一身正气，面对复杂尖锐的社会矛盾和盘根错节的腐败势力立党为公、不惧邪恶，坚信"这就是一个共产党员的生死抉择，永不后悔的生死抉择"；《苍天在上》中的新任代理市长黄江北是一个励精图治、疾恶如仇的"反腐"斗士……相较于十七年文学乃至"文化大革命"时期的"红色经典"来说，近年来的"主旋律"文学在塑造人物形象时更加注重其性格的丰富性、平民性和世俗性的刻画，但大多数细节描写依然以主导性格为核心，李云龙和关山林的粗暴脾气是其英雄气概的附带元素，所以在关键时刻能够有效控制自己；黄江北追求个人权力是为了更好地为人民办事，所以不会为了权力去进行交易……也就是说，"主旋律"文学中的主要人物本身就具有"视觉化"效果，能够通过爱憎分明的人物形象带给读者直接的震撼力。这种类型的人物形象在影视剧改编过程中具有极大的便利性。

最后，"主旋律"文学注重场面空间的仪式感。从"红色经典"、当代军事题材小说对大规模战争场面的渲染，到反腐倡廉官场小说中的仪式化圣地（如天安门广场、奠基或剪彩仪式、历史建筑物等）刻画，"主旋律"文学一直致力于用崇高神圣、波澜壮阔的场面空间来净化读者的灵魂、凝聚读者的向心力。从社会心理来说，公共领域的"仪式化"对生产历史记忆和凝聚民族文化认同起着重要的作用："仪式使人的情感和情绪得以规范的表达，从而维持着这些情感的活力和活动。反过来，也正是这些情感对人的行为加以控制和影响，使正常的社会生活得以存在和维持。"[①] "主旋律"文学正是通过这些仪式化的公共生活领域，来唤起读者的国家民族认同感及其想象式体验。而这些空间和场面，又天然地符合视觉消费社会中奇观影视的改编原则。电影《智取威虎山》中漫天遍野的雪景和松林、阴森的城堡和邪恶的鹰、惟妙惟肖的凶猛老虎、立体景深的逼真枪战、干净利落却又惊心动魄的终极对

---

① ［英］拉德克利夫·布朗：《原始社会的结构与功能》，丁国勇译，中央民族大学出版社 1999 年版，第 180 页。

决和最后想象中的飞机大战，完全可以媲美好莱坞大片，既满足了当代观众对动作奇观、身体奇观、速度奇观、场面奇观的期待视野，也和"主旋律"文学本身对仪式化场面空间的重视相吻合。

桑塔格在分析摄影时曾经说过："观看意味着在人们司空见惯、不以为奇的事物中发现美的颖悟力。摄影家们被认为应不止于仅仅看到世界的本来面貌，包括已经被公认为奇观的东西，他们要通过新的视觉决心创造兴趣。"①"主旋律"文学的视觉文化转向，与其说是在视觉消费社会语境中的无奈之举，不如说是用"新的视觉决心"重新创造出接受者的兴趣点，引导接受者接受主流意识形态洗礼的时代选择。

三　大众平民意识的凸显与精英审美品格的滞缓

在当代中国社会的政治文化生态体系这个格局中审视近年来的主旋律文学创作，我们会发现，与"文化领导权"的幕后调控和现代化社会语境中的"视觉文化转向"相伴而来的，是大众平民意识的凸显与精英审美品格的滞缓。

从前者来说，无论是"红色经典"的影视剧改编，还是近年来的文学新作，都越来越重视现实日常生活中的"大众平民意识"，从先前的全方位政治号召转向对日常生活元素的吸收，通过英雄人物世俗化、生活场景细节化等方式来满足当代社会语境中观众的"日常生活"审美期待视野。以 3D 电影《智取威虎山》的改编为例，电影给"孤胆英雄"杨子荣添加了一些民间气息甚至是时尚化元素，如会唱二人转、会给小栓子画画册等；渲染了一些饶有趣味的生活细节，如 203 首长和杨子荣之间的革命情谊、小白鸽和高波在枪战中互相鼓励、生性多疑的座山雕让自己的女人去试探兄弟、对杨子荣天然信赖处处维护的老八和他一起在野外拉屎以至于无意中解除了他的困境、杨子荣智勇双全当机立断设计"陷害"揭发他的老四……这些洋溢着浓厚民间生活气息的细节，将英雄人物和革命历史从政治神坛拉回到世俗日常生活，而"日常生活是一切活动的汇聚处、纽带和共同的根基。也只有在日常生

---

① ［美］苏珊·桑塔格：《论摄影》，艾红华、毛建雄译，湖南美术出版社 1999 年版，第 105 页。

活中，造成人类和每一个人存在的社会关系的综合，才能以完整的形态与方式体现出来。在现实中发挥出整体作用的这些联系，也只有在日常生活中才能实现与体现出来"①，主流意识形态的叙事话语，必须通过"日常生活"这一中介，才能真正进入观众的视野，潜移默化地引导观众产生认同感。所以，《亮剑》《我是太阳》等革命军旅小说详写了革命英雄的爱情婚姻故事，《抉择》《苍天在上》等反腐倡廉小说把反腐战场延伸到亲情、友情领域……

　　为了更有效地进入大众视野，"主旋律"文学充分尊重大众平民意识，一方面，弱化政治说教色彩，增加大众通俗文学元素，满足接受者的好奇心理。"红色经典"小说的影视剧改编偏好充满革命浪漫主义气息的奇观、奇景、奇人、奇事，革命军旅小说着重渲染主人公与众不同的坚毅品格和身体力量，反腐倡廉小说融入了许多尔虞我诈、明争暗斗的官场纷争，这些都为市民大众提供了现实日常生活中接触不到的观看对象，使人们通过观看、阅读行为参与到变化无常、跌宕起伏的事件中去，满足自己的好奇心并获得日常生活的舒适感和安全感。另一方面，强调日常生活审美化。同样是作为主流意识形态的文化表征，十七年文学乃至"文化大革命"时期的主流文学艺术作品强调的是阶级意识，是精神层面的激励和鼓舞；20世纪90年代以后的"主旋律"文学强调的则是"日常生活"本身所具有的审美魅力。以"身体"为例，在十七年文学时期的叙事话语体系中，"身体"本身不具备存在的必然性和合理性，它只有和精神融为一体时才能产生意义。所以，个体只能在献身革命事业成为革命英雄人物时，才能获得完美的、高大神圣的身体，此时的"身体"脱离了食、色的世俗性，成为无产阶级革命事业这一精神信仰和阶级意识的符号象征。但是到了20世纪90年代以后，"主旋律"文学开始倚重"身体"自身的世俗性魅力，《我是太阳》《亮剑》等革命军旅小说中的战斗英雄孔武有力、肢体灵活协调，在受伤后具有超乎常人的自愈能力，充满了男性的个人魅力。并且，小说隐去了政治理想、精神追求对这些战斗英雄的"询唤"和影响，把"战场杀戮"更多地归为他们的个人化爱好和选择，所以，由战争而产生的

---

　　① Henri Lefebvre. Critique of Everyday Life（Vo 1），London：Verso，1991，p. 97.

"身体的伤疤"，在十七年文学及"文化大革命"文学中是人物阶级身份的标志，在新革命历史小说中却"象征着男性的力量与意志"，引发了女性及其所隐喻的大众的爱恋和认同。"身体是一个模糊而虚弱的领域，然而又是有无穷表意能力的领域；身体是一个没有细节的领域，但又是能详细反射社会细节的领域。身体自身的物质性既稀薄，又抽象，这是没有自身物质性秘密的身体，然而又是埋藏着所有社会秘密的身体，空洞的身体充斥着无限的阐释可能性"①，正是通过"身体"所呈现出来的文化内涵变迁，我们可以感知当代"主旋律"文学的日常生活审美化倾向，及其背后所凸显的大众平民意识。

和大众平民意识的凸显不同，"主旋律"文学在精英审美品格方面依然存在滞缓现象。比如说人物形象，虽然为人物添加了更多的日常生活气息，但一方面是因为主人公本身的主要性格特征较为突出，另一方面也是为了满足接受者的视觉消费意识和碎片化阅读习惯，"主旋律"文学在塑造人物复杂的内心世界、隐秘的意识活动时力有不逮。《苍天在上》中的黄江北，既有力挽狂澜的政治才干，又有对权力欲望的渴求，在反腐倡廉的过程中，人物的内心斗争和纠葛应该是非常复杂激烈的，但小说在这方面却有所遗漏。再比如说叙事技巧，作为宣扬主流意识形态的文学艺术作品，"主旋律"文学多采用正邪对立分明、矛盾冲突集中、逻辑清晰、节奏鲜明的"戏剧化"叙事手法，现代主义甚至是后现代主义的叙事技巧还有待进一步探索。此外，在反映社会现实生活的丰富性和复杂性方面，"主旋律"文学的思辨性、哲理性也有待进一步提升。

第二节　精英文学：消费主义社会语境中的坚守和突破

习近平总书记在文艺座谈会上提出："文艺不能在市场经济大潮中迷失方向，不能在为什么人的问题上发生偏差，否则文艺就没有生命

---

① 汪民安主编：《身体的文化政治学》，河南大学出版社2004年版，第16页。

力。……精品之所以'精'，就在于其思想精深、艺术精湛、制作精良。"① 在市场经济飞速发展的今天，随着物质生活的丰富，人们对精神世界的追求也越来越高，为了更好地"繁荣文艺创作、推动文艺创新"，满足接受者不断提升的审美期待视野，"我国作家艺术家应该成为时代风气的先觉者、先行者、先倡者，通过更多有筋骨、有道德、有温度的文艺作品，书写和记录人民的伟大实践、时代的进步要求，彰显信仰之美、崇高之美。文艺工作者要自觉坚守艺术理想，不断提高学养、涵养、修养，加强思想积累、知识储备、文化修养、艺术训练，认真严肃地考虑作品的社会效果，讲品位，重艺德，为历史存正气，为世人弘美德，努力以高尚的职业操守、良好的社会形象、文质兼美的优秀作品赢得人民喜爱和欢迎"②。这一要求，是时代对文艺工作者的召唤和期许。尤其是在消费主义文化日益盛行、人们的文学消费观念逐渐改变的今天，精英文学也在悄然发生变化。立足当代中国政治文化生态这个整体格局，我们可以发现，20 世纪 90 年代以来，精英文学一直在消费主义社会语境中寻求着现实主义、人文精神、文学审美追求的坚守和生产、制作、传播方式的突破。

一　现实主义、人文精神和文学审美追求的坚守

晚清以后，受当时的社会政治文化背景制约和西方文学思潮影响，中国的精英文学带有浓厚的"启蒙主义"色彩。梁启超在《论小说与群治之关系》中说："欲新一国之民，不可不先新一国之小说。故欲新道德必新小说，欲新宗教必新小说，欲新政治必新小说，欲新风俗必新小说，欲新学艺必新小说，乃至欲新人心，欲新人格，必新小说。何以故？小说有不可思议之力支配人道故。"③ 鲁迅在《我怎么做起小说来》中说："说到'为什么'做小说罢，我仍抱着十多年前的'启蒙主义'，认为必须是'为人生'，而且要改良这人生。我深恶先前的称小说为'闲书'，而且将'为艺术的艺术'，看作不过是'消闲'的别号。所

① 习近平：《在文艺工作座谈会上的讲话》，《光明日报》2015 年 10 月 15 日。
② 同上。
③ 饮冰：《论小说与群治之关系》，《新小说》1902 年 11 月第 1 号。

以我的取材，多采自病态社会的不幸的人们中，意思是在揭出病苦，引起疗救的注意。"①　都是强调文学对人的精神指引与救助作用。之后，随着王国维对"纯文学"概念的提倡，"审美现代性"成为中国现代文学的另一追求。当然，立足现代性的知识体系，"为人生的文学"与"为艺术的艺术"并不具有不可调和的矛盾，精英文学的魅力，更多地归功于两种观念之间的张力。郑振铎在《新文学观的建设》中提到："我们要晓得文学虽是艺术，虽也能以其文字之美与想象之美来感动人，但却绝不是以娱乐为目的的。反而言之，却也不是以教训，以传道为目的的。文学是人类感情之倾泄于文字上的。他是人生的反映，是自然而发生的。他的使命，他的伟大的价值，就在于通人类的感情之邮。诗人把他锐敏的观察，强烈的感觉，热烘烘的同情，用文字表示出来，读者便也会同样的发生出这种情绪来。"②　这种既认同"纯文学"观念又认为文学能导致思想和社会革命的双重认知，在随后的社会发展过程中根据时代需求不断地进行着自我调整，例如"革命文学"之后对文学意识形态功能的强调，经过延安时期"现实主义文艺理论体系"的打磨，一直持续到十七年文学时期，在"文化大革命"期间达到物极必反的状态。随后，新时期文学开始摆脱"政治唯一"的控制，强调"向内转"、追求文学自身规律，促进了"纯文学"审美观的全面复兴。20世纪90年代以后，随着社会主义市场经济的发展和全球化程度的提高，文学的意识形态功能重新进入人们的视野。在主流文化元素引导和精英文化元素规约的共同协作下，21世纪以来的精英文学开始探索意识形态功能与文学审美价值的平衡，其具体表现就是对现实主义、人文精神和文学审美追求的坚守。

对中国当代精英文学来说，"现实主义"有着悠久的历史传统，20世纪90年代以后，在主流意识形态倡导和精英知识分子的主动追求下，这一传统继续延续并产生了新的时代意义。从反映社会生活的广度和深度来说，精英知识分子们全力以赴地去挖掘和展示当代社会生活的方方

①　鲁迅：《南腔北调集·我怎么做起小说来》，《鲁迅全集》第4卷，人民文学出版社1981年版，第511—512页。
②　西谛（郑振铎）：《新文学观的建设》，《文学旬刊》1922年5月11日第37号。

面面。都市文化、乡村生活，知识分子阶层、市井平民百姓，家国权益纷争、个人爱恨情仇……都是精英文学的描述对象。从反映社会历史发展和时代生活变迁来说，精英知识分子们通过自己的文学书写敏锐地反映出巨大的社会政治经济变革及其对人们生活方式的影响。同样是展示乡村生活的价值观念和文化格局，陈忠实的《白鹿原》以20世纪上半叶渭河平原50年的历史变迁为写作背景，着重刻画传统的农村民间生活、风俗习惯、人情伦理等如何经受风云变幻的时代的洗礼。虽然历经了战争、饥荒、瘟疫和各种欲望的煎熬，但动荡的社会生活反而激发出人性中的悲壮情怀和英雄情结，小说的主人公白嘉轩作为宗法家族精神的代表，在复杂的阶级矛盾、家族纷争和利益情欲的角逐中坚守着传统的仁义道德，鹿兆鹏、黑娃、白孝文等人之间的命运、权力更迭也都依托乡村生活而展开，广袤的农村土地和深厚的乡间伦理依然是个体的生命力源泉。而贾平凹写于2003—2004年间的《秦腔》，呈现出来的却是传统农耕文明遭遇城市文明侵吞时的困窘与焦虑，作者在小说里凭借“秦腔”这一传统艺术形式，深情地怀念和讴歌了仁厚、儒雅的乡土传统伦理道德。随着市场经济的发展和城市文明的入侵，传统的民间文化和乡村生活逐步被瓦解，清风街的人心开始混乱、生活开始失序，越来越多的人选择到城里谋生，严重的“离土”现象昭示着乡村生活和传统伦理秩序正在逐步式微，秦腔迷夏天智去世时，整个清风街上连抬棺材的精壮小伙子都凑不齐。这种无奈和凄凉，不亚于一曲对乡土精神家园的挽歌。按照年鉴学派第二代代表人物布罗代尔的观点，革命、条约、地震等看似重大的事件只是人类历史上转瞬即逝的“短时段”；从十年到一二百年内起伏兴衰、形成周期和节奏的“局势”（如人口消长、物价升降、生产增减、工资变化等）是影响历史进程的“中时段”；而长期不变或者变化极其缓慢的“结构”（如地理、气候、生态环境、社会组织、思想传统等）才是历史发展过程中长期起决定性作用的重要元素①。从《白鹿原》到《秦腔》，我们可以清楚地看到社会历史变迁对传统乡村生活和价值观念的影响：相对于战争、灾难、饥荒

① 参见［法］费尔南·布罗代尔《15至18世纪的物质文明、经济和资本主义》第一卷，顾良、施康强译，生活·读书·新知三联书店2002年版。

这些"突发性事件"而言，随着市场经济发展而蔓延的消费主义观念与生活方式对社会历史的影响更大，在各种重大历史事件中愈加坚韧的农耕文明在看似平淡缓慢的市场经济发展过程中发生着悄无声息的巨大改变。无论是否愿意认可和追随这种改变，精英知识分子们都在用自己的笔触真实而深刻地反映着这一社会历史变迁的轨迹。

　　除了现实主义的当代传承之外，精英文学还秉持着"人文精神"情怀，并为之添加了许多时代话题。比如说迟子建的《额尔古纳河右岸》，用娓娓道来的节奏讲述了我国东北少数民族鄂温克人的百年生活变迁，在展示弱小民族顽强的生命力及其在现代文明、城市文明冲击下的生存现状的同时，洋溢着浓厚的尊重生命、敬畏自然的生态主义思想：世间万物众生平等却又慈悲为怀，萨满妮浩每救回一条生命，就会失去自己的一个孩子，但她在别人需要她的时候却从不退缩，对她来说，别人的孩子和自己的孩子是一样的；人与自然和谐相处，九十岁的酋长女人说，"我是雨和雪的老熟人了，我有九十岁了。雨雪看老了我，我也把它们给看老了"，"在我看来，风能听出我的病，流水能听出我的病，月光也能听出我的病。病是埋藏在我胸口中的秘密之花。我这一辈子，从来没有进卫生院看过一次病。我郁闷了，就去风中站上一刻，它会吹散我心底的愁云；我心烦了，就到河畔去听听流水的声音，它们会立刻给我带来安宁的心境。我这一生能健康地活到九十岁，证明我没有选错医生，我的医生就是清风流水、日月星辰"①。再如毕飞宇的《推拿》，在众多写残疾人题材的小说中突出了"尊严"，细致入微地描写了盲人的工作和日常生活，全方位地展示了盲人的自尊、快乐、忧伤、坚强包括自卑苦闷、敏感多疑甚至是钩心斗角的性格缺陷，提醒人们：身心健全的人对残疾人容易产生"悲悯"的情感，"悲悯"虽然是人类最美好的情感之一，但它必须是以"尊严"为前提的，而人们面对残疾人的"尊严"却往往显得力不从心……这些对现代化社会转型过程中人类精神世界的深入探索和挖掘，显示出精英知识分子们一以贯之的人文精神追求。此外，精英知识分子们还通过文学杂志、网络等途径塑造自己的"社会公知"身份，全面引领各种精神层面的文化讨

----

① 迟子建：《额尔古纳河右岸》，北京十月文艺出版社 2005 年版，第 3、205 页。

论与反思。以《天涯》杂志为例，这本"纯文学"期刊在涉足文化界之后，迅速树立起思想界的社会公知意识，既进行过"人文精神大讨论"、"知识分子走向争论"和"生态问题大讨论"等宏大的总体性反思，也深入到"三农问题"、"社会分层"、"市场意识形态"等具体的社会问题内部，"可以这么说，《天涯》在文学艺术界起到的作用，主要是一种精神的提升，而且是一种整体性的提升。为整体的文学艺术建设，提供了独特而重要的资源，是'立国'、'立人'、'立心'的一种'立'"①。

按照传统的认知，精英文学和大众文学的一个非常重要的分歧就在于是否坚持"文学审美"方面的创新，阿多诺在批判"文化工业"时也曾经提出，文学艺术最重要的魅力来自于它的"独一无二性"，而"文化工业"时代千篇一律、大量生产的艺术复制品则丢失了这一艺术的"韵味"。实际上，按照本雅明在《机械复制时代的艺术作品》里面的观点，大众文化所依循的是另外一种崇尚"震惊"的审美感受，而非传统艺术作品所强调的"静默"体验。这么多年的艺术实践告诉我们，大众文化正在探索和建立属于自己的文学审美话语与体系，而精英文学在叙事手法、语言技巧等方面的"文学审美"创新也依然在继续。比如说莫言在《蛙》中尝试的三种文体的"互文"写作，用书信内容来增加"文学素材"的真实性、提示"文学素材"的内在主旨，又用"话剧剧本"来补充"文学素材"中所遗漏和缺失的内容。再如刘震云《一句顶一万句》中类似明清野稗日记般干练简洁又汪洋恣肆、千回百转的叙事风格，金宇澄《繁花》用大量沪语所承载的市井风俗来展示几十年间的社会历史变革，迟子建的小说擅长用儿童的"陌生化"视角来体验世间百态人生……这些个性化的创造无疑是精英知识分子们对文学审美的追求与坚守，也是当代消费主义社会语境中精英文学能够烛照社会、吸引受众的魅力所在。

---

① 李少君:《〈天涯〉十年：折射中国思想与文学的变迁》,《文艺理论与批评》2006 年第 2 期。

二　生产、制作和传播方式的突破

马克思在分析"物质生产发展与艺术生产的不平衡关系"时提出："要研究精神生产和物质生产之间的联系，首先必须把这种物质生产本身不是当作一般范畴来考察，而是从一定的历史的形式来考察。例如，与资本主义生产方式相适应的精神生产，就和与中世纪生产方式相适应的精神生产不同。"① 也就是说，文学艺术的生产必然会受到具体社会历史时期的生产力与生产关系的制约。随着中国社会的现代化转型、科学技术的发展和消费主义观念的盛行，精英文学在坚守现实主义、人文精神和文学审美创新的内在精神理念的同时，也在谋求着生产、制作和传播方式上的突破。《繁花》的作者金宇澄曾经在访谈中提到，《繁花》最开始是在网络上发表的，网络上的关注、跟帖和评论在他最需要支持的时候给他带来了力量。这种新的生产、制作和传播方式，可以从近年来"纯文学"期刊的改版之路中窥见一斑。

1992 年邓小平南方谈话之后，文学体制改革作为一项文化政策被提出来，传统文学期刊的国家财政补贴逐渐减少，为了解决经费来源，各大"纯文学"期刊不得不走向市场寻找新的出路，在这一过程中，原有的小说、诗歌、散文等精英文学写作受到冲击，为了扩大受众群，一部分文学期刊在内容上纷纷推崇跨文体写作，真正走向了文艺"杂"志之路：比如说《上海文学》在 1999 年新设了"思想笔记"和"日常生活中的历史"两个栏目，以增强杂志的文化性；《天涯》改版后由"作家立场"、"民间语文"、"文学"、"研究与批评"、"艺术"五个主要栏目组成，突出了杂文性和思想前沿性等。作为期刊改制的方式之一，"文艺杂志"的办刊模式某种程度上给期刊注入了市场活力，但也存在着一定的问题，比如：一些杂志在市场的变动中不断进行盲目改版，却因为没有合适的市场定位而不得不停刊；有些杂志虽然迅速找到了自己的定位，但因为办刊思路过于狭窄而面临着生存困境。仔细分析《天涯》《萌芽》《独唱团》《最小说》等文学期刊的改版发展之路，我

---

① 马克思：《剩余价值理论》，《马克思恩格斯全集》第 26 卷（Ⅰ），中共中央马克思恩格斯列宁斯大林著作编译局编译，人民出版社 1972 年版，第 296 页。

们可以发现，运用新的大众传媒、尊重消费市场和大众意识，是传统精英文学谋求新时代突破的重要筹码。

　　从表面运作来看，商业包装、消遣娱乐甚至流水线生产是文学期刊开拓市场、稳定读者的杀手锏。《最小说》先是依靠郭敬明青春偶像作家的"名人效应"和"《小时代》独家连载"的营销策略聚拢了一大批青少年读者，然后迅速扩版成《最小说》《最漫画》，配合《文艺风象》《文艺风赏》形成刊群，以不同形式内容但风格统一的特征扩大并稳定自己的读者群，甚至形成"粉丝效应"，定期在官方网坛发布近期活动、组织网友对所有文章进行人气投票。同样的运营方式也适用于《独唱团》：当《独唱团》还是韩寒本人一个小小的构想的时候就已经引起了媒体的狂热追捧，各路媒体对这本尚未面世的杂志新宠展开了广泛的讨论和天马行空的揣测；同时，《独唱团》的出版商盛大文学旗下的华文天下又为《独唱团》开辟了网络媒体炒作这一方式。在"名人效应"方面，《独唱团》除了充分挖掘韩寒的明星价值之外，在作者的选择上也有意或无意地迎合了这一原则——艾未未、石康、林少华、罗永浩、蔡康永、彭浩翔等现实名家和"咪蒙"、"负二"、"拖把"、"老王子"、"兔"等知名网络写手，为《独唱团》成功地打了一次"名人牌"。

　　与新兴青春文艺杂志张扬的商业运作相比，传统文学期刊改制后的市场运作较为沉稳，某种程度上甚至更有诱惑力。《萌芽》1996年改革时先是以青少年关注的热点问题（如关于申花足球队的报告文学）来吸引读者，之后更是推出重磅之作——联合北京大学、复旦大学、武汉大学、华东师范大学等13所大学共同发起了"新概念作文大赛"，部分优胜者可免试进入重点高校。在高考制度下，这一举措在推动中学语文教学改革的同时也迅速在广大中学生甚至大学生中普及了《萌芽》杂志。不同于《萌芽》对"提高青少年文学修养"的注重，《天涯》杂志为了奉行"最有力的竞争，就是无人与你竞争"① 的商业原则，全力打制"民间语文"栏目，将目光转向"民间"、"底层"，在"都市体验"、"小资情调"盛行的期刊报纸界逆流而上，用"大写作、小文

---

　　① 韩少功：《我与天涯》，《韩少功读本》，花山文艺出版社2002年版，第121页。

学"的创作理念记录着世态万象。

无论是媒体炒作、时尚元素还是立足现实、另辟蹊径，成功的文学期刊在改制时都将重心放在"尊重市场"和"民间意识"两个方面。从前者来说，《最小说》和《独唱团》之所以把网络作为炒作和提高人气的重要媒介，就是充分尊重了其消费者（青少年群体）把网络作为主要活动场域的消费习惯。《萌芽》在举办"新概念作文大赛"之前，曾在经济条件不容乐观的情况下斥巨资请复旦大学社会学系做了一次"青年人阅读取向"的社会调查，并根据调查结果迅速调整作者群体和办刊思路，从"培养年轻作家"变为"提高青年人的文学修养"，之后又转战网络，开设杂志的官方论坛、设立社交网站"萌芽读者圈"、在豆瓣网建立粉丝群等。正如一位学者所说："不能以为市场除了将作品商品化而外，竟无别的功能，更不能以为市场是唯一的权威，市场可以自己左右自己。市场万能？没有这回事。因为，站在图书市场后面，推动它前进的是数量庞大的文学消费者。'大众'不仅意味着一种'量'，也意味着一种'质'，即社会对文学参与性质的关心。"① 尊重市场，其实就是尊重消费者的消费习惯和心理需求，表面的商业运作必须依靠对市场内在规律的充分探知与遵循，如果只是一味地跟着所谓的潮流走，必然会遭遇市场泡沫从而遗失自我。从这个角度来说，对消费市场的尊重实际上根源于对现实日常生活中"民间意识"的重视。以《天涯》为例，"民间语文"在主编韩少功"大文学"观念的影响下放下"纯文学"、"宏大叙事"的架子，真正进入现实日常生活，在广采博收中涉足农民（《农户分家书（1948）》《农村占卜用语（1964）》）、城市底层工作者（《三轮车夫家书》《遗体整容师口述（1995）》）、网络名人（《芙蓉姐姐网络自白》）、和尚（《和尚出访日记（1999—2000）》）、囚犯（《囚牢日记》）等不同阶层人群的生活领域，并以真实的记录保存着社会生活的历史档案（如对"文化大革命"的不同角度再现、对当下现实日常生活现象的客观记载等），以真正的而不是被知识分子代言的"民间话语"赢取了读者的青睐。

---

① 刘扬体：《流变中的流派——鸳鸯蝴蝶派新论》，中国文联出版公司 1997 年版，第2—3 页。

习近平总书记在文艺工作座谈会上强调："人民是文艺创作的源头活水，一旦离开人民，文艺就会变成无根的浮萍、无病的呻吟、无魂的躯壳。能不能搞出优秀作品，最根本的决定于是否能为人民抒写、为人民抒情、为人民抒怀。要虚心向人民学习、向生活学习，从人民的伟大实践和丰富多彩的生活中汲取营养，不断进行生活和艺术的积累，不断进行美的发现和美的创造。要始终把人民的冷暖、人民的幸福放在心中，把人民的喜怒哀乐倾注在自己的笔端，讴歌奋斗人生，刻画最美人物，坚定人们对美好生活的憧憬和信心。"① 具体到当代社会语境中，对"民间意识"的挖掘和尊重，正是精英文学寻求各种艺术创新的活水之源。

第三节　大众文学：技术、民间、商业制约下的时代蜕变

与精英文学在当代中国社会语境中所遇到的冲击相比，社会的现代化转型、全球化程度的提高、市场经济的发展和科学技术的进步为 20 世纪 90 年代以后的中国大众文学提供了更多的机遇与发展空间。一方面，凭借不断更新的媒体技术，大众文学的生产、传播和接受越来越便利；另一方面，文学产业化态势的迅猛发展，在刺激大众文学作品大批量生产的同时，某种程度上也催生了大众文学自身的文学规范。具体来说，在当代中国社会的政治文化生态格局中，大众文学呈现出以下几个时代特征：

一　新媒体时代的迅猛发展

所谓新媒体，实际上是一个相对的、不断更新的概念，比如说广播相对于印刷媒介就是新媒体，电视相对于广播来说也是新媒体，所以马克·汉森（Mark B. N. Hansen）说："人类进化可以用一长串'新媒体'革命来定义：我们的物质史所揭示的乃是这样一点，即人类的进化与技术进步紧密关联，那长长一串曾经是新的新媒体就是这一共同演

① 习近平：《在文艺工作座谈会上的讲话》，《光明日报》2015 年 10 月 15 日。

化的明证。"[1] 但是，一直到 1967 年，美国 CBS（哥伦比亚广播电视网）技术研究所所长戈尔德马克（P. Goldmark）才首次提出"新媒体"（new media）这一概念，用以指称和报刊、广播、电视等传统媒介相区别的，以数字技术为基础的传播媒介，包括网络（第四媒体）、手机（第五媒体）等。"新媒体"概念的提出，并不仅仅意味着又一次的技术革新，而是预示着传播主体、传播途径、传播受众、传播方式的全方位改变。比如说，在报刊、广播、电视等传统媒体时期，信息传播大多采取一对多模式，传播主体掌控话语权，传播受众相对被动，难以参与到传播过程中；而以数字技术为传播基础的新媒体，则给大众提供了一个更为便捷的表述自我、互动传播的信息平台。新媒体的盛行，为我们营造了一个全新的文化语境，也促发了当代社会的各种文艺转型。

　　具体到大众文学，新媒体的出现和迅猛发展，首先拓展了大众文学的生存空间。互联网产生之前，大众文学的生产、传播和接受方式与精英文学相差无几，主要跻身于报纸杂志，所谓"大众"，强调的是通俗易懂的语言和内容、强烈的消遣娱乐功能，所以更多地被称之为"通俗"文学。随着互联网在人们生活中的普及，尤其是移动客户端的技术提升、使用便利，网络文学、微博文学、手机短信文学、微信文学等新的文学样式大量涌现，从内容来看，在这些新出现的文学样式中占据主要位置的当属大众文学。以网络小说为例，有学者"调查了榕树下、橄榄树、黄金书屋、新语丝、汉语文学、网络文学在线、网络文学城堡、白鹿书院、大唐中文、中国原创文学等 10 个文学专门网站作品的题材状况。结果表明，情爱题材、高校题材和武侠题材占据了原创作品的前三位"[2]；也有学者通过分析指出，常见的网络文学题材大致有以下几种：玄幻、奇幻、武侠、仙侠、言情、都市、历史、军事、游戏、竞技、科幻、灵异、美文、同人、剧本、图文等[3]，大多属消遣娱乐性质的大众文学。再以微信文学为例，在朋友圈被大量转载的多为"心灵鸡汤"式的文章，如《不吃苦，你要青春干嘛?》《迷茫就是才华配

---

① Mark B. N. Hansen: "New Media", in W. J. T. Mitchell & Mark B. N. Hansen (eds.), Critical Terms for Media Studies, University of Chicago Press, 2010, p. 177.

② 欧阳友权：《网络文学的学理形态》，中央文献出版社 2008 年版，第 76 页。

③ 禹建湘：《网络文学产业论》，中国社会科学出版社 2011 年版，第 19—20 页。

不上梦想》《负能量是个好东西》《你的能力与愿望匹配吗?》《那个时候，他们有多煎熬。他们那时，远不如人》《大部分人努力程度之低，根本轮不到拼天赋》《在薄情的世界里深情地活着》《成熟的爱：才能如此幸福永恒》《挣多少算够》《没有人无缘无故出现在你的生命里》《在感情中练就强大的内心》《内心强大的人，才是真正有思想的人》《话在嘴边，终于沉默》《你和自己聊过天吗》……这些类似于"读者文摘"体的文章，或者给人以奋斗上进的动力，或者安慰思绪万千意难平的情感波动，最终让市民大众在人海苍茫、世事变迁中获得内心平静。娱乐消遣、安抚情感一直是大众文学的主要功能，早在20世纪20时代，鸳鸯蝴蝶派代表作家周瘦鹃在给《快活旬刊》写祝词时就说过："现在的世界，不快活极了，上天下地充满着不快活的空气，简直没有一个快活的人。做专制国的大皇帝，总算快活了，然而百姓要革命，仍是不快活。做天上的神仙，再快活没有了，然而新人物要破除迷信，也不快活。至于做一个寻常的人，不用说是不快活的了。在这百不快活之中，我们就得感谢《快活》的主人，做出一本《快活》杂志，给大家快活快活，忘却那许多不快活的事。"① 虽然时过境迁，彼时的不快活在当代社会几乎消失殆尽，但人生不如意者十有八九，正如张爱玲所说，生活是一袭华美的袍，上面爬满了虱子。身处市场经济高速发展的当代社会，人们往往会在熙熙攘攘、你追我赶的生活中感受到诸多的烦躁与不甘，这个时候，借助大众传媒迅速传播的大众文学，正好起到缓解抑郁、安抚浮躁、治愈苦闷的作用，以至于有人自我调侃"这点儿心灵鸡汤刚刚好"。随着科学技术水平的提高和物质生活的改善，网络、手机等新媒体逐渐成为市民大众日常生活中的必备品，由市民大众的阅读需求决定，借助新媒体广为传播的，恰好是提供娱乐消遣或心灵慰藉的大众文学，而新媒体的技术支持，又飞速扩展了大众文学的生存空间（从纸媒到网络）、丰富了大众文学的存在样式（微博文学、手机短信文学、微信文学等）。

　　其次，新媒体的出现，更新了大众文学的生产方式和传播方式。从生产方式来说，纸质媒体时期，无论精英文学还是大众文学，都只能依

---

① 周瘦鹃:《快活·祝词》,《快活》旬刊1923年3月第1期。

循"作者写作、读者阅读"的传统模式，新媒体的出现却实现了真正意义上的"大众创作"。以"接龙小说"为例，这种由行酒令、诗词联句演化而来的文学形式，颇能提升大众参与度。20世纪初的一些通俗文学刊物如《红》《金刚钻》《半月》等曾经采用过这种方式，或者由作者在每一节结束的句子里嵌入另一作者的名字，指定由他续写；或者由作家写出上半部，"悬赏"读者续写下半部，择优发表。这些活动确实拉近了作者与读者之间的距离，但是因为受写作能力、参与时空有限性等因素约束，实际收效甚微。新媒体出现以后，随着大众文化程度、语言表述能力的普遍提高和网络写作便利性的提升，越来越多的人参与到这种形式的大众文学写作活动中来，如1999年在新浪网上完成的由青年作家和网民共同续写的网络接龙小说《网上跑过斑点狗》，由中文网络文学网站组织的故事接龙"谱写你自己的故事·千年之恋"，2005年由著名作家李佩甫创作短信小说"龙头"、1822名文学爱好者通过手机短信的形式接力创作的"手机短信接龙小说"等，都极大地调动了大众的积极性和主动性，其参与者之多、参与范围之广、参与时效性之强、参与便捷性之高，都远非纸媒时期的大众文学所能媲美。可以说，新媒体的出现，使"大众文学"真正成为了"大众"共同创造、共同参与的文学样式。

从传播方式来看，新媒体打破了传统"点对面"的传播途径，将"点对点传播"与"点对面传播"结合起来，大众文学既可以通过文学网站、微博、微信公众平台等进行"点对面"的传播，也可以通过手机短信、微信等实现"点对点"的传播，极大地增强了大众文学传播的便捷性。尤其是随着数字技术的提高和移动客户端使用的便利，每个人都有可能成为创作者、传播者和接受者，以网络为载体的大众文学随时可以在人们的日常交流中进行流通，成为大众日常生活的一部分。同时，借助传统媒体与新媒体融合的媒体发展趋势，大众文学的跨媒体传播也相当成功，《明朝那些事儿》《鬼吹灯》《盗墓笔记》《步步惊心》等网络小说从文学网站转战实体书出版、影视及网络游戏改编等领域，都取得了不错的成绩。这种利用不同载体进行超时空传播的方式，极快地推动了大众文学的发展。当然，新的传播方式也会带来相应的问题，比如说版权问题。2015年2月1日，新华社连发三文关注微信公众号抄袭的状况，文章指出，由于过于快速的转载与传播，很多优质原创文章刚一露面，就被众多微信公众号"盗用"，有些也许出于无意，有些却成了惯用套路，情感类公众号"ayawawa"的微主杨冰阳自称有微信公众号一期不落地照搬了自己的 400 多期内容，腾讯"大家"副总编贾永莉介绍说"一个月平均有 30 至 40 位'大家'作者投诉文章被盗用"，当微信抄袭者利用读者们的每一次阅读、点赞来获取高额的广告、软文推广收入时，原创者的积极性和创造力却一再被削弱。与个人风格鲜明、新媒体介入不深的精英文学相比，大众文学在传播越来越便捷的互联网时代遭遇到的版权问题冲击更大，如何有效地保护原创版权，也成为新媒体时代迅猛发展的大众文学不容忽视的问题。

二 "民间"话语的时代变迁

范伯群在《通俗文学十五讲》中提到："对现代通俗文学作家而言，我们并非说他们是'非精英'，但他们大多是站在都市市民的认识基点上，去表达市民大众的喜怒哀乐，以市民大众的情趣为自己的作品的底色和基调，相对于'知识精英文学'而言，它是一种'市民大众文学'。"① 与精英文学的探索性、先锋性相比，大众文学最鲜明的特色就是"回归民间"，张扬世俗性和平民意识。但是随着时代的发展，"民间"话语本身也在发生着改变。陈思和曾在《民间的浮沉：从抗战到文革文学史的一个尝试性解释》中论述过"民间"的三种文化层面：农民固有的文化传统、散落在民间的各种传统文化气息和都市流行文化。如果说 20 世纪 90 年代以前，前两种民间文化元素是大众文学的主体的话，随着市场经济的发展和中国社会的现代化转型，"都市流行文化"渐次成为大众文学"民间"话语的重心，为大众文学增添了许多时尚元素：以武侠小说为例，经过唐宋豪侠小说和清代侠义小说的沉淀，20 世纪初以平江不肖生、还珠楼主、宫白羽、王度庐、朱贞木等作家为创作主体的旧派武侠小说就已经开始以"满足城市公众消遣和娱乐的需要"为创作主旨，但受时代发展限制，彼时的武侠小说还只能凭借民间传说和文字资料构建一个与朝廷相对的"人世间"、"秘密

---

① 范伯群：《通俗文学十五讲》，北京大学出版社 2009 年版，第 12—14 页。

社会"或一个近乎乌托邦的与王法相对的理想社会，对侠客的塑造也多强调其对道术、神剑等法宝的依赖①——从中可以窥见民间传说的深远影响。之后，由金庸、古龙、梁羽生等人开启的新派武侠小说，在武功打斗、心理刻画、情感渲染、场景描写、人物性格塑造方面大有提升，增强了武侠小说的趣味性和可读性，但对"江湖世界"的描摹依然有明显的现实生活映照，现实生活中的爱恨情仇、人世沧桑不仅是武侠小说的内在情理支撑，也是构建这些所谓"虚构"的武侠世界的血脉骨肉。到了20世纪末21世纪初，随着科学技术的飞速发展，人们的想象力得到极大提升，武侠小说的作者开始构建自足的"武侠世界"，如网络武侠小说《沧海》，用一整套严密完备的武学系统和谱系格局，创建了一个辉煌大气、环环相扣、引人入胜的武侠迷宫。同时，动漫元素的融入，也使一些网络武侠小说更具时尚气息，更能吸引年青一代的读者。

　　马克思在论述物质生产与艺术生产的关系时就已经提到，不同社会历史时期的生产力和生产方式会引发与之相适应的精神生产，比如说在古代社会，生产力低下，自然力对原始人来说是异己的、神秘的、压倒一切的东西，原始人只能通过对自然的人格化来解释自然现象，这样就出现了神话。后来，随着生产力的发展，人们可以用科学的方法来解释自然现象，神话这种艺术形式便就此衰落。所以，"在艺术本身的领域内，某些有重大意义的艺术形式只有在艺术发展的不发达阶段上才是可能的"②。按照这一规律，现代科学技术水平的飞速提高，会淘汰一些文学艺术形式，如神话；会催生一些新的文学艺术形式，如本雅明所说的"机械复制时代"的电影。但从另一方面来看，这段话也暗含着另外一层意思，即精神生产和物质生产是相适应的，科学技术的发展在某种程度上也制约着艺术生产。物理学博士万维钢（网名"同人于野"）在《最高级的想象力是不自由的》一文中提出：想象力是以知识为基

---

　　①　有关武侠小说的发展流变，可参照陈平原《千古文人侠客梦》，百花文艺出版社2009年版。

　　②　马克思：《导言》（摘自《1857—1858年经济学手稿》），《马克思恩格斯全集（第二版）》第12卷，中共中央马克思恩格斯列宁斯大林著作编译局编译，人民出版社1998年版，第761页。

础的，譬如人看到鸟在天上飞以后才会想象自己在天上飞；科幻电影的制作人在现实生活中出现了手机、电脑触摸屏之后，才会把未来世界的飞船控制室从键盘、指示灯中解脱出来，全换成超大超薄的透明触摸屏；古代的神侠小说只能让侠客身怀绝技或依靠道术，"暗器"这种东西是近代小说家受手枪的启发才想象出来的……①从这个角度来说，现代科学技术的高速发展，也为当代的大众文学创作提供了更丰盈的想象空间。所以我们才会在网络小说中看到现代人穿越到古代、古代人穿越到现代、现代人穿越到未来（穿越小说），看到未知世界的关于人类或宇宙起源的虚构与设想（科幻小说），看到盗墓生活、吸血家族、魔法校园（玄幻、奇幻小说）……当代大众文学的时尚元素，与科学技术的发展，以及人们身处的现实物质社会的进步密切相关。

现代社会的进步，在为当代大众文学"民间"话语的时尚化转型提供了坚实的科学技术支撑和充盈的想象力空间的同时，更通过社会阶层的变迁作用于读者大众的审美能力和期待视野，在深层次上促进了当代大众文学"民间"话语的多元化、丰富化发展。中国社会学研究所于1999年年初成立的"当代中国社会结构变迁研究"课题组，在经过三年多的理论探讨、社会调查和资料整理之后，撰写了《当代中国社会各阶层研究报告》，提出"中国社会中下层在逐步缩小、社会中间层出现并不断壮大"②的观点，这一变化意味着当代中国社会中市民大众的组织资源（社会声望）、经济资源（经济收入）和文化资源（受教育程度）都在逐步提升，与之相适应，市民大众对于大众文学的审美能力和审美期待也在逐步提高。阿诺德·豪泽尔在分析民间艺术和通俗艺术时说，民间艺术以乡村居民为服务对象，故而"路子比较简单、粗俗和古朴"；通俗艺术则是为了满足没有受过良好教育的城市公众的娱乐需要而创作的，所以"尽管内容庸俗，但在技术上是高度发展的，

---

①　具体论述参考万维钢（同人于野）《最高级的想象力是不自由的》，《万万没想到》，电子工业出版社2014年版，第128—132页。

②　具体论述参见陆学艺主编《当代中国社会阶层研究报告》，社会科学文献出版社2002年版。

而且天天有新花样，尽管难得越变越好"①。与这两者相比，20世纪90年代以后的中国大众文学，主要是以受教育程度越来越高的市民大众为创作主体和接受主体②，所以无论是在内容、技巧还是在思想意识上都有一定的更新需求。以言情小说为例，从鸳鸯蝴蝶派对"恋爱自由与父母之命媒妁之言之间的矛盾冲突"主题的倚重，到琼瑶小说对"痴情苦恋"模式的偏爱，再到网络言情、穿越小说对"情感与命运的纠葛"甚至是"复杂幽深的人性与心理"的探索，我们可以看到大众文学背后所反映的现实社会生活中大众心理的变迁。此外，传统的言情小说往往依循传统男权社会的文化心理，偏好"一男多女"、"女弱男强"、"女性依赖男性"的情节、人物原型，当代的言情小说却随着大众女性主义意识的增强而有了新的突破：桐华的《步步惊心》不但为女主角安排了"一女多男"的恋爱模式，还让女主角将现代社会的人际相处模式带入古代社会，既在明知历史悲剧命运的基础上坚守与男主角之间的真爱，也用真诚和善良维系着与其他男性之间的知己情谊；流潋紫的《后宫甄嬛传》以极其细致的笔触讲述了一个女子如何从不谙世事的清纯少女蜕变为位高权重、心机叵测的皇太后，在波谲云诡的后宫生活中，女主角固然经受了诸多心智和身体上的摧残与磨炼，但最终凭借女性的细腻、机智、坚韧、情谊获得了所谓的男权社会的"最后的胜利"，而作者在结尾处让太后安排自己的亲生儿子退出皇位之争，某种意义上更是用女性的睿智和通透来规避男权社会无休无止的权位之争，呈现出鲜明的女性主义色彩。

社会生活内容的变迁深深影响到大众文学"民间"话语的构成成分，有学者在论及大众文学的阶段性发展时说过，"大众文学在中国主要经历了前大众社会的民间文学、大众社会的通俗文学，以及可以预计的后现代主义文学三个阶段"③。随着时代的发展和受众审美期待视野

---

① ［匈］阿诺德·豪泽尔：《艺术社会学》，居延安译，学林出版社1987年版，第213页。

② "大众文学"本身的涵盖范围较广，此处论述的主要是20世纪90年代以来，受中国社会现代化转型、社会主义市场经济发展和科学技术飞速发展影响下的大众文学的时代特征，从传统延续而来的"民间文学"、"地摊文学"等暂且不论。

③ 朱国华：《大众文学的系谱》，《文艺研究》2002年第3期。

的扩充，大众文学的"民间"元素越来越倾向于都市流行文化、商业文化，并由此带来了新的审美规范。

三 文学产业链中的产业格局和审美规范

马克思在讨论艺术生产时曾经说过："作家所以是生产劳动者，并不是因为他生产出观念，而是因为他使出版他的著作的书商发财，也就是说，只有在他作为某一资本家的雇佣劳动者的时候，他才是生产的。"① 在这里，马克思借用了亚当·斯密区分"生产劳动与非生产劳动"的第一种定义，认为在文学艺术的生产过程中，直接与资本相交换的劳动是生产劳动，与非资本相交换的劳动是非生产劳动。同一种劳动既可以是生产劳动，也可以是非生产劳动，比如说弥尔顿出于天性创作了《失乐园》并把这个产品卖了五镑，但他没有直接同资本进行交换，所以这种劳动是非生产劳动；同时，莱比锡的一位无产者作家在书商的指示下生产书籍，为书商赚取资本，他的生产行为就是生产劳动。用这一标准来衡量，主流文学和精英文学在很大程度上属于"非生产劳动"，大众文学则具有明显的"生产劳动"性，这种属性使大众文学天生具有商品性，并随着时代的发展逐步形成了"文学产业链"。

"产业链"本是经济学中的一个概念，指各个产业部门依据特定的时空逻辑关系发挥各自的区域优势，最终形成多部门、跨区域之间的产业合作。所谓"文学产业链"，则是指文学活动的参与者如作家、策划人、出版商等借助企业载体，采取分工合作的方式，利用多种传播途径和商业渠道，实现产业利益的最大化。20世纪90年代以后，随着市场经济的发展、社会的现代化转型、消费主义观念的盛行和新媒体的飞速发展，当代中国社会语境中的大众文学产业链初步形成，并深刻影响到大众文学的审美规范。

以"盛大网络文学产业链"为例，盛大公司在几年时间内整合了起点中文网、晋江原创网、红袖添香等国内领先的原创文学网站，成立了"盛大游戏"（SDG）和"盛大在线"（SDO），实行全版权运营，即

---

① 马克思：《剩余价值理论》，《马克思恩格斯全集》第26卷（Ⅰ），中共中央马克思恩格斯列宁斯大林著作编译局编译，人民出版社1972年版，第49页。

以版权为核心，在版权的所有渠道上实现产品扩张和销售，包括阅读收费、无线阅读、影视改编、游戏改编、线下出版等。这种全运营方式实现了文学产品的最大利益化，一部优秀的文学作品，既可以在网上实行收费阅读，又可以在线下出版，还可以改编成影视剧、动漫、网络游戏。盛大文学公司首席执行官侯小强曾说过："大家都认为我们是一家文学网站，其实我们的战略规划里是一个版权代理商。通过网站聚拢很多写手，发现好的作品，然后签约他，再把这些版权通过网站阅读、手机阅读、传统出版等各种渠道分发出去。"① 随着跨媒介趋势的发展，盛大公司还开辟了自己的 WAP 网站和 B2B 业务，并把拥有版权的作品卖给游戏公司、影视公司和音乐公司，开发文字作品的电影、电视剧和音乐剧。侯小强介绍，2008 年起点最受欢迎的一本小说的游戏版权卖到了 100 万元，2009 年最受欢迎的一本小说的游戏版权更是卖到了 315 万元。

　　跨媒介、多渠道的产业运作，将大众文学的商业价值几乎推到了极致。但在这些众所周知的商业盈利背后，更需要引起我们注意的，是这种产业链引发的大众文学产业格局和审美规范的变化。从产业格局来说，大众文学产业链的形成使当代大众文学的工业化运作特征越来越明显，一般来说，文学产业运营者和写作者会悉心研究市场需求，再根据这种需求大批量地生产文学产品。盛大文学公司首席执行官侯小强甚至分析过网络小说阅读的性别差异："通俗来讲，男盗墓女后宫。男性更喜欢幻想类题材，女性更喜欢都市、言情题材。"② 而相关数据显示，红袖添香和晋江原创网上 90% 的读者是女性，起点中文网上的读者则有 60% 是男性，因此，起点中文网的"文学大展"专题页面上征集的小说类型主要有"玄幻奇幻、武侠仙侠、官场职场、都市言情、历史纪实、游戏科幻、悬疑灵异"等，大部分是针对男性读者。这种工业化、专业化、大规模的产业格局，有利于大众文学类型的细化和稳固化，使大众文学写作者的生产活动更有针对性。同时，为了更有效地保

---

　　① 旷新华：《盛大文学：今天的网络文学写的是想象力》，新世纪平台网（http：//www. nc21. cn/renwen/article. asp？p = 1&nc = 2 - 11 - 30 - 0 - 4600. xhtml）。

　　② 陈菁霞：《盛大文学产业链》，《中华读书报》2009 年 11 月 4 日。

证和提高文学产品的质量，一些文学网站还对旗下的签约写手进行专业培训，如起点中文网举办的"网络作家班"等，这些都对大众文学的质量起到了一定的推进作用。工业化的生产模式固然会使大众文学产品陷入不断重复、机械复制、缺乏独创、参差不齐的窠臼，但成熟规范的产业格局也会起到激发作者积极性、丰富产品类型、市场优胜劣汰的良性推动作用。比如说 20 世纪 30 年代的通俗文学潮流中，许多写作者纯粹是为了生计而从事通俗文学作品写作，并深以为憾，所以武侠小说作家李定夷、平江不肖生找到固定职业后都不再写小说，宫白羽也是不穷到极点不肯写稿。究其原因，一方面是当时的通俗文学写作者大多怀有传统精英知识分子的文人情怀，不齿于"卖文为生"；另一方面也是因为受当时社会整体环境所限，通俗文学写作既不能成为一门固定的职业，也得不到社会大众的认可。但是到了现在，大众文学产业链的形成为大众文学写作者提供了良好宽松的写作环境，吸引了各行各业的优秀写手，他们或者在兼职本职工作的情况下借助网络投身写作事业，如凭借《明朝那些事儿》成名的"当年明月"（本职工作是一名海关公务员）、以《千山暮雪》《佳期如梦》《来不及说我爱你》等爱情小说走红网络的"匪我思存"（从事财务工作）、靠《鬼吹灯》系列风靡海内外的"天下霸唱"（当过发型设计师、做过服装生意、经营过金融投资公司）等；或者干脆辞职专心从事网络写作，如唐家三少、南派三叔等。优厚的报酬、社会的认可、粉丝的拥趸和较低的门槛，为互联网时代的大众文学写作者们营造了极具吸引力的整体氛围，同时也进一步加剧了大众文学写作的竞争、推动了市场的优胜劣汰，真正能在鱼龙混杂、参差不齐的大众文学产业链中脱颖而出的，还是那些拥有文学天赋和梦想，不断寻求突破和自我价值的人。

初具规模的产业格局使大众文学摆脱了精英文学的束缚，以更平等的姿态去追求自己的审美规范。比如说"后现代主义"风格：互联网时代的大众文学用狂欢的网络语言、戏谑的写作手法解构高贵理想、神圣信仰、纯粹爱情等一切价值中心主义，用当下、直观的真实状况取代深度和意义，在一次次自我展示中进行情感倾诉和宣泄。再如"超文本"写作带来的"主体间性"：有学者分析，互联网上的大众文学超文本形式大致有四种，包括非线性链接的"超文本小说"、由写手和读者共同完成的"互动小说"、多人接力创作的"接龙小说"和以文字的巧妙排列或关键词闪烁与变色形成的"动态交互诗"①，这些超文本写作和互联网实时共享的特征增强了作者、读者、文本乃至世界之间平等共存、和谐交流的关系，推动了互联网时代自我主体与其他主体的互动和交流，具有鲜明的"主体间性"。此外，互联网时代的大众文学写作还有一个非常重要的审美贡献，就是对"虚拟世界"想象力的极大丰富。以网络幻想类小说为例，小说背景涉及西方历史、东方武侠甚至是现代都市生活，类型可分为玄幻奇幻、架空历史、穿越、武侠仙侠、灵异惊悚等，内容涉及魔法校园、王朝争霸、异术超能、吸血家族……可谓是上天入地、无所不能，想象力无限发挥。"天下霸唱"即张牧野的《鬼吹灯》系列，构建了一个盗墓者的生活世界，各种盗墓术语行规、奇幻墓穴场景、各种神秘动植物、惊险鬼怪故事，处处挑战想象力的极限，作者也因此被人誉为"中国最具想象力的作家"。正如前文所言，科学技术的发展、人类知识的增长是推动想象力发展的活水之源，而依托新媒体技术迅猛发展的当代大众文学在这方面做出了自己的独特贡献。

当代大众文学的蜕变，引起了主流文学界和精英文学界的关注，近年来，鲁迅文学奖在征集范围中加入了网络文学并据此修订了"鲁迅文学奖评奖条例"的相关规定，中宣部、中国作协都在规划网络文学管理工作，中国社会科学院、各大科研机构和高校也在积极组织各种相关学术探讨。但从其内在生存状态来看，如何更有效地发挥主流文化意识形态的引导功能和精英文化的规约作用，促进大众文学自身的良性循环，依然是当代文学批评的重要命题之一。

---

① 具体论述参见禹建湘《网络文学产业论》，中国社会科学出版社 2011 年版，第 31—32 页。

第四章　当代中国文学批评类型的
　　　　　政治文化生态研究

蒂博代在《六说文学批评》里把文学批评分为"自发的批评"、"职业的批评"和"大师的批评"，认为这三种批评各有界限，但又分工合作，共同构成完整的批评世界。比如说自发的批评时髦而短暂，就有职业的批评来进行筛选和判断；职业的批评注重规则而缺乏趣味，就有寻美的大师批评和生动的自发批评来补充。从一个完整的批评体系来看，这三者各有其存在的理由和必要性，正是在其相互协作的过程中，文学批评全方位地参与到文学活动中，并建立和推动着自身体系的进展。

在当代中国的政治文化时代背景中，这三种文学批评类型依然是批评界的主要构成成分。立足当代中国的政治文化生态体系来看目前的文学批评类型，我们会发现，"自发的批评"借助大众传媒技术的发展和大众文化元素的地位提升，在当代中国社会具备了更长远的生命力。"职业的批评"主要集中在由高等院校和科研机构工作人员组成的学术界，更多地受到精英文化和主流文化的影响，追求着越来越严谨的规则和体裁，致力于营造自身的理论和审美体系，却在与时代前沿和大众接轨的道路上渐行渐远。"大师的批评"近年来日渐趋少。如何更好地在当代中国的政治文化生态体系中促进当前文学批评类型的良性发展，是当代中国文学批评研究不能忽视的问题。

第一节　自媒体批评：自发批评的时代话语

蒂博代把自发的批评称之为"有教养者的批评"，认为它是"由公众中那一部分有修养的人和公众的直接代言人来实施的"①，最早存在于人们的交谈和对话之中，后来集中体现为报纸上对当日著作的批评，力图避免一切学究气息，追求新思想和时尚潮流。在三种批评类型中，自发批评和传播媒介的发展关系最为密切，报纸批评之所以能够取代交谈式和对话式批评，印刷业的兴盛是必要前提。因此，传播媒介的发展变化，深刻地影响着自发批评的创作主体、存在形态、传播方式和接受行为。

从人类传播的进程来看，形体和信号时代是第一个阶段，说话和语言时代是第二个阶段，文字时代是第三个阶段，印刷时代属于第四个阶段；20世纪以后，随着电视、电影、广播的发明和普及，人类开始进入以电子传播为主体、以信息共享为特征的大众传播时代；而互联网的出现和快速发展，直接促使人类社会进入网络传播阶段。在网络传播阶段，全球化、大众化程度日益提高，信息共享日常化、全民化进程加快，大众传播从单向传播发展到交互式传播，每个个体在接受信息的同时，也成为信息传播的主体，并能通过各种网络渠道便捷、快速地发表自己的意见。在这种时代趋势下，自发批评迎来了最鼎盛的发展时期，也遭遇了许多新的问题。

首先，从存在形态来看，当前的自发批评有以下几种：第一，报纸上的短评。这类批评属于传统意义上的自发批评，大多围绕文学评奖等重大文学活动展开，比如说莫言获得诺贝尔文学奖之后，《光明日报》《中国艺术报》《中国文化报》《东方早报》《太原日报》《安徽日报》等报纸纷纷刊发评论文章，内容涉及作家访谈、创作风格研究、作品价值意义研究、文化产业研究等各个方面，依然具有时效快的优点和命运短暂的危险。但总体来看，报纸上的自发批评已经脱离了具体的新鲜的文本分析，更多地是对已经引起公众注意的文坛热点问题进行评价，逐渐失去了"筛选当下文本"的功能。第二，各大文学网站的论坛评论和跟帖评论等。例如起点中文网的"起点论坛"栏目就有一个专门的"书评频道"，网友在这里写书评既能获得积分，又能对自己感兴趣的

---

① ［法］蒂博代：《六说文学批评》，赵坚译，郭宏安校，生活·读书·新知三联书店2002年版，第46页。

作品进行评论、推荐，甚至影响作者的创作。起点中文网还举办了每年一度的书评人大赛，这些都极大地调动了网友写评论的积极性。类似的自发批评，在文学网站上极为常见。从批评的实施效果来看，这类自发批评能及时关注新作品，在逐日的批评中参与着成千上万个网络文学作家的当下创作，并结合网络文学产业真正起到筛选当下文本的作用——读者在评论中的推荐或"砸砖"直接影响到作品的收益。但也正因如此，会出现网友为了积分拼命刷无价值、无意义、完全是废话连篇的评论，也会出现团队炒作、极端吹捧或恶意棒杀现象。此外，这种自发批评的对象主要是网络文学尤其是网络小说，很少涉及传统文学作品，且其评论者水平参差不齐，能脱离商业利益或个人趣味、从文学审美角度进行评价的优质评论并不多。第三，由具有较高文学素养和文学热情的批评主体在微博、微信等网络公众平台上发表的文学批评。相对于报纸批评来说，这类自发批评对新兴文学文本和文学现象的关注更为及时，新鲜感和时尚感更强；相对于文学网站论坛评论和跟帖评论来说，这类自发批评的关注对象更为广泛，具有更自觉的审美意识和文体意识。我们将这种自发批评称之为"自媒体批评"，它是自发批评在网络传播时代的代言人。

一 "自媒体"特质

所谓"自媒体"（we media），是指在"新媒体"（new media）基础上发展起来的媒介形态。与"传统媒体或旧媒体"（old media）相比，自媒体主要利用电脑、手机等数字化技术平台，强调信息传播的及时性、迅速化和公众参与的便利性、重要性。与"2.0 新媒体（new media）"相比，自媒体具有相对明确的内在核心理念、鲜明的个人化特色和自足的逻辑思维体系，某种程度上克服了新媒体蓬勃发展以后带来的信息碎片化、重复化、平面化、无深度等问题。

以近两年声名鹊起的自媒体"罗辑思维"为例，这个由资深媒体人罗振宇于 2012 年 12 月 21 日创办的自媒体，内容涵盖"罗辑思维脱口秀"（读书类脱口秀视频，主打产品，每周一集，每集 45 分钟左右）、"罗辑思维"微信公众号（每天早晨一段 60 秒语音，回复后可看一段相关文字，不时公布各种线下活动，目前已拥有 220 万微信用户）

和《罗辑思维》图书（视频内容与用户互动的延伸产物），在 2013 年迅速成长为网络上最火热、知名度最高的自媒体，并于 2014 年开展各种线下活动：和不同媒体合作进行罗辑实验、与普通民众亲密接触开展各大城市 High 聊会、举行只面向新"土豪"的罗辑思维公开课全国巡讲、开办出售各种特色有趣商品的罗辑思维商城……作为市场估值超过 1 亿元、网络人气最旺的自媒体，"罗辑思维"在创造出一个又一个自媒体奇迹的同时，也为自媒体的发展提出了更深层次的命题：泥沙俱下、瞬息万变的互联网时代，自媒体具备什么样的传播特质？能否取得长足发展？又有什么样的生长空间？

新媒体盛行以来，人们津津乐道于它提供的即时资讯、个性化表达、平等对话、交互影响等传播优势，但也无法否认它带来的信息泛滥、无深度、平面化等问题。尤其是微博、微信的普及，让人们随时置身于各种最新资讯的汪洋大海中，信息传播过快很容易导致认知的片面化和思想、观点的流失，面临这一互联网时代语境，如何将受众从信息泛滥中解放出来，是自媒体在选择传播内容时首先要突破的困境。

从"自媒体"的概念来看，数字化技术发展是平台，"普通大众如何提供与分享他们本身"是关键。或者说，自媒体看重的不是作为传播途径的"媒介"，而是更加注重个体特色的"媒体"。所谓"自媒体"的"自"，既强调"自由性"，又注重"自足性"。具备明确内在核心理念的传播内容，是自媒体得以长足发展的首要保障。以"罗辑思维"为例，虽然罗振宇明确宣称，"罗辑思维"的规律就是没规律，除了"他一个人说"这条不变原则外，其他的就是跟大伙儿捉迷藏，确保大家摸不着脉。但透过其天马行空的选题和言谈，我们很快可以发现他的定位：互联网时代个人与社会发展的新变革、新趋势。

早在第一季"罗辑思维"中，罗振宇就提出了"互联网时代不一样的玩法"的概念，认为未来的互联网社会不需要非常大的组织，相反，靠一个核心形成的小团队具有更大的生存空间，人与人之间的自由链接成为更具有生命力的合作方式。在这种生存语境中，个人的生存模式应该像 U 盘一样"自带信息，不装系统，随时插拔，自由协作"。随后，对这一话题的讨论成为"罗辑思维"的重要内容："夹缝中的 80 后"明确提出"U 盘化生存"方案。"成名的代价"和"权力之下的真相"告诉大家互联网时代的生存法则是"活得真实",因为大数据时代所有的行为都将被记录,一个人想要掩盖真相已经不太可能。"剩女照亮未来"表面上是说剩女可以有更多的选择,实际上是说互联网时代人类文明发展的核心是多样性。"和某些公知谈谈心"用马克思描述未来共产主义的生活来形容互联网时代我们的生活:"每个人都不被自己固定的职业所限制,他可以早上起来耕作,傍晚捕鱼,下午打猎,吃完晚饭之后写大批文章。"认为互联网就是摆脱工业时代给我们的固定社会角色和社会分工,就是自由人的自由联合,就是马克思所预言的共产主义生活。"你的女神你不懂"苦口婆心地劝说众屌丝如何通过了解掌握女性思维来追求女神,最后却话锋一转,告诉大家掌握女性思维就等于掌握了今天的互联网思维,比如说重体验、重情感、去中心化、分布式计算等。"假如再给光绪一次机会"在历史的长河里徜徉半天,然后告诉大家这只是个标题党,他真正要讲的是"传统组织内部的管理方法和现代化的互联网时代的跨组织的这种管理方式之间的根本区别"。

以"在知识中寻找见识"、做一个"有种、有趣、有料"的"读书人"为己任的罗振宇,话题选择涉及历史、经济、社会文化、政治、时事热点、娱乐生活等各个领域,但其内在追求一直是在寻找更能适应未来互联网时代的生存方式。这种有着明确思维体系的自我规范,为自媒体提供了一条有效的发展道路。

新媒体时代,"用户大都是利用零碎的时间来获取信息,真正有效获取的也都是碎片化的、有话题性的、热点重复的信息,大量具有人文价值的信息淹没在了微博的信息汪洋中"①,面对这一困境,早有一些公知或名人力图通过各种途径来过滤信息、传达独特视角,比如说由薛蛮子创办的《蛮子文摘》,通过整理、分类薛蛮子微博上转发或发布的内容,提高信息获取率及其公共价值。又如韩寒创办的电子杂志《ONE·一个》,每天选择"一张图片、一篇文字和一个问答",在与受

---

① 杨光:《从〈蛮子文摘〉看具有社会化媒体属性的微博自媒体》,《中国传媒科技》2013 年第 7 期。

众的充分互动中张扬其公知分子的精英主义情怀。但不得不说，和
"罗辑思维"相比，《蛮子文摘》和《ONE·一个》的核心理念和受众
定位均尚未明确，只能属于自媒体雏形，而非成熟的自媒体。

近两年，随着微信5.0时代的兴起，类似于"罗辑思维"这样有
明确内在理念的自媒体越来越多：由中国传媒大学播音与主持艺术学院
林白老师录制的"麻辣书生"以"独特文化视角评点近期社会热点新
闻"立足；网络名人"ayawawa"自创"高MV值、低PU值"的当代
社会男女新型恋爱婚姻价值观体系，通过微博和微信公众号与受众互
动，践行其理论观点；"石榴婆报告"的定位是"国际明星时尚街拍和
服饰搭配"；"鬼脚七"专注于"电商时代的个人与企业出路"；"凯叔
讲故事"为儿童精心搭配"娱乐与教育相融合"的故事和古诗……可
以说，在信息爆炸的大数据时代，及时提供最新资讯已不是新媒体的安
身立命之本，一个自媒体要获得长足发展，必须有清晰的思路和逻辑体
系，找准特色、整合信息、传递观点，这些原本属于传统媒体的成功元
素，反而成为自媒体迅速崛起的内在保障。换句话说，在花团锦簇的表
象之下，成功的自媒体背后是严格自律、精益求精的精英主义文化精神
所打造的整体框架和根基。

当然，在当代传媒语境中，真正为自媒体填充血脉肌理和旺盛生命
力的，还属根植于受众和市场的大众文化内涵。在自媒体界，盛行着凯
文·凯利的"一千铁杆粉丝"理论，大意是说，任何创造艺术产品的
人，只要有1000名铁杆粉丝，就能在美国活得不错。所谓"铁杆粉
丝"，就是愿意购买你的任何一部作品、关注你的每一条信息、追随你
的每一次讲座、每年愿意花费自己一天的收入在你身上。不要小看这种
"铁杆粉丝"的作用，2013年8月9日，"罗辑思维"团队尝试招募第
一批会员，号称"史上最无理的会员方案"：普通会员5000个名额，
每人缴纳200元会员费，获得2年会员资格；铁杆会员500个名额，每
人缴纳1200元会费，亦获得2年会员资格。短短6个小时后，5500个
会员名额即告售罄，"罗辑思维"创下半天进账160万元的惊人纪录。
12月27日，"罗辑思维"开启第二批会员招募活动，亲情会员200元1
年，铁杆会员1200元1年，24小时内共有2万人购买了会员资格。随
后，这种"铁杆粉丝"效应在线下活动中更加让人叹为观止：在名为

"惊鸿书箱，闪电发售"的罗辑实验活动中，罗振宇与传统图书出版人方希联手制作了一个"未来站在你身后"图书包，包里有六本书，售价499元，全球限量8000套，你在买回来之前并不知道这六本书的内容甚至是名字，你所知道的仅仅是它是罗振宇推荐的。这场"不剧透物品清单、不提前预热、不打折销售，仅以推荐人的魅力人格背书为核心的图书包限量闪购活动"于2014年6月17日早上6点30分开始，8000套图书在90分钟内被秒杀！11点26分8000套全部完成支付！

我们都知道娱乐圈粉丝的巨大能量，但我们尚不知知识界粉丝亦能狂热至此。罗振宇声称这场实验的目的是"测试移动互联网环境中基于知识社群和信任商业的图书包闪购模式成功率"，实验的成功源自几个元素：（1）互联网。8000个订单除了67单因个别支付原因由线下客服完成外，其余7933单全部通过互联网完成订购支付。可想而知，如果需要长途跋涉到某一书店参加签名售书活动，行动速度和效率远不会如此之高。（2）知识社群。即"罗辑思维"的受众定位。罗振宇在"罗辑思维"微信公众号上明确提出："我们想要打造的是一个有灵魂的知识社群，一帮自由人的自由联合。'罗辑思维'寄托着我们对知识、对自由、对未来、对独立的向往，承载着我们对爱智求真、积极上进、自由阳光、人格健全的公民社会的责任。"① 正是在这样一个知识社群中，罗振宇的"卖书实验"才能产生如此大的轰动效应。（3）有效的互联网营销手段。比如说"罗胖精选，特别定制"，尽显罗振宇魅力人格体的权威吸引力。"社群专供，别处无售"、"惊鸿一现，说没就没"，充分利用了"稀缺性原理"，强调了稀有性和独家信息。"一个特别的接头工具"无形中提升了"罗友"对"罗友"的"社会影响力"。

当然，实验的成功说到底源自罗振宇个人的"魅力人格体"和他成功营造的互联网知识社群。所谓"社群"，指的是"由两个或两个以上的具有共同认同和团结感的人所组成的人的集合，群体内的成员相互作用和影响，共享着特定的目标和期望"②。一直以来，"罗辑思维"都

---

① "罗辑思维"微信公众号：luojisw。
② ［美］戴维·波普诺：《社会学》，李强译，中国人民大学出版社1999年版，第173页。

在致力于聚拢有一定知识储备、强烈求知欲望、独立思考能力并活跃在互联网上的知识群体，从青年学生到传媒人士再到企业高管，"罗辑思维"的知识社群逐步扩大，影响力也日益提升。仔细分析"罗辑思维"的受众构成，我们会发现其明确的阶层定位：与时代紧密接轨、积极上进、追求自由的中产阶层知识分子。尤其是在微博、微信等网络空间领域中，每天听"罗辑思维"语音、看"罗辑思维"视频、讨论"罗辑思维"话题、参与"罗辑思维"活动，已经成为很多有志之士的标志性选择。换句话说，除了从"罗辑思维"中汲取各种有益知识、得到读书学习指引之外，很多"罗友"也把它当成了自己的"文化资本"。正如健身、时尚成为富贵阶层有闲有钱的文化表征一样，拥有"罗辑思维"这个"文化资本"，也标志着某一个体拥有独立自由精神、独特思维判断力、时尚新潮正能量、敏锐理性高智商等特征。

按照布迪厄的"区隔"理论，每个个体的生存状态由经济资本、社会资本和文化资本共同组成，这三种资本之间可以相互转换，比如说，经济资本丰厚的家庭有能力将一部分经济资本转化为文化资本，而经济资本困乏的家庭被束缚在日常维生中，很难得到更高的文化修养。反过来，拥有较多文化资本的行动者也具有将其转化为经济资本和社会资本的可能。这种三位一体的资本构成，为"罗辑思维"知识社群的开放性提供了足够的保障：一方面，罗振宇及其团队构建了一个极具诱惑力的"自媒体"，用之不断吸引各种高端人士尤其是商业精英，这也是"罗辑思维"近期活动一直价位较高、只面向"土豪"的原因之一。另一方面，新型商业合作模式的成功和商业利益的获得，反过来也对拥有文化资本、缺少经济资本的人群产生了巨大的冲击。正是在经济资本、文化资本相得益彰、步步高攀的过程中，"罗辑思维"互联网知识社群的凝聚力才越来越高。最近，"罗辑思维"又开始尝试和明星、社会知名人士合作，这无疑是其向社会资本进军的一个强烈信号。

和"罗辑思维"相似，目前几个比较稳定发展的自媒体也都有自己明确的受众定位："麻辣书生"的目标受众是高校学生，"ayawawa"的目标受众是20—30岁的适婚女性，"鬼脚七"的目标受众是电商经营者和爱好者，"凯叔讲故事"的目标受众是3—12岁的少年儿童……但是相对而言，归功于对时代发展的准确定位和对三种资本内在逻辑关系的遵循，"罗辑思维"的目标受众群具有更大的开放性，也具有更大的吸引力。

不可否认，"罗辑思维"的成功首先来自于罗振宇个人的魅力，这种魅力与他对自己的严格要求紧密相关。以"罗辑思维"微信公众号为例，每天早上推出一条60秒语音，很多罗友说，看惯了"罗辑思维"每天早上不多不少的60秒语音排列，再看其他微信公众号上参差不齐的语音排列，会非常不习惯。罗振宇曾经自豪地说，没有几个人能像他一样，每天早上6点多钟准时推出精确的60秒语音。他对自己的严格要求，由此可见一斑。但是，仅仅打造一个"魅力人格体"绝不是"罗辑思维"的最终目的，从根本上来看，保障"罗辑思维"长久运转的传播主体，必须是由"罗辑思维"互联网知识社群里众多个体组成的"魅力人格体"的自由联合体。

自媒体强调的是"普通大众如何提供与分享他们本身"，"罗辑思维"恰好为其受众提供了这样一个充分表达自己的互动平台，使每一个人都有可能发出自己的声音。"罗辑思维"微信公众号里面的"会来事"栏目，就是将每一位会员有价值的想法推向公众，通过会员之间的相互帮助、相互协作真正实现"自由人的自由联合"。各种"罗辑思维"的线下活动，也是充分利用会员的各种优势和力量。

最能体现这种"面向受众、互动开放"特色的是《罗辑思维》图书：目前，由长江文艺出版社出版的《罗辑思维》和《罗辑思维》（Ⅱ），在汇集"罗辑思维"视频节目内容的基础上，每一页都在纸张右边留出1/3的地方，用"批注"的形式插入相关插图、"罗胖每日微信精选"、"小编补充"或"网友吐槽"。从实际阅读效果来看，恰恰是这些插入性内容赋予了《罗辑思维》图书最鲜明的特色：

1. 碎片化阅读

一方面，在快餐文化流行的今天，人们越来越不习惯于长篇累牍的读书方式；另一方面，读者很有可能已经通过网络事先接触过《罗辑思维》图书的主体内容，如果仅仅是把原有视频再次结集出版，不免有炒现饭之嫌，而且毫无新意。但是这些插入性内容却使图书面貌焕然一新，读者可以随时开始或者中断正文阅读，并在每一页阅读中都能获得一定的小知识、小观点或者小愉悦。这，才是碎片化阅读的真正意义所在。

2. 互文式阅读

所谓"互文",是指两个或多个文本之间相互作用的一种关系,产生互文的文本之间具有相互补充、主题关联、反讽模仿等各种关系,它能使接受者在阅读过程中产生多重的审美感受。而"罗辑思维"正是利用这一技巧最大限度地完成了与受众之间的互动,使自己成为汇聚"诸子百家言论"的开放式平台。以罗振宇最推崇的"互联网时代个体的 U 盘化生存方式"为例,这一观点贯穿在《罗辑思维》图书的主体内容中,但插入式内容却充斥着网友的各种质疑:(1)未来社会自由职业者将会变多,但不是所有人都成为自由职业者;网络将会影响人们的生活方式,但不是所有的旧媒体的东西都会消失不见。(2)个人生存方式的转变一定要和社会发展同步进化,目前的社会环境还未完全进化到罗振宇所说的完全互联网时代,在现实语境中,进入传统话语中心依然是一条有效的生存法则,随意性的自由择业则会因为现实条件的限制而失败。(3)即便在互联网时代,想真正做出成绩的人,恰恰更需要组织,而非远离组织。独木难成林,互联网时代的趋势不是单个人与单个人的协作,而是由人组成的或大或小的组织之间的协作。(4)"罗辑思维"也是一个团队,如果把这个大团队理解成一个大 U 盘,那刚结束学生生涯的年轻人充其量只是没有太大价值的软盘,需要不断升级之后才能成为有价值的 U 盘,而这个扩容、升级的过程还是需要融入组织去完成的。

奇怪的是,这些质疑的声音不但没有削减罗振宇的个人魅力,反而使他的观点更完整、更接地气。由此可见,罗振宇在构建自己有规范价值体系的自媒体时,并未故步自封于一家之言,而是充分尊重自己的受众,利用互联网与受众实现真正的"对话"。他用自己成型的理论观点统领这个"自媒体",大部分问题的讨论和实践都指向这个中心,但又有典型的"去中心化"特色,勇于展示各种不同的声音,最终引导受众结合自身情况积极思考,而不是盲目崇拜某个人。罗振宇甚至经常在各种平台上坦言自己说过的常识性错误,态度真诚地告诉大家:犯错并不可怕,犯了错,有人指出来,大家纠正过来,就是这个节目、这个平台的功效之一。说到底,罗振宇的"魅力人格"不是来自他个人的权威，而是来自他对受众的精确定位和发自内心的尊重，是来自聚集在他周围的众多"魅力人格体"的自由联合。这一点，值得很多自媒体经营者去学习。

在充分践行自媒体传播特质的基础上，"罗辑思维"也开启了自媒体新的生长空间：文化生态规约下的新型商业模式。目前，"罗辑思维"的市场估值已上亿元，这在传统媒体社会简直是难以想象的。仔细分析"罗辑思维"的商业运转规律，你会发现一个很奇特的文化生态选择：罗振宇的目标是构建一个"互联网知识型社群"，他的受众定位和节目内容选择都洋溢着浓厚的知识分子精英情怀。一旦涉及商业运作，罗振宇及其团队毫无知识分子的故作清高或"犹抱琵琶半遮面"，而是踊跃投入商业经济大潮，振臂一呼云集各方商业力量，积极探索各种新的商业运作模式。"罗辑思维"几乎没有传统的广告植入，罗振宇不断重申互联网会干掉一切传统的广告模式，他选择的商业模式与他的节目定位如出一辙：基于互联网的知识社群之间的信任与合作。"罗辑思维"两次招募会员便是这一商业模式最初的成功。随后，罗振宇选择"团要"模式，让商家用产品赞助"罗辑思维"会员，既给"罗友"带来了福利，又给商家制造了广告和口碑效应，实现双赢。通过"团要"，"罗辑思维"为会员要来了乐视的 10 台大电视、20 台电视盒子和黄太吉的 10 万份煎饼。随着"罗辑思维"品牌效应的日益扩大，罗振宇开始选择更大的合作商家与企业，比如说与万科合作为"罗友"提供见面聚会的图书馆，新建"罗辑思维实验室"面向全国家具产业"土豪"与最具创意的空间设计师招募合作伙伴，"罗辑思维月饼"通过微信公众平台招募合作伙伴等。

罗振宇毫不讳言自己追求商业利益的正当性和必要性，他关注的是如何能在互联网时代快速有效地获取最大效率的商业利益。一系列商业合作活动既推动了互联网时代新型商业模式的进展，也起到了黏合受众的作用。近日，"罗辑思维"在全国各大城市开展只面向"土豪"的罗辑思维公开课，其中"罗辑思维公开课"3999 元/人，"罗辑思维实验坊"9999 元/人，"公开课＋实验坊"13998 元/人，这种公然向"土豪"摇旗呐喊的商业行为，再一次践行了"罗辑思维"的冒险和创新精神。

但不能忽视的是，商业性的背后，是精英知识分子的文化底蕴、深邃思想和敏锐目光。"罗辑思维"之所以敢给"土豪"开课，是因为他们深谙互联网时代的思维与特征，具有渊博的知识和开阔的视野，又积攒了众多互联网时代的实际案例。是因为罗振宇及其带领下的团队充分秉从"死磕自己"精神，在社会快速变革的今天永远保持着强烈的求知欲和旺盛的行动力，把自己塑造成了最有吸引力的"魅力人格体"。用精英主义来严格要求自己，然后放下所谓的知识分子身段，用最接地气的方式去追求商业利益，恐怕是互联网时代自媒体获得长足发展的最有效途径。

二 自媒体文学批评

在文学批评领域，"自媒体批评"还未形成较为成熟的模式，但正以小规模快速前进的方式成长为自发批评的 21 世纪代言人。目前，"自媒体文学批评"主要存在于微博、微信等网络公众平台，这些涉足当代文学批评的微博大 V 和微信公众号有着较为自足的审美价值体系和批评文体意识，能结合一定的文学知识和批评理论，对当下新涌现的文学作品、文学现象进行即时评论。和报纸批评相比，它更快速、更便捷，充分利用网络传播平台制造热点话题、吸引公众参与，对批评对象进行最充分的分析与讨论。和文学网站的论坛评论、跟帖评论相比，它营造了一个相对更注重文学审美和批评逻辑的氛围，有利于自发文学批评的自我更新与提升。

先来看几种比较有代表性的"自媒体文学批评"平台。第一种是由个人成立的、带有鲜明个人风格的公众号。例如微信公众号"六神磊磊读金庸"，由媒体人王晓磊创建，以打造最有趣的原创读书号为目的，对金庸小说进行独特解读，同时，立足当下时代热点话题，结合金庸小说嬉笑怒骂、借古喻今，用幽默、诙谐的文笔进行文艺批评。从文本批评来说，"六神磊磊读金庸"的作者王晓磊自称主业是"读金庸小说"，他曾运用精神分析理论解读过"黄药师的演员型人格"，用女性主义批评理论分析过金庸小说里的"好女人"、"坏女人"，用社会学批评理论分析过金庸笔下的江湖世界，用意识形态批评理论研究过金庸笔下的家族政治，用各种批评方法解读过金庸小说的情节、人物、文化内

涵、审美意味等。除了解读金庸小说文本之外，"六神磊磊读金庸"的
另一特色就是从金庸小说世界这个独特视角入手，对当下新兴的文艺现
象进行别具一格的点评。《快抓住那个韩什么寒》绕开文坛上"捧韩"、
"贬韩"这两个截然对立的争论立场，把文坛比作江湖，把韩寒比作扰
乱原有江湖规矩而被众人追杀的成昆、慕容复等，从一个更独特的角度
来解读这个文艺现象。《向金庸学怎么当烂诗人》用调侃的语气点评了
"2014 年鲁迅文学奖诗歌获奖作品"。2015 年 4 月 26 日诗人汪国真去
世，网上涌现两种言论，一种无限怀念，另一种则批评汪诗艺术审美价
值不高，针对这一事件，"六神磊磊读金庸"微信公众号于 4 月 27 日
即推出文章《启蒙老师是柯镇恶，又有什么丢人》，提出"文学的谱系
里，汪国真之所以成为汪国真，不完全在于经线上的高度，更在于纬线
上的意义。……他们也许远不是最高峰，却完成了不可替代的使命"。
可以说，在"六神磊磊读金庸"这里，金庸作品的文学价值绝不仅限
于塑造了鲜明的人物、安排了绝妙的情节、描绘了绚丽的武功、虚构了
精彩的江湖，而是提供了一个别致的"文学评价体系"，这个体系并没
有深奥的理论和严密的逻辑体系，但却能以自身的逻辑对各种文艺现象
包括社会生活现象发出独特的声音。

和"六神磊磊读金庸"相似，微信公众号"周冲的影像声色"也
是由文艺写作者周冲创立的个人公众号，主要内容涉及文学创作、文学
评论、影视评论、文化评论等。虽然不同于"六神磊磊读金庸"一以
贯之的"金庸学"思维模式，"周冲的影像声色"依然呈现出鲜明的个
人特色：论点独到，文笔犀利，谈古论今，说人评事，时而尖酸，时而
深邃，虽时有偏颇但贵在风格独树一帜，大有激扬文字睥睨文坛之风
范。2014 年电影《黄金时代》热播重新掀起"萧红热"，周冲以一篇
让人触目惊心的《萧红，那个饥饿的贱货》在网络上迅速招致众多人
的口诛笔伐，文章既评论了电影：

> 《黄金时代》在表达上创了新，它将顺叙、倒叙与插叙杂糅于
> 一体，对白、旁白与独白混集于一身。主线是萧红的一生，但时空
> 不时置换，一会儿插叙个情节，一会儿又从几十年后开始倒叙，借
> 一个人的嘴巴，来补叙当前。这就是对纪录片矫揉造作的模仿了。

又评论了萧红的文学创作：

> 萧红当然是有才华的，23 岁，已经深谙世界之凶残，写乡村，写得生猛强悍，处处是令人倒抽一口气的蛮荒。写生活，写得冷硬、精准、苛刻，有钢针式的穿透力，轻轻一捅，就能挑破疮痂和脓包。即使写《小城三月》的爱情，也是自毁式的固执，如棉絮里的火籽，暗中烧着，要人命地压抑和炽烈，等到发现时，已经成了灰，只剩下一口叹息，堵在人的嗓子眼里，用尽半生去幽幽吐尽。

当代文学批评中难得的印象批评，用同样精准、尖锐的语言来传达个人的审美感受，对文本意境的剖析入木三分、令人陶醉。
还评论了作家的生平：

> 她追求独立，却一直无法自立；她向往自由，却一直自我设限；她极其多情，又极其自私；她反抗父权，反抗专制，却成为男权的另一种牺牲品……萧红最大的问题，是缺乏自我规定的意志。缺乏自我规定的意志，最悲哀的一点，就是你把被迫做的事情，当成想做的事情；你把原本厌恶的生活，当成了想要的生活。这使得她虽然一辈子都在呼吁自我解放，却在同一个地方跌倒。重复着被弃和寻找，寻找和重新被弃。

> 近年愈发感到，父母对待孩子的方式，其实就是复制世界对待他们的方式。被宠溺着长大的人，必以爱的方式，对待孩子；被冷漠对待的人，必以粗暴的方式，和孩子进行相处。……她半生都在被遗弃、被背叛、被侮辱中度过，于是，她不自觉间，将自己所受的倾轧，所受的冷漠，所受的苛刻，施予那个更弱小的人：她的新生儿——别人对她始乱终弃，她对孩子同样始乱终弃。

从中可以瞥见阿德勒精神分析理论的观点。并由此扩及对社会现象的评论：

> 女性的解放，不论是从前，还是现在，其前提就是自我独立。天涯与豆瓣上，总有一些女文青发长帖，说辞职去旅行，花了几百块，从海边逛到城堡，从雪山飞到沙漠，一路艳遇，一路留下故事。但我们都心知肚明，像这种旅行，如果不张开钱包，必然要张开大腿……

　　如此尖酸刻薄甚至是恶毒的语言，骇然撕破冷漠现实外面那层温润虚幻的膜，直刺人心。

　　"周冲的影像声色"涉猎范围较广，就文学文艺批评而言，以《萧红，那个饥饿的贱货》为代表的邪魅猖狂的文风是其鲜明的个人标签。电视剧《平凡的世界》热播之后，周冲又迅速写了一篇《不要看路遥如何谈世界，要看路遥如何谈女人》，一句话点评《平凡的世界》是"一群正能量得不像人的人，一场华丽的男权意淫"。文章运用社会历史批评、文本批评、性别批评、心理批评、读者接受批评等多种批评理论和观点，批评了《平凡的世界》"人物类型化"（好人真圣贤、坏人全奸邪）、"男权意识强烈"（圣母般的女性存在都是为了满足男权社会的需要——路遥笔下的女主角们都有如下特征：处女、出身富庶或权贵、单纯善良美、富有牺牲精神）等文本缺陷，剖析了作家路遥童年生活的缺失和权力意识对其创作的影响，论述了"这本书是70、80年代中国人共同的中国梦"，在这部小说里，读者们"看到了自己想看到的——相同的底层身份，变革的集体记忆和不知往何处去的迷茫青春。感受到了相似的情绪——不甘、不妥协、力争上游。信奉着相似的信仰——平凡的世界里，靠自身的努力，都可以不平凡"。因此，"无论《平凡的世界》在文学价值上多么平凡，但是，因为它的社会价值，它仍然是一个铭牌，向今天的年轻人展示说：呶，这就是那个时代"！以同样尖锐犀利的文笔，周冲还写了《世界是一个大狗镇》（由电影《狗镇》论及现实社会）、《来自星星的叶子》（评论热播韩剧《来自星星的你》）、《立春精神病院》（评论顾长卫电影《立春》）……

　　这些个性鲜明的批评主体具有较高的文学素养、审美品位和文字表述能力，有一定的批评意识和热情，往往能针对文坛新文本、新现象及时发言，追求语不惊人死不休的批评风格，能在信息泛滥、崇尚视觉消费的互联网时代成功吸引读者的注意。

除此之外，自媒体文学批评存在的第二个平台就是各种以"文艺、文学"为主体内容的网络公众平台。如微信公众号"世相"，这个公众号由张伟创办于 2013 年，在经历了推荐新闻写作范文、推荐好作品的尝试之后，最终定型为"为文艺正名"、提倡日常生活审美，对自己的宣传定位是"倡导有物质基础的精神生活，文章兼顾见识与审美，也许长，但必定值得耐心阅读，覆盖千万文艺生活家的自媒体组织'文艺连萌'发起者"。这个公众号主推"生活美学"，会运用心理学和文艺美学的相关知识深挖、剖析日常生活中一些细微、精妙的生活现象，如"扮演成整天自我矮化的人到底是一种什么体验"、"不随便让别人感动或伤心，也是一种道德"、"假如一切得到的都失去，而一切失去的都从头再来"、"为什么人人都说自己是'屌丝'？"等。

在这些专究人心微妙情绪的内容中，有一些涉及文学、文艺批评的文章以同样的风格直刺人心。更为独特的是，"世相"会在转发文学文艺批评类文章之前，加一个自己的"按语"，这样，会形成一种"内外叙述"的"对话"风格。譬如 2014 年 11 月 19 日推送的《了不起的唐家三少和他的畸形成功：我为何对他感到排斥又充满尊重》，转发了何瑶、杜梦薇采访撰写的《网书大亨》，文后介绍了每年数千万元收入的网络作家唐家三少的创作经历和创作生活，认为其发展轨迹是"在一个边缘地带悄无声息地蓄力，待到时机成熟时，跻身核心主流"，并由此介绍了起点中文网的营销方式、网络文学接受对创作的影响、网络文学创作模式化特征等。"世相"转发时对网络作家追求模式化、高产量创作的现象进行了自己的评价：

> 网络作家也许深谙流行的本质是速朽。所以他们不追求永恒而追求当下，他们不追求长久的痴迷而追求一时的狂热。……唐家三少对潮流的理解之一针见血是让人惊讶的：如果读者的水平提高到他无法满足的程度，他就果断放弃这类读者。他会保持自己的水平不提升，以保证核心受众群永远是最基层的小白读者，因为这个群

体的力量是最大的。他为读者们提供了日常生活之外的并不精妙但足以安抚的幻梦。同时，他是一个并未为写作本身有所增益，但将写作的功利价值发挥到极致的人。要判断他的作品有无价值也非常困难，因为一方面他对文学本身的价值是可以忽略不计的，另一方面他为他的读者提供了远大于当代所有作家的价值，因为他陪伴在读者们不安的生活旁边，尽管是以一种毫无美感的方式。我们对他既充满敬意又充满排斥感。

相对于转发文章《网书大亨》的采访式表述而言，"世相"的按语更倾向于从更高的层面，在一个文学评价体系里来审视唐家三少网络创作的功过得失。虽未充分展开，但其点到为止的简练文风，倒也符合"逐日的批评"所需。在另外一篇《查理·南派三叔与孤独鬼魂：你真的疯了吗?》中，"世相"转载了由王天挺、杜梦薇采访撰写的《查理·南派三叔，你真的疯了吗?》，后者用近乎白描的手法讲述了网络作家南派三叔的创作、生活、纠葛、痛苦与挣扎，"世相"的按语则寥寥几笔勾勒出作家的创作心理："南派三叔的作品具有更重的精神气质，他构建的盗墓世界是一个成熟的阴暗、复杂、庞大的虚拟世界。……他的生活和他的作品一样充满了精神的深度，而这深度主要靠'痛苦'来获得。"并且尝试在当代中国玄幻写作体系内对两个代表性作家进行比较："两位作者（指唐家三少和南派三叔——作者按）是完全不同的，一个健康而清晰地建设生活，一个混乱而深刻地建设生活。他们是当下中国玄幻作品中最值得书写的两个人。"

这种"按语"式评论使"世相"在推送相关文艺文章时，时而感性、时而超脱、时而深邃，能站在一定距离之外审视某个文艺文本或某一文艺现象。"汪国真逝世"引起的汪诗大讨论中，"世相"先推送了一篇《我从来没有羞于承认过，无论是汪国真还是余秋雨》，声称"我做过很多蠢事，喜欢过很多不好的人。但我从来没有羞于承认过。因为我已经意识到，很多时候，你的成长不是通过学习一些东西实现的，而是通过克服一些东西实现的"，并由此提出"你可以不喜欢汪国真，甚至可以嘲笑他。但如果有一个人就是被汪国真影响了很多，你却一定要嘲笑他对汪国真的喜欢和悼念，就是很武断的。在一些完全是个人化的事务上，为什么我们总是不肯只做到表达自己，而非要做到干涉别人呢？"一个很奇妙的吻合：在汪诗大讨论中，"六神磊磊读金庸"和"世相"的这两篇文章不约而同地表明了这样一个态度：汪诗审美价值不高，但我/我们曾受其影响，我/我们不否认这一点，也不贬低其他人对汪诗的喜爱。当然，我/我们的审美素养和能力已远远超越这个水准——从中可见一种被大众文化意识影响后更趋平和的精英文化意识。在发表观点之后，"世相"几天后又转发了另外一篇《开奥迪车的汪国真》（作者：卜昌炯），此文回忆了汪国真成名后鲜为人知的生活状态，"世相"为之提供的"按语"是"这种掺杂着名利、追求、荣耀和失落的生活真是太有意味了"，并借此对"汪诗大讨论"事件再发议论："我们并不需要了解一个人就评判一个人的作品，有时候不了解一个人来评判作品可能更对，更冷静。但如果我们评判的是这个人，那么能在了解这个人之后再加以评判，可能是更好的做法。"

　　与"世相"相类似，号称"我们关注一切文艺"的微信公众号"北青艺评"也是在各种文艺评论中夹杂着文学批评，譬如在 2015 年 3 月 26 日海子祭日推送了霍俊明的文章《海子需要的不只是一年一度的赞美》，2015 年 4 月 25 日"第十三届华语文学传媒大奖"颁奖当天推送了被评为"第十三届华语文学传媒大奖年度文学批评家"的毛尖的获奖感言《只要按捺住焦急的心情，到黎明定能进入壮丽的城池》，2015 年 4 月 27 日推送了唐山的《尴尬的不该是诗人，而是我们的肠胃》，2015 年 5 月 4 日推送了孙郁的《一百年后再读〈新青年〉》等。由此可见自媒体批评对文化热点问题的追寻。

　　和"世相"、"北青艺评"关注一切文艺包括生活的杂糅风格相比，微信公众号"非一流评论：左岸影视，右畔文学"（简称"非一流评论"）可以算得上比较典型的"自媒体文艺批评"公众平台。这个创建于 2014 年 1 月 15 日的公众号致力于最新的电影、电视、文学、文化评论，声称"北大领衔，名校汇聚；一流作者，一流文章。学院派，唯创见；主率性，富理性"，追求"用激情的评论拥抱时刻跃动的现实，用热情的文字触摸每一灵动的瞬间"的评论风格。但从其实际推送内容来看，影视批评远远多于文学批评：一年多的时间里，该公众号推送了《"第三世界"的〈小时代〉赎回"大国"身份了吗？——从当代

"兰陵笑笑生"的情色书写说开去》《〈太平轮〉：暴力不足，情色未满》《彭浩翔〈人间·小团圆〉：豆瓣3.7的名导之作》《从〈分手大师〉看大陆观众的国际化接轨》《〈一步之遥〉：被解放的"姜哥"》《〈推拿〉的成败变奏曲》《〈太平轮〉："上"且如此，还需起航否？》《〈匆匆那年〉：小时代青春里的浅喜浅忧》《〈智取威虎山〉的互文狂欢与"可感知的时间"》《马克思传播学告诉你："大胸"惹了谁家的武媚娘》《〈重返20岁〉——文化全球化下的蛋》《〈一代宗师〉与大师的B格》《〈何以笙箫默〉：消解理性的偶像言情剧》《〈鸟人〉：冈萨雷斯的长镜头与艺术终结论》《万物生长：谁来救赎青春的心灵》等文章，几乎锁定这个时间段内上映的各个热议影片和影视现象，批评理论功底深厚、批评观点新颖、批评方法专业、批评语言新潮，是此时期拥有较高专业素养的接受者分析、评论、筛选新兴影视文本和影视现象的自媒体批评代表。与影视评论相比，"非一流评论"推送的文学评论并不多，比较有影响力的只有《莎士比亚：用极端性和丰富性创造我们》《〈半生缘〉：我们回不去了》《莫迪亚诺：关于逃离与迷失的城市游荡记忆》《〈呼兰河传〉：千红一哭，万艳同悲》《〈小时代〉书评：青春文学的物质航母》《为什么是海子》《汪国真：不是诗人的诗人》等。究其原因，一方面是因为当代中国社会语境中，新兴文学文本和文学现象对人们的吸引力远远不如影视文本和影视现象。另一方面，则和"非一流评论"的团队密切相关，这个公众号的创始者赵立诺是北京大学电影专业的博士生，其创作团队成员张隽隽、陈亦水、陈希、刘洋、张侃侃、黄豆豆等人都是电影专业或艺术专业出身，平日里也多从事影视评论等相关工作。这也再一次证明了"自媒体批评"的个性化特质。

　　从这个角度来说，能否成为合格的"自媒体文学批评"平台，跟其发起者和组织者有莫大关系。像"六神磊磊读金庸"、"周冲的影像声色"这样完全由个人经营的网络平台，自然会有鲜明的批评风格。而"世相"、"非一流评论"这一类由多人共同维持的公众平台，只有在拥有较强主体理念的情况下才能成为合格的"自媒体文学/文艺批评"平台——当然，这里所说的"主体理念"并不是指集团主义或派别批评，而是指像"世相"那样追求"与推送文章互文、对话"的统一风格，或像"非一流评论"那样"一群志同道合者及时追踪文艺热点，发表个人独特意见"。

除此之外，"自媒体文学批评"应该主要关注当下新兴的文学文本和文学现象。蒂博代认为"自发的批评"应与新生的文艺作品为伍，其作用是"使书籍被一种现代的潮流、现代的新鲜感、现代的呼吸和现代的气氛所包围"①，即便这些评论随其批评对象在几年甚至几个月后就被人遗忘。因为"自发的批评"本身并不面对文学的历史，而是面对文学的现实，现实的大部分都会在滚滚流淌的历史长河中消逝，但"它们应该确实存在过才能使某些东西留下来"，正如法兰西悲剧只留下了高乃依和拉辛，"但是为了能使高乃依和拉辛得以存在，悲剧体裁必须是有生命力的体裁，必须有几百个悲剧被创作出来，它们必须有观众，观众还必须感兴趣，不管有道理与否。此外还需要有一种每日的批评伴随着文学每日的生命"。②

按照这两个标准，某些微博平台和微信公众号虽然主要关注文学文本或文学现象，但并不属于"自媒体文学批评"。比如专注于推介、点评诗歌的微信公众号"诗歌是一束光"、"读首诗再睡觉"等，主要倾向于向公众介绍诗歌经典文本，并不涉足当下的诗歌文本批评。同样，自我定义为"国内第一款专注于短篇小说的 App，优质短篇小说发表与阅读的平台"的微信公众号"果仁小说"，虽然在每一篇推送小说前都有一个简单的"敝仁曰"，但与其说它是一个评论，不如说是一点阅读心得体会，且其所推小说多为经典，相对忽略了当下新出现的小说文本。此外，像"读库"、"慈怀读书会"、"江湖烟雨夜读书"、"经典短篇阅读"、"拇指阅读"这样的公众号，主要功能是推荐文学书籍和文章，也不过多涉及文学批评。

与文学网站上信手拈来、三言两语的论坛批评、跟帖批评相比，"自媒体文学批评"最重要的特质就在于它的"主体理念性"。不管是在个人公众平台还是在公共网络平台上发言，它都追求一种鲜活的个人姿态、观点、语言或行文风格。它不是兴之所至的涂鸦、跟风、点赞或

---

① ［法］蒂博代：《六说文学批评》，赵坚译，郭宏安校，生活·读书·新知三联书店2002年版，第55页。

② 同上书，第61页。

吐槽，而是经过批评主体精心筛选、过滤、创造之后的时代之作，凝聚着批评主体的批评意识、文学素养和深邃的人生体验，能在这个消费各种信息都如同喝白开水的时代给人们带来一点咖啡式的提神。同时，和追求理性思辨、逻辑严密、旁征博引的职业批评相比，它又具备自发批评应有的灵动、坦率和趣味，面对历史，深入现实，陪伴读者一起经历岁月的洗礼。

三 政治文化生态体系中的"自媒体文学批评"

立足于当代中国政治文化生态体系来审视目前正悄然崛起的"自媒体文学批评"，我们会发现，和之前的自发批评相比，网络传播时代的自媒体文学批评既以自己的独特方式延续了时髦感、灵敏性、短暂性等特点，也因为互联网这个平台凸显了文学研究文化化、大众文化与精英文化相融合、对话意识增强等特点。

1. 文学研究文化化

自 20 世纪 80 年代后期传入中国以来，文化研究思潮和理论一直在快速蔓延。在文学研究界，虽然学者们一再争论文学研究和文化研究之间的区别与界限，但就实际情况来看，21 世纪以来的文学活动从创作到传播到接受再到研究，都不可避免地融入了文化的大浪潮，如果"把学术研究的对象限制为文本，实际上意味着把文本背后使文本得以产生和更新的活的文化过程忽略了"①。中国近现代以来的文学批评和文学理论在历经了从外部研究到内部研究的发展演变之后，无论是自身发展要求还是受各种外在因素制约，都面临着内外研究相结合的发展趋势——把文本释义与文本生产过程研究结合起来。就自媒体文学批评而言，文学研究文化化的现象尤其明显。

首先，自媒体文学批评关注的对象多为文化热点、社会热点问题所涉及的文学文本，而不是纯粹跟踪新出文学文本。最近一次自媒体批评对汪国真诗歌的大讨论源自"汪国真去世"这一社会事件，2014 年自媒体界的"萧红热"显然是由电影《黄金时代》而非由萧红的文学作

---

① 高小康：《中国文化研究的非经典思路》，载陶东风、周宪（执行）主编《文化研究》（第 8 辑），广西师范大学出版社 2008 年版，第 59 页。

品引起，讨论鲁迅、王小波、格非、李敖、村上春树要等每年 4 月 23 日"世界读书日"，3 月 8 日我们可以看到张爱玲如何谈女人、林语堂如何谈女人、冯唐如何谈女人、胡紫薇如何谈女人、六六如何谈女人……在盛行文化消费主义的 21 世纪，文学会因为影视、娱乐、八卦、社会热点事件而成为自媒体批评的关注对象，唯独很少因为文学本身。

其次，自媒体文学批评的评论内容多立足现实社会，甚至会迎合时代特征。在汪国真诗歌大讨论中，评论者更多地关注了汪国真诗歌如何成为一代人的青春记忆、汪国真诗歌为什么会在一个特定的时代走红、汪国真诗歌兴起及衰落背后的文化意义……在另外一个文化事件——余秀华诗歌大讨论中，湖北诗人余秀华以一种"忽如一夜春风来"的姿态在网络上横空出世，首先进入大众视野的是她"脑瘫患者＋农村妇女＋诗歌写作者"的身份标签，这种身份的巨大反差和混杂极度契合文化消费时代社会大众的深层集体心理。2014 年 11 月，《诗刊》微信号以《摇摇晃晃的人间——一位脑瘫患者的诗》为题发布余秀华的诗歌，影响迅速扩散。对此，作者本人、编辑都有很清醒的认识：这是为了宣传。这种为了满足时代大众消费需求的策略同样出现在文学批评界，所以，首先进入大众视野并广为流传的，是那首极具噱头的《穿越大半个中国去睡你》：

其实，睡你和被你睡是差不多的，无非是
两具肉体碰撞的力，无非是这力催开的花朵
无非是这花朵虚拟出的春天让我们误以为生命被重新打开！

大半个中国
什么都在发生：火山在喷，河流在枯
一些不被关心的政治犯和流民
一路在枪口的麋鹿和丹顶鹤

我是穿过枪林弹雨去睡你
我是把无数的黑夜摁进一个黎明去睡你
我是无数个我奔跑成一个我去睡你

　　当然我也会被一些蝴蝶带入歧途
　　把一些赞美当成春天
　　把一个和横店类似的村庄当成故乡

　　而它们
　　都是我去睡你必不可少的理由

　　实际上，余秀华诗歌中有很多独特的诗歌意象和意境，如"不说你在五月的光彩/你额上的露水/你枝桠间的鸟鸣/不说你开花时的骄傲结果的丰盈/不说你在月光里偷渡的爱情"（《写给门前的一棵树》）；有非常独特但又能引起所有人共鸣的生命感受，如"我只是死皮赖脸地活着/活到父母需要我搀扶/活到儿子娶一个女孩回家/生活一无是处，爱情一无是处/婚姻无药可救，身体有药难救/在一千次该死的宿命里/我死抓住一次活着的机会/在这唯一的机会里/我唱歌，转动我的舞步/我的脸消失在黑夜/天亮我又扯起笑容的旗帜/有时我是生活的一条狗/更多时，生活是我的一条狗"（《我只是死皮赖脸地活着》）；有天马行空的想象力，如"姐姐在远方碰倒了昨夜的月光/你松开了一个人的手/一个劫应声打开"（《姐姐在远方》）；有渗入泥土又升到云端的审美体验，如"我开始信任我的平凡，我的世俗/和一钱不值/我把一个句子放在山后长长的斜坡上/让叶子盖满它的身体/可是我不知道/哪一片叶子的泪光/会得到整个秋天的原谅"（《但是，我不知道》）……在这些摇曳多姿的诗句中，《穿越大半个中国去睡你》最终成为让余秀华诗歌得到全中国文坛和批评界瞩目的那片叶子，无疑是得力于全民娱乐化、网络狂欢化、审美心理猎奇化、文化消费视觉化的时代元素。随后，自媒体批评界从情感深度、诗歌意象、底层写作等角度解读余秀华诗歌，却将落脚点都集中到"余秀华诗歌为何会一夜爆红"这一文化事件上，"文学研究文化化"的倾向由此可见一斑。

　　2. 大众文化与精英文化相融合

　　就目前的几种文学批评类型来看，自媒体文学批评最能体现大众文化与精英文化相融合的特色。具体表现如下：

（1）批评主体立场平民化。鉴于网络这个"追求个体平等"平台的耳濡目染和整体氛围要求、批评主体公民意识的增强与培养，以及自媒体文学批评接受者的品位需求，自媒体文学批评主体大多形成了"平民化"的批评立场，即立足平民大众、语言鲜活时尚、文风混杂狂欢，甚至不介意直面商业市场。以"六神磊磊读金庸"为例，解读金庸文本时以平民大众世俗日常生活中的喜怒哀乐为指向，譬如谈爱情，不讲生死相依爱入骨髓情深意浓，聊就聊"好女孩儿为什么得不到爱情"（《程灵素之殇：她唯独在爱情上放弃了进攻》）、"坏女人为什么不能善终"（《可以不贞，不能不死——金庸的"坏女人"》）、"剩女为什么嫁不出去"（《姑娘们，哪个碧池吃了你的菜》）、"爱情的实质是生活"（《爱情等于"性＋嫉妒"——金庸笔下的冤孽夫妻》）、"女人该如何处置自己的欲望"（《欲望不会杀死女人》《每个女孩心底都有一个周芷若》）、"纯精神恋爱背后的伤"（《郭襄：有种爱叫我望着你，你特么望着远方》）……读下来活脱脱一本互联网时代爱情修炼秘籍。再如谈江湖英雄人物，要谈就谈英雄人物的性格弱点（《黄药师的演员型人格》《教主最不虔——读〈笑傲江湖〉之一》《慕容复的教训："众筹"不是你能玩》），谈江湖恩怨的娱乐化与游戏化（《哪个圈也不比哪个圈乱》《丫等着，信不信让人和你绝交——读〈笑傲江湖〉之四》《金庸会议学：开会重要性和人数成反比》《"公务员逆袭"和"江湖屌丝化"——六神磊磊读金庸》）。同理，该公众号作者在用"金庸学"评论当代文化现象时，也充分保障了切入角度和讨论立场的平民意识，例如从陪伴大众成长的角度谈汪国真诗歌（《启蒙老师是柯镇恶，又有什么丢人》），从文学创作的时代性和创作个体独特性来谈韩寒（《快抓住那个韩什么寒》），从人贵有自知之明谈当今文坛的诗歌创作（《向金庸学怎么当烂诗人》）等。

　　这种平民化的批评立场，落实到文风和语言上，就是与时代接轨的时尚、任性、混杂、狂欢的网络化用语和风格。"六神磊磊读金庸"公众号里的文章标题中频频出现"碧池"、"逆袭"、"屌丝"、"特么"、"众筹"等网络用语，文章内容更是网络气息浓厚，《王重阳和林朝英：他们还以为自己在谈恋爱》中描述两人的互动方式"类似于网友——今天我发帖、你顶帖，明天你发帖、我顶帖，看似朋友圈里热火朝天，关系却没有实质进展"，《慕容复的教训："众筹"不是你能玩》里称"慕容复的'大燕复国公司'就是个典型的众筹失败的教训"，《盛唐，那个伟大的诗人朋友圈》一开篇就是"在一番象征性的厉行节约之后，皇帝唐玄宗百无聊赖，在朋友圈里刷了条微信——今年无事"……如果说"六神磊磊读金庸"是走网络戏谑路线的话，"周冲的影像声色"则把自媒体文学批评个性十足的特色发挥到极致，《萧红，那个饥饿的贱货》对电影《黄金时代》的评价是"装"，是赤裸裸的"妈蛋，这就是典型的不好好说事，与能力无关，与诚意有染"；《立春精神病院》把顾长卫的电影《立春》称之为"千年老字号精神病院"，"它中西合璧，响誉世界，治好了无数疯子变态神经病"；《不要看路遥如何谈世界，要看路遥如何谈女人》说路遥的《平凡的世界》是"一场华丽的男权意淫"，是一本"令人不忍直言的粗糙、匠气的小说"，尤其是对这部小说中的男权色彩，周冲极尽嘲笑讽刺之能事：

　　你想象中的好媳妇什么样？好看、听话、勤快、是处女？……好，秀莲就那样。当少安需要一个女人时，biu 地一下，来了，漂亮、家境好、有力气，不要彩礼，二话没说，跟着男人回家，吭哧吭哧干活，地里干完干家里，家里干完干床上，不消停，无怨言，守规矩，并且，关键是，男人发达了就死了。千百年来，中国男人一直在意淫这样的好媳妇，long long ago，矮矬穷无意中做了件没屁用的事，有一个白娘子，还有一个织女、七仙女、田螺姑娘，摔坏了脑壳，从另一个世界，扑向他们的怀抱。在这部浪漫的小说里，路遥也以笔作法，为我们引来了一个。

　　与此类似，侯虹斌在《今天的汪国真不会有敌人》中称汪国真的走红是"我们不言自明的一个 bug，一个照见我们荒唐审美的参照物"，认为汪国真"是在诗歌与文学的真空期内，用诗歌真诚地向时代撒娇、向社会献媚；那种诚恳，因为智力和技巧的不足，令人无法直视"，感慨"汪国真是无辜的，他好好地写他的诗，谁知道会有一个这么蒙昧的时代，把他推向前台呢"？"秋叶"在《撕掉余秀华身上种种的娱乐标签，我们只来读一读诗》中对余秀华《写给门前的一棵树》美妙绝伦的开头的评价是"这诗的开头，你妹的，这才是诗"！拓璐在《〈小时代〉书评：青春文学的物质航母》中把郭敬明小说的几大要素归结为"郭式极端的呻吟、完美的主角、残酷的青春命运以及如数家珍的名牌"，调侃电影《小时代》最大的功劳是"让各大品牌的旗舰店以最集中的方式出现在中国有电的地方"。

用网络流行的话来说，这种语言直白、简单、粗暴，语体混杂，在能指和所指的缝隙间腾转挪移，酣畅淋漓。和职业批评充满理性、思辨的风格相比，自媒体批评恰恰在这一点上真正体现了通俗化、时代化的大众特色。此外，随着微信公众号的发展，自媒体文学批评开始开启商业运营模式，一方面是通过读者"打赏"来赚取稿费，另一方面也逐渐通过软推、硬推等方式接纳广告。"六神磊磊读金庸"最近一篇《这些猛人被大佬鄙视了，于是世界改变了》就通过孙策、李白和周伯通三个人，绕了两千年，最后绕到了"怡宝"纯净水的广告，让人忍俊不禁又欣然接受。可以说，在越来越自由、宽容的网络空间，对于越来越自由、宽容的接受者来说，自媒体文学批评对商业利益的诉求正逐渐成为一个正常的存在。但前提必须是，这种批评有趣、好看、有意味。

（2）精英主义的自我要求。与大众化的平民立场相比，自媒体批评主体在个人的自我要求上有相当强烈的精英主义追求。"周冲的影像声色"的作者周冲自称有半年多的时间"全身心都扑在写字上，谢绝一切人际往来，不赴宴、不逛街、不交朋友、不参与娱乐，这样绝决地，像一个燃火为号的人，用笔向外界持续呼喊"。"非一流评论：左岸影视，右畔文学"的创办者赵立诺把这个公众平台当成自己净化内心的圣地，和她一起经营这个公众号的主编团队无论自身事务多繁忙，都要保证每周三推一次新，不要稿费，不与广告商合作，不挣一分钱，"《非一流》像一个天秤，承载了全世界最珍贵、最难得的两份物事：一份心意，一份情谊"。

在互联网急速扩张、碎片化阅读渐成主流的当代中国社会，唯有严格要求自己，在浩如烟海的网络信息中建立、完善并保持自己独特的风格，才能长期有效地吸引读者，因此坚守并延续"主体理念"似乎成了自媒体运营者越来越认同和遵守的一条准则。"罗辑思维"的主办者罗振宇每天早上在微信公众号推送60秒的语音，坚持了两年多的时间，从未中断。网络知名段子手"留几手"自称："做自媒体的过程，就是个人性格的塑造。像很多营销号，今天发个笑话、明天发个搞笑图片、后天掺和掺和明星八卦，这些人更像是笑话造粪机，是没有影响力的。"

白洱进一步补充："我相信内容为王，我一定会坚持内容为王。有人为了挣钱可以牺牲一切，我一定不能牺牲。我可以少挣钱。"在自媒体时代，无论如何定位任何路线任何风格，都必须强化自身的不断学习和提升，追求有趣有味有料的原创，而非雷同重复乏味的转发，已经成为自媒体运营者的共识。

具体到自媒体文学批评，这种精英主义的自我要求主要体现在以下几个方面：第一，独特的切入角度和批评立场。面对同一个文学现象，批评主体纷纷寻找不同突破点。譬如在汪国真去世引发的汪诗大讨论中，有人称之为心灵鸡汤，有人从中寻找精诚之作，有人从时代发展的角度来解析，还有人将之与小说或生活中的现象进行比较。同样，电影《黄金时代》引发的萧红大讨论及余秀华诗歌大讨论、路遥《平凡的世界》大讨论中，不同的批评主体在讲求"内容为王"的自媒体时代各建奇谈，形成了众说纷纭的"对话"场面。第二，丰厚的文学文化素养。相较于或止步于点赞或满足于直抒胸臆的跟帖式评论而言，自媒体文学批评的批评主体往往具备敏锐的审美辨识力和精确的语言表述力，能谈古论今、激扬文字，形成或奇峻、或幽默、或深邃的文风，让人流连忘返、欲罢不能。第三，初步显露的文体意识。一般来说，自发的文学批评不太讲究谋局布篇的章法，但随着自媒体文学批评写作者对自身独特风格的追求与锤炼，初步显现的文体意识渐成自媒体文学批评一大特色。如微信公众号"世相"把独立批评融入"按语"的独具匠心，再如"六神磊磊读金庸"常用的春秋笔法，又如"周冲的影像声色"中经常插入"自言自语"的叙述特色……自媒体文学批评的文体意识虽未成熟，但正在形成。

3. 对话意识增强

互联网时代，随着网络自由性、宽容性的发展及其对网络活动参与主体的公民意识培养，"对话意识增强"渐次成为自媒体文学批评的一个新特征。首先，与文本对话。从较为成型的自媒体批评来看，蒂博代在《六说文学批评》中提到的"不读而论"问题可能在自媒体批评中会有所突破。由"追求内容为王和核心主体理念"所决定，自媒体文学批评要写出自己的特色，必须在充分细读批评对象的基础上再融入自我的审美体验和生活体验。"周冲的影像声色"的作者周冲说她为了写《不要看路遥如何谈世界，要看路遥如何谈女人》，不但看完了电视剧，还把初中就看过的这本厚重大书又翻出来看了一遍。"六神磊磊读金庸"的作者王晓磊自称"主业是读金庸"，从他文章的字里行间可以看出，他不仅对金庸小说烂熟于心，而且必须是充分熟悉批评对象之后才能将之与金庸小说对接。和互联网上过于随意的感悟式言论相比，严格意义上的自媒体批评在细读文本这一点上有着充分自觉的自我要求。

其次，与时代对话。自媒体文学批评具有相当鲜明的时代性，时刻追踪当下文化热点问题，遣词造句深谙时代话语风格，最难的是批评立场充分面向时代潮流，推崇互联网时代的精神狂欢和自由宽容。对于专注认真的文艺创作，无论审美内涵水平高低，自媒体批评都能用宽容的姿态寻找其存在合理性与市场空间。即便有调侃、有戏谑，也都赋予真诚与热情。但对于粗制滥造之作，自媒体批评则秉从当代的个性狂欢精神，极尽讽刺挖苦之能事。从这一点来说，消费主义社会流行的后现代观念在某种程度上使自媒体文学批评避免了"小团体侵染"的先天缺陷，在个人独特趣味和时代整体氛围的游移中给予批评对象相对客观的评价。当然，时髦而短暂，也依然是其时代特色之一。

最后，与受众对话。和传统的沙龙对话、报纸批评相比，自媒体文学批评无疑具有和受众充分对接的便利性。无论论坛、博客还是微信，自媒体文学批评主体都能随时和受众对话，而且和受众对话也成为自媒体文学批评主体的自我要求。博客、微博需要粉丝，微信公众号需要点击量和关注度，如何更好地吸引受众、维持受众，是自媒体文学批评最重要的时代命题。需要注意的是，如果只是一味地投其所好，并不能长期有效地留住受众。相反，真正以平等姿态和受众"对话"，哪怕是意见相左，也依然会得到意想不到的效果。譬如微信公众号"周冲的影像声色"的作者周冲，抛出一篇《萧红，那个饥饿的贱货》之后在网上引起诸多争议甚至是谩骂，但这并没有改变她的批评文风，而是让她进一步强化了批评风格的自我认知，甚至专门针对受众的意见又写了一篇文章，声称"谢谢在微博里苦口婆心教我写作和做人的人，你们辛苦了，教诲我谨记于心，以后继续这样"，令人莞尔。当年张爱玲因为傅雷的评论写出了《我自己的文章》，系统地阐释了自己的文学创作观念。今天的网络对话，有可能会让更多的批评主体意识到自己的批评观念。

新媒体发展到今天，自媒体逐渐成为互联网稳定持续发展的新常态。从目前的发展态势来看，专注于精准领域的自媒体要比定位宽泛的自媒体有价值，注重原创和风格化的自媒体要比咨询整合型自媒体有价值，个人和团队维护的自媒体比企业自媒体有价值。成熟的自媒体平台应该是摒除了话语纷杂和信息泛滥之后的时代潮流，从这一点来说，自媒体文学批评无疑是自发文学批评在 21 世纪互联网时代的最佳代言人。它延续了传统自发批评的时髦化特色，也依然避免不了短暂的命运，但是在陪伴时代文学成长并对之进行自然筛选的过程中，一定程度上避免了"不读而论"的问题，也因为互联网这个"对话"平台的存在，绕开了"小团体浸染"的误区。当然，目前已经成型且有一定影响力的自媒体文学批评平台还屈指可数，它的发展壮大还有待整体文学格局的扩建与提升。

第二节　职业批评：学院派的兴盛

蒂博代在《六说文学批评》里论及自发批评和职业批评的区别时指出："自发的、口头的、公众的批评是以书籍和人为对象的。职业批评起初是针对准则和体裁的。"[1] 就中国的文学批评而言，自现代伊始，就产生了较为成熟的职业批评形态和较为自觉的职业批评意识。早在 20 世纪初，王国维就在自己的批评实践中引进了西方的批评思维方法，其《〈红楼梦〉评论》从对作品美学与伦理精神的总体把握出发，"第一次站到哲学与美学的高度，对《红楼梦》的艺术价值作总体考察"[2]。

---

① ［法］蒂博代：《六说文学批评》，赵坚译，郭宏安校，生活·读书·新知三联书店 2002 年版，第 76 页。

② 温儒敏：《中国现代文学批评史》，北京大学出版社 1993 年版，第 3 页。

随后的《人间词话》更是在融汇中西的基础上确立了一个统一的理论体系，从理论、实际批评和结论引申三个部分重建了中国诗词批评的标准。这种从一定的批评理念出发、致力于创建自身批评话语体系的风格，成为中国现代文学批评史上诸多理论家的自觉追求。譬如胡风从马克思主义的视点出发去解释文学精神现象，构筑其"体验现实主义"①的文学理论体系，并始终坚持用这一理论体系去进行文学批评实践。再如周扬，其文学批评生涯就是"一部中国文艺思想斗争史的缩影"②，同时也是在马克思主义文艺理论"中国化"过程中寻找、建构自身批评话语和理论体系的努力。即便注重批评实践的务实派代表冯雪峰，其不断变动的批评理论观点也源自他在不同时期对马恩文论某些命题的不同理解。至于朱光潜，更是沿循学院派的风格建立了完整的美学理论体系和批评架构，为中国现代以来的职业文学批评开拓了新的理论疆域。

20世纪90年代以后，随着全球化速度的加快、西方文学理论的涌入、文学创作的繁荣和高等院校的发展，学院派批评逐渐成为职业批评的主潮。《21世纪中国文学大系·文学批评》的编者林建法提出，新世纪以来的职业文学批评越来越呈现出"学院化"的倾向，随着整个文学制度和学术制度的变化，今天的文学批评"更需要学术背景与学科群体的支撑"③，学院批评家的优势和影响力远远超过作家协会的批评家，成为职业文学批评的主要支撑。有学者把这种学院派批评称为"探讨问题的批评，或干脆叫作学术化的批评"，认为这种批评的主体"主要是一批长期在大学执教、有着丰富的材料积累和知识背景的学者，以及在80年代活跃批评的参与中逐渐产生的更严格学术要求的批评家"，"其特点是从文学现象的跟踪，个别作家作品的实际批评，走向一些重要文学现象的反思，提出和敞开一些真正的问题并让人们进一步思考它们；批评的文体也由即兴、随感式的发挥走向庄重、较为缜密的论文"④。譬如陈思和在自己的批评实践中系统梳理和反思了"民间"

---

① 具体论述参见温儒敏《中国现代文学批评史》，北京大学出版社1993年版。

② 温儒敏：《中国现代文学批评史》，北京大学出版社1993年版，第179页。

③ 林建法：《建立文学批评的新秩序——〈21世纪中国文学大系·2004年文学批评〉序》，《21世纪中国文学大系·2004年文学批评》，春风文艺出版社2005年版，第2页。

④ 王光明：《文学批评的学术转型》，《南方文坛》1997年第6期。

这一概念，再如洪子诚从文学生产的内外互动这一整体范畴入手重新梳理当代文学史，又如黄子平对"革命与文学的关系"的研究等。

从宏观视野、问题意识出发，构建理论体系、挖掘时代命题、反思文学现象等特点，一直是当代中国学院派文学批评活动的自觉追求。立足当代中国政治文化生态体系，我们会发现，这种自觉追求源于批评主体强烈的精英主义文化意识，以及主流意识形态的内在规约，相对而言，民间大众文化意识的介入效果则微乎其微。强烈的精英主义文化意识使学院派批评具备了充足的理论自觉性，主流意识形态的内在规约使学院派批评倾向于历史回顾和本土经验表述，在边缘游弋的民间大众文化意识为学院派增添了若干时代气息。其具体表现如下：

一 充分的理论自觉

学院派批评的理论自觉首先体现为对宏大命题的偏爱。由强烈的精英主义意识决定，学院派批评往往倾向于从宏大命题入手，梳理作家的创作风格、挖掘作品的精神主旨、反思现象背后的时代话语。相较于单个文本的细读，学院派批评更倾向于从繁杂的文学现象中挖掘出系统性的问题、概念与理论。以王晓明主编的《二十世纪中国文学史论》（修订版）为例，这套书共收录了 20 世纪 80 年代以来"二十世纪中国文学研究"成果中 40 位作者的 49 篇文章，这些文章或着眼于某一阶段的文学活动整体（如黄子平、陈平原、钱理群的《论"二十世纪中国文学"》及洪子诚的《关于五十至七十年代的中国文学》等）；或从某一理论、概念、问题入手反思文学现象（如汪晖的《中国现代历史中的"五四"启蒙运动》、吴福辉的《老中国土地上的新兴神话——海派小说都市主题研究》、陈思和的《当代文学观念中的战争文化心理》、夏中义的《别、车、杜在当代中国的命运》、陈思和的《民间的浮沉：从抗战到文革文学史的一个尝试性解释》、刘志荣的《关于 1949～1976 年中国文学中的"潜在写作"》等）；即便谈论具体的作家作品，也倾向于从中挖掘具有时代性、典型性的命题（如黄子平的《病的隐喻与文学生产——丁玲的〈在医院中〉及其他》、孟悦的《中国文学"现代性"与张爱玲》、蔡翔的《旧时王谢堂前燕——关于王朔及王朔现象》等）；单纯的文本细读，仅有 4 篇（黄子平的《命运三重奏：〈家〉与

"家"与"家中人"》、王德威的《荒谬的喜剧？——〈骆驼祥子〉的颠覆性》、唐小兵的《〈千万不要忘记〉的历史意义——关于日常生活的焦虑及其现代性》、欧阳子的《〈游园惊梦〉的写作技巧和引申含义》）。

这种情况同样存在于林建法主编的《21 世纪中国文学大系·文学批评》中。这套丛书力图通过文学批评选本来呈现新世纪当代文学批评的学术进程，编者沿用韦勒克的理论体系，在对文学史、文学理论和文学批评三者一视同仁的基础上，设置了"当代作家评论"、"文学思潮与现象"、"文学史写作与研究"、"现代汉诗研究"、"文学传媒研究"、"海外汉学研究"等栏目。其中，文学史、文学思潮、文学现象研究占绝大部分。以《2006 年文学批评》为例，38 篇入选文章中，单一的作家作品研究仅有 8 篇，且其入选是由于满足了"文学史的视野"或"多元的声音"的特点，依然需要宏观的理论视野支撑。

其次，学院派批评的理论自觉还表现在对"批评话语体系"的建构上。从"文革"结束后文学批评对"文学与政治的关系"的讨论，到 20 世纪 80 年代中期以后"去政治化"的诉求和"纯文学"概念的回归，再到 20 世纪 90 年代末兴起的"文化研究"思潮，学院派批评一直依循当代中国社会语境的发展变化来建构自身的批评话语体系，同时也积极运用术语概念、理论话语和批评范式进行大量的批评实践，在各种话题讨论中推进文学创作、文学思潮和文学批评的发展。伤痕文学、朦胧诗、文学主体性、现代性等热点问题的兴起，都与学院派批评密切相关。近年来，学院派批评家们越来越致力于结合自身学术背景和批评风格来创建自己的话语批评体系。譬如王先霈的"圆形批评"致力于建设"一种新的具有开放性的话语体系，以古代传统的'圆融'思维构建一种涵纳各种批评方法的圆形批评模式"[1]；李遇春的"实证研究"努力追求文学批评的科学性和客观性，在大量的资料搜集和文本细读的基础上进行周密的逻辑推理和扎实的例证分析。这种鲜明的理论建构意识，得益于学院派批评家们深厚的理论滋养、清醒的批评意识和高远的学术追求，有利于形成多元化、对话性的当代文学批评形态。

---

① 饶先来：《当代中国文学批评形态的研究及启示》，《学习与探索》2006 年第 5 期。

当然，学院派批评的话语体系建构既有丰厚的理论支撑，又有充足的批评实践。以文化研究思潮为例，自 20 世纪 90 年代末涌入中国以来，学院派批评的介入主要在以下两个领域：第一，介绍文化研究的相关理论知识。代表性成果有罗钢、刘象愚主编的《文化研究读本》，金元浦主编的《文化研究：理论与实践》，陶东风等翻译的《文化研究导论》，陆扬、王毅合著的《文化研究导论》等。第二，立足当代中国的社会语境吸收、转化、运用文化研究的相关理论知识，分析当代中国的文化现象，代表成果是由陶东风、周宪主编的《文化研究》。这本以书代刊的期刊从 2000 年到 2013 年为止共出版了 15 辑，可谓是一路追踪了新世纪以来的各种文化事件，充分体现了学者们对热点问题的关注。如果说自发批评在新世纪的"文学研究文化化"倾向是一种相对不自知的被动转变的话，学院派批评则是以充分自觉的姿态介入这一时代趋势，有利于批评界对其进行宏观把握和理论反思。

最后，学院派批评的理论自觉又表现为对批评自身的理论反思。有学者提出，文学批评的理论自觉表现为"文学批评家在遵循文学批评发展规律的基础上自觉推进文学批评的有序发展"①，因此，在与文学创作、文学活动紧密联系的同时，文学批评的自我审视、梳理和反思工作也不可或缺，而这一职责，基本上是由学院派批评承担。譬如童庆炳《80 年代"闽派批评"的崛起》对 20 世纪 80 年代以来"闽派批评"的成果进行了梳理并给予发展展望，陈思和《艺术批评·新方法论·学院批评——二十五年文学批评论回顾》用变化的眼光来审视 20 世纪最后 25 年文学批评的演变轨迹，郭冰茹《方法与政治——新时期文学批评研究》从"政治"这个理论视野入手重新解读新时期文学批评的发展演变，贺绍俊《重构宏大叙述——关于当代文学批评的检讨》从主客体两个方面来审视当代文学批评的"宏大叙述"特色，以及近来兴起的关于"社会转型与文学批评"、"文学批评时代性"、"文学批评本土性"等问题的讨论。可以说，这种保持一定距离的自我审视，有利于文学批评主体更冷静地对待自己的批评对象、批评语境和批评风格，促进文学批评整体的发展。

---

① 杨和平、熊元义：《文学批评的理论自觉》，《文艺争鸣》2014 年第 10 期。

理论自觉使学院派批评在喧嚣的消费主义社会语境中保持了一定程度的清醒和历史厚度，另外，同样由精英主义知识分子的惯性理论思维所限，一些"即使是充满真知灼见的当代作家作品论甚至不被看作学术论文"①，从而限制了学院派批评家对当代文坛的敏锐感知，"跟踪式的、短平快式的作家作品论在减少"，"即便是作品论，也不同以往的感悟式的批评，批评家在阐释作品时通常都鲜明地表达了自己的理论背景与立场"②，这在某种程度上也造成了批评家与作家作品之间的断裂。江汉大学武汉语言文化研究中心在整理改革开放30年以来的《武汉作家作品研究资料汇编》时发现，学院派的专家学者们对具体作家作品的关注少之又少。以方方为例，"汇编"共收录方方总论60篇，长篇小说评论20篇，中短篇小说评论93篇，散文评论1篇和方方创作谈38篇。其中，专家教授们的论文在研究总论中占13%，在长篇小说研究论文中占1.5%，在中短篇小说评论中占2.2%。这种情况，在池莉研究、刘醒龙研究、熊召政研究中均有存在。如何提高对具体作家作品的关注与评论，弥补理论自觉面对新鲜文本时的滞后问题，无疑是学院派批评亟须思考的时代命题。

二 鲜明的"中国意识"

如果说精英主义文化意识赋予了学院派批评强烈的理论自觉性的话，主流文化意识形态的长期浸染和内在规约则使学院派批评具备了鲜明的"中国意识"。和中国现代文学批评中显在的"政治话语范式"不同，20世纪90年代以来，随着文学与政治关系的演变，文学批评尤其是学院派批评的主流文化元素主要体现为对"中国问题"的关注和对"中国经验"的表述。

贺仲明和李遇春在《代际批评与学院批评——关于"中国新文学批评文库"及当前文学批评的对话》中曾讨论过一个很有意思的话题，即相对于文学创作而言，文学批评与时代、社会文化关系更为密切，这

---

① 林建法：《建立文学批评的新秩序——〈21世纪中国文学大系·2004年文学批评〉序》，《21世纪中国文学大系·2004年文学批评》，春风文艺出版社2005年版，第3页。

② 同上。

种关系主要体现在社会时代背景对批评主体的影响上，因此也更容易形成不同批评群体之间的代际分裂。比如说 20 世纪 60 年代前期出生的批评主体对"文革"的感受更为清晰和深刻，形成了较为强烈的文化反思意识，更容易接受西方现代主义和后现代主义思潮的影响，学院派批评家更多的是借用西方的理论话语来重新审视和评述中国的文学现象，精神分析学批评、结构主义叙事学批评、意识形态批评、性别批评等批评理论的引入接踵而来，尤其是关于"现代性"的反思，在文学史考察、作家作品评论中比比皆是；而 20 世纪 60 年代后期出生的批评主体大多在 20 世纪 90 年代中后期成名，在更加多元化的文化思潮中开始把视野投向本土和东方，力图更新我们的知识结构和思维方式、建立具有本土特色的学术立场；20 世纪 70 年代前期出生的学院派批评主体们延续了这种情怀，而 20 世纪 70 年代后期出生的学院派批评主体们则更多地师承了 20 世纪 60 年代前期学者们的风格①。在这样一种代际流变中，除开师承元素，我们可以很清晰地看到社会政治话语尤其是主流文化意识形态对学院派批评主体们的影响。20 世纪 90 年代以来，先进文化、大国崛起、中国梦等主流意识形态的文化诉求越来越鲜明，学院派文学批评在更为多元化、宽松化的学术语境中开始思考如何更有效地建构具有中国本土性的批评话语和批评范式，"中国经验"渐次成为学院派批评的关注重心。

　　从批评学研究来说，"建构本土化中国文学批评理论体系"渐次成为学院派批评的关注重心。2011 年国家社会科学基金"中国文学"类项目中，"马克思主义文学批评的中国形态研究"选题斩获 1 项重大项目和 1 项重点项目；2007 年至 2014 年，国家社会科学基金立项项目中涉及当代中国文学批评"本土化言说"的选题分别有"西方文论关键词与中国当代文学批评"（2007 年一般项目）、"近 30 年中国文学批评问题研究"（2008 年青年项目）、"启蒙思潮与新时期文学批评的价值转型"（2009 年青年项目）、"新时期以来中国文学批评理论的进程研究"（2011 年一般项目）、"文化人类学与当代文学批评范式转换研究"

---

① 　具体论述参照贺仲明、李遇春《代际批评与学院批评——关于"中国新文学批评文库"及当前文学批评的对话》，《南方文坛》2014 年第 6 期。

（2011 年一般项目）、"跨文化语境与 20 世纪中国文学批评转型研究"
（2012 年一般项目）。在相关研究成果中，学者们提出了"历史场域"、
"中国形态"等充满中国本土意味的研究思路和理论体系。例如，胡亚
敏在研究西方文论关键词的过程中提出"历史场域"视野，并将之细
化为"初始场域、生成场域、延展场域和本土场域"，在从这四个层面
考察西方文论关键词的基础上，立足当代中国社会的整体文化语境，历
时性地探析这些关键词在中国语境中的译介、传播及其对当代中国文学
批评的影响①。魏天无呼吁大家在中西方交流对话的共同体中、在充分
正视当代中国社会时代特色的基础上寻找"中国经验"，建立中国马克
思主义文学批评的批评范式②。殷国明提出要在跨文化语境中让中国的
文学理论和文学批评回到中国，面对活生生的文学现象说话③。赵慧平
认为中国当代的文学批评恰恰缺乏依据中国文学传统和文学经验建构的
文学理论体系，新世纪中国文学批评应该以中国的文学实际为出发点，
建构具有创新意识的文学批评理论体系④……

　　在这些充分关注当下"中国经验"表述的文学批评学研究背后，
我们可以看见当代中国文学批评领域中鲜明的"本土化"问题意识。
按照阿尔都塞的"问题域"理论，新的"问题意识"可以激发出全新
的研究体系。正如马克思在反思资本现代性的问题意识中展开马克思主
义文学批评，从而"发掘了新的批评对象和新的文学问题，开拓了文
学研究的空间"⑤一样，在本土化问题意识的带动下，当代中国文学批
评实践也越来越关注富有中国意味的现象，发掘出一系列新的研究对
象、研究思路和研究方法。譬如关于"当代中国文学转型"的讨论，
学者们纷纷从 20 世纪 90 年代以来中国的社会转型入手，分析当代中国

　　① 胡亚敏：《"概念的旅行"与"历史场域"——〈概念的旅行——西方文论关键词与
当代中国〉导言》，《湖北大学学报》2015 年第 1 期。
　　② 魏天无：在《"中国经验"与马克思主义文学批评的中国形态》，《中国文化与文论》
2015 年第 5 期。
　　③ 殷国明：《让"文学"回到中国——关于当下文学理论与批评的随想录》，《文艺争
鸣》2014 年第 3 期。
　　④ 赵慧平：《反思与重建：文学批评的重大课题》，《当代作家评论》2011 年第 2 期。
　　⑤ 孙文宪：《马克思主义文学批评的问题意识》，《华南师范大学学报》（社会科学版）
2014 年第 4 期。

社会政治经济环境对文学活动的影响。有学者提出，随着消费主义思潮的兴起和全球化市场化速度的加快，处于世纪之交的中国正面临着与既往历史时期的断裂，进入新的历史时期，相应地，文学活动的价值观念开始从理性叙事向欲望叙事转型，写作话语开始从语言时代向后语言时代转型，审美取向开始从"审丑"向"泛审美"转型，"如何通过各渠道与方法促进多元文化语境的真正实现"成为当务之急，因为"只有真正实现文化的'多元化'，才能使'断裂'趋势有所缓和乃至好转，也才能真正保持文学精神的复杂性"①。有学者将研究目光聚焦在不同社会历史时期政治经济文化语境对作家群体的代际影响，认为20世纪50年代、60年代、70年代这三个时段出生的作家分别形成了三个作家群，由于成长背景的不同，50后作家偏爱大历史叙事，遵循写实化的现实主义叙事方法；60后作家着力挖掘社会历史内部的人性景观和个体生命的存在机遇，注重对叙事的智性干预；70后作家则更倾向于在各种相对逼仄的都市空间里进行个性化的封闭式表达，更加依赖自身的生存感受。20世纪90年代以来，在市场化经济转型的催化下，三个作家群体之间的分野越来越明显，这种分野，正是多元化格局的一种重要体现，不同作家群体"正以各自拥有的审美特质和艺术优势，共同推动着中国当代文学的丰富和繁荣"②，其中，"代际作家"之间的交流成为当代中国文学转型与发展的重要保障。也有学者注意到新媒介发展对世纪之交中国文学转型的影响，认为新世纪文学面临着"数字化生存"的时代转型，文学的表意体制、审美形态、创作话语、传播方式和接受心理都在发生变化，交互性、大众化、视觉文化特色、虚拟美学等成为新世纪文学转型的新特征，如何建设新的学术立场，在新世纪中国文学转型的整体语境中把数字化媒介文学作为新的客观研究对象，"将多姿多彩的数字媒介文学现象作为有效的理论资源，为建构数字化语境中的文艺学开辟新的学术空间"③，成为新世纪中国文学研究无法避开同时也便于创新的学术命题。

---

①　张光芒：《论中国当代文学的"第三次转型"》，《当代作家评论》2004年第5期。
②　洪治纲：《新时期作家的代际差别与审美选择》，《中国社会科学》2008年第4期。
③　欧阳友权：《数字媒介文学转型及其学术理路》，《福建论坛》（人文社会科学版）2008年第5期。

　　与"世纪转型"相类似的，还有"日常生活审美化"、"底层写作"等具有丰富"中国意味"的研究命题。从前者来说，随着经济水平的提升、消费主义的盛行和中国城市化进程的加快，"审美突破了艺术的藩篱而呈现世俗化的态势，更多融入商品消费或感官享乐的日常生活实践之中"①，"日常生活审美化"命题的出现及其所引起的争论，正是"当代美学在理论上应对艺术与大众日常生活界限的抹平而做出的研究重心适度世俗化转向，以期延展美学的现实观照品格与人文关怀意味，并最终指向美学对人的感性解放与现实生活意义的重构"②，是世纪转型期中国文学研究必须正视的本土化命题。从后者来说，转型期的中国社会阶层分化出现了新的调整，城乡之间的交流和断裂出现新模式，底层问题及其文学表述成为显命题，某种程度上折射出当代中国复杂的社会形态和思想境遇。自 2004 年《天涯》杂志率先发起"底层写作"讨论、2006 年《小说选刊》开设"底层与底层表述"以来，关于"底层写作"的研究一直在持续，由此引发的关于"底层写作与中产阶级写作的关系"、"新时期中国现实主义写作的意义"等问题的争论，无疑体现了主流意识形态规约下学院派批评对本土化现象的关注。

　　20 世纪 90 年代以来，中国社会政治经济环境转型催发出诸多新的文学现象，正是在精英知识分子的担当意识和主流文化意识形态规约的双重作用下，学院派批评从"中国意识"这一问题域出发，发掘出具有鲜明本土化特色的研究对象和研究空间，推动了当代中国文学批评的学术创新和发展。

　　相对于精英主义意识和主流文化来说，大众文化对学院派批评的影响目前还不明显。20 世纪 90 年代以来，大众文化在中国社会政治文化心理层面主要体现为世俗化、都市化、碎片化等倾向。这些时代特征通过潜移默化的形式成为文学创作的描写对象，从而引起学院派文学批评的关注。譬如前文所述"日常生活审美化"命题，既是主流意识形态规约下的本土化问题，也是大众文化流行以来出现的新的民间现象。此外，大众文化对学院派批评的影响还体现在传播方式上。随着"互联

---

　　①　王德胜、李雷：《"日常生活审美化"在中国》，《文艺理论研究》2012 年第 1 期。
　　②　同上。

网＋"时代的到来，学院派批评开始更新传统的发行途径，在继续通过专著、期刊、报纸出版发行的基础上，陆续开通了网站、博客、微博、微信公众号等网络空间，借助新兴媒体扩大自己的影响。有学者统计，截至 2014 年 8 月 18 日，国内共有 90 余个学术期刊开通了微信公众平台，而科学网的一项调查也表明，"超 80％的科研人员希望通过微信平台关注学术期刊发布的信息"①。微信公众号推动了学术期刊在全媒体语境中的传播和宣传，有利于加强编者和作者之间的互动、提升期刊的读者服务功能。但从实际情况来看，目前微信公众号建设尚未得到学术期刊的足够重视，菜单设计缺少自身特色，支付功能和互动功能没有充分开发，以至于读者的接受期待也仅停留在"审稿进度查询"、"热点文章推荐"、"学术论文写作技巧"等需求上。例如，《文学评论》《文艺理论研究》《文艺理论与批评》《南方文坛》等杂志的微信公众号只有简单的杂志介绍，《文艺研究》微信公众号仅有"投稿须知"和"本刊简介"两个一级菜单，《文艺争鸣》有"投稿须知"、"征稿启事"、"期刊目录"三个一级菜单，《名作欣赏》有"名作欣赏"、"语文讲堂"、"书画名家"三个一级菜单。从推送内容来看，《文艺研究》《文艺理论与批评》《文学评论》等杂志几乎只有目录推送，《当代作家评论》《文艺争鸣》《名作欣赏》等杂志会不定期推出优选文章，但几乎都没有和接受者互动的平台与设置。

和媒体批评对时代新兴事物的追随不同，学院派批评始终对社会转型及其衍生现象保持着一定的距离，用历史的、审美的、理性的眼光对其进行审视。从这个角度来说，紧追网络时代潮流并不利于学院派批评的生态发展。但随着科学技术的发展和公众阅读交流习惯的改变，某些公众平台如微信公众号等所具有的私密性和即时性"为我国的学术争鸣和讨论提供了技术支持"②，有利于在编者、作者和读者之间形成学术争鸣和讨论的朋友圈。因此，如何利用公众社交网络形成卓有成效的互动对话平台，无疑是"互联网＋"时代给学院派批评提出的新命题。

---

　　①　马勇、赵文义、孙守增：《学术期刊对微信公众平台的功能选择分析》，《科技与出版》2014 年第 9 期。
　　②　赵文义：《学术期刊微信出版的相关特性研究》，《河南大学学报》（社会科学版）2015 年第 5 期。

　　林建法在《重建文学批评的文化生态——〈21 世纪中国文学大系·2011 年文学批评〉序》中提到，"九十年代以后，特别是新世纪以来，文学的版图发生了很大的变化。学界通常把当下的文化分为主流文化、精英文化和大众文化，以此相对应，文学也被分为主旋律文学、纯文学和通俗文学，文学的冲突也被描述为审美与主流意识形态、消费主义意识形态的矛盾"①，如何在文化生态体系中客观公允地评价各种文学现象，成为批评家们的时代命题。在这一场紧追时代的文学批评更新中，学院派批评在精英主义文化意识和主流意识形态的双重规约下正稳步建立自己的批评理念和话语体系，同时也在谋求不断地创新。正如李遇春所言，"学院批评的灵魂在于学院气质或学术性，一个学院批评家必须具备正规而良好的学院素养，这主要包括比较健全的知识结构、比较合理的思维方式和相对成熟的文学观和文学批评观。很难想象，一个知识结构和思维方式还停留在古典时期或前现代时期的批评家还能自诩为今日的学院批评家"②。得益于常年的理论浸染和身份定位，学院派的职业批评家们形成了善于从文学现象中挖掘概念、提炼命题的思路，某种意义上可以促进当代文学创作与文学批评的反思，提升文学活动的本土性、原创性和独创性，有利于推动中国文学与西方文学的"对话"和互动。

　　需要注意的是，职业批评家们更倾向于从文学生产、文学制度、文学审美等层面对文学现象进行反思，这种反思遵循的是精英主义的立场，有利于文学批评在消费主义裹挟的商业浪潮中保持独立的思考和判断能力。尤其是针对大众文学的发展，学院派批评最初采取漠视态度，90 年代以后开始引入法兰克福学派理论、英美文化研究学派理论、西方马克思主义理论等理论视野，在承认大众文学快速崛起的基础上对其进行全方位的深入讨论。新世纪以后，面对大众文学对整体文学框架的大肆冲击，学院派批评又保持了充分的警醒姿态，批判其强势发展对"文学生态"造成的伤害。相对于紧追时代步伐的自发批评而言，有着

---

　　① 林建法：《重建文学批评的文化生态——〈21 世纪中国文学大系·2011 年文学批评〉序》，《当代作家评论》2012 年第 1 期。
　　② 贺仲明、李遇春：《代际批评与学院批评——关于"中国新文学批评文库"及当前文学批评的对话》，《南方文坛》2014 年第 6 期。

深厚理论支撑和反思精神的职业批评，更能帮助我们在飞速发展的时代浪潮中保有独立审视的态度。但从另一个角度来看，对大众文化意识有意或无意的漠视也使学院派批评更新自身时代生命力的力度有所欠缺。同时，学院派批评几乎都发表在专业性的文学理论批评报刊上，这些报刊受众面窄，"因此其影响基本上囿于一定的圈子，社会性的影响极其有限"①。如何更好地去芜存菁，摒弃信息泛滥、碎片化阅读等互联网时代特色的负面影响，更好地利用互联网技术及其影响下快速形成的公民意识和公众平台，形成良好的学术交流氛围，某种程度上或许可以改良蒂博代所说的"迟疑症"、"缺乏趣味"等职业批评的缺陷。

第三节　作家批评：审美与接受的"对话"

在漫长的文学创作史上，不甘寂寞的大师们同样无法忍受在文学批评领域的缺席。从孔子的"《诗》可以兴，可以观，可以群，可以怨"开始，中国古代的文学批评"大都是作家的反串，并没有多少批评专家"②。到了现代，"从批评主体来看，几乎所有作家都涉足于文学批评活动，无论是'文学革命'的倡导者陈独秀、胡适、鲁迅、周作人、钱玄同、刘半农，等等，还是后起参加文学活动并为这一时期重要作家的郭沫若、郁达夫、成仿吾、郑伯奇、叶圣陶、王统照、冰心、沈雁冰，还是徐志摩、闻一多、陈西滢、李金发，等等，都在文学批评领域留下了自己坚实的脚印，他们既是作家又是批评家，既是学者又是文化界的领袖人物，而几乎很少出现那种专业性的批评家，他们从不同的方面，以不同的批评思想和方法，引导了'五四'时期文学创作的基本方向，创建了中国现代文学理论与批评的基本体系"③。同样，在西方，"最好的文艺批评家往往是文艺创作者本人"④，譬如歌德、巴尔扎克、福楼拜等人，都在各自的回忆录、谈话录、书信集中留下了弥足珍贵的文艺批评。这些公认的大师、伟大的作家们，"在批评问题上，表达了

①　白桦：《文学批评遇到的难点和面临的挑战》，《文艺理论与批评》2014 年第 5 期。
②　罗根泽：《中国文学批评史》，上海书店出版社 2003 年版，第 14 页。
③　周海波：《中国现代文学批评论史》，上海人民出版社 2002 年版，第 90 页。
④　朱光潜：《西方美学史》（上），人民文学出版社 1979 年版，第 5 页。

他们的意见。他们甚至发表了许多的意见，有的振聋发聩，有的一针见血。他们就美学和文学的重大问题发表了自己的见解"①。

新时期以后，随着学院派批评的兴起和专业批评家的增多，当代中国的作家批评在文学批评领域的影响逐渐式微，但仍有一批作家在坚持自己的话语权，并在新的文化生态领域中开辟出新的话语空间。一方面，以王安忆、格非、马原、残雪等人为代表的作家依托自己的创作经验，纷纷构建相应的文学审美评价体系。另一方面，在学院派批评意图用理论介入引导文学创作的同时，作家们也通过讲座、驻校等方式进入大学校园，开始重新延续中国现代文学批评史上"作家学者一体化"的风格。当然，由于当代中国文化格局中高等院校对学者的评价标准有异于20世纪三四十年代，今天的"作家学者"们的批评话语也呈现出一些新的特质②。具体来说，在当代中国的政治文化生态体系中审视作家批评，我们可以发现以下特点：

一 面向审美的精英主义选择

从整体特色来看，这种被蒂博代称为"寻美的批评"的批评类型在审美取向上执着于文学内部研究，擅长通过文本分析尤其是细节解读来延深批评主体的文学观念或美学观念，在批评方法上倾向于印象批评或作家批评，且呈现出较强的个人风格。

和学院派批评极度重视理论思辨和体系构建的精英主义选择不同，作家批评的精英主义意识主要体现为对"文学审美性"、"文学语言"、"文学形式"等文学内部问题的探讨上。无论是否深受社会政治历史事件影响，他们在进行文学批评时往往立足文学文本，强调文学文本的自足性和审美性。例如纳博科夫在《文学讲稿》中极度迷恋纯艺术，认为"在文学创作中，艺术高于一切，语言、结构、文体等创作手段和

---

① ［法］蒂博代：《六说文学批评》，赵坚译，郭宏安校，生活·读书·新知三联书店2002年版，第70页。

② 有研究者称其为"第四种批评"，即在自发批评、职业批评和作家批评之外存在的另一种批评类型。具体论述参照刘晓南《第四种批评》，北京大学出版社2008年版。

表现方式，要比作品的思想性和故事性更重要"①。因此，他致力于在文体、结构和语言中挖掘作品的艺术魅力，认为作品的艺术魅力来自细节而非总体思想，提倡用背脊去感受文学艺术的美："虽然读书时用的是头脑，可真正领略艺术带来的欣悦的部位却在两块肩胛骨之间。可以相当肯定地说，那背脊的微微震颤是人类发展纯艺术、纯科学的过程中所达到的最高的情感宣泄形式。"② 无独有偶，在卡尔维诺的文学批评体系中，"文学语言"占据着至关重要的位置，他不止一次提出"人们在使用语言时习惯于一般化且随心所欲或漫不经心，对此我却不能容忍"的问题，认为"文学——我指的是名副其实的文学——是一片乐土，只有在这片乐土上语言才会现出本来面貌。有时候我觉得一场瘟疫袭击了人类，使人类丧失了人类最大的特点——使用语言的能力，或者说一场语言瘟疫袭击了人类，使其讲些意义平淡、没有棱角的话语。……文学，也许只有文学，才能帮助人们产生防止语言瘟疫传播的抗体"③；此外，他还强调了"想象力"的强大威力，认为想象力"是各种可能性的集合，它汇集了过去没有、现在不存在、将来也不存在，然而却又可能存在的种种假想"④，并将其区分为"始于词语，达到视觉形象"的想象和"始于视觉形象，达到语言表现"的想象。这些论述，无一例外都指向了文学内部的审美特性。

为了挖掘文学文本的内在审美价值，作家批评的批评主体们非常钟情于"文本细读"。纳博科夫在分析卡夫卡《变形记》时注意到"三"这个数字在小说中的出现：故事由三部分组成，格里高尔的房间有三个门，他的家庭有三个人，小说中共出现三个佣人、三个留胡子的房客，三个萨姆沙写了三封信……纳博科夫认为，"三"在这里有种"技术上的意义"，即"三位一体"以及"暗示了一个由三幕组成的戏剧"⑤。

① [美] 纳博科夫：《文学讲稿》，申慧辉等译，生活·读书·新知三联书店 1991 年版，第 2 页。
② 同上书，第 98 页。
③ [意] 卡尔维诺：《美国讲稿》，萧天佑译，译林出版社 2012 年版，第 57—58 页。
④ 同上书，第 89 页。
⑤ [美] 纳博科夫：《文学讲稿》，申慧辉等译，生活·读书·新知三联书店 1991 年版，第 379 页。

卡尔维诺不厌其烦地分析卡瓦尔康蒂和但丁描述同一场景的诗句在情感指向上的细微差别，从而引起"轻逸"和"沉重"两种截然不同的审美感受：卡瓦尔康蒂在描写各种美时写下的诗句"还有徐徐落下的白雪，寂静无风"因为用"还有"两个字把雪和其他景观置于同一平面上，从而营造出一种极快地运动着的轻逸氛围；但丁则将其改变为"有如大雪在无风的山中飘落"，用副词"有如"突出了这一个具体景象，确定了事物的沉重感。

除了注重文本细读、指向文学内部问题之外，作家批评的精英主义意识还体现在批评主体强烈的个人风格上。和学院派批评大同小异的理论养成经历不同，作家批评主体们往往拥有自己独特的创作体验和创作观念，这些体验与观念构成了他们独特的"前理解"，构成了他们各自的批评理论、批评风格和批评文体。卡尔维诺的《未来千年文学备忘录》（又叫《美国讲稿》）在文学历史尤其是意大利文学历史的大海中撷取了"轻逸、迅速、确切、易见、繁复"等文学特质，构建了一个自成体系的文学批评王国乃至预测未来文学发展的文学理论，他既用这些标准来分析其他人的文学作品，也坚定不移地用自己的文学创作践行着这些理论观念。纳博科夫的《文学讲稿》既是一部强调"纯艺术"的批评著作，同时也是一部洋溢着浓厚个人品位的文学作品，他在分析到自己最喜爱的作家狄更斯时，实在难以掩饰自己"英雄所见略同"的强烈情感，激动地宣传："我们现在可以和狄更斯打交道了，我们现在可以拥抱狄更斯了。我们现在可以享受狄更斯的润泽了。讨论简·奥斯丁的时候，我们不得不费点神，走到客厅中太太小姐们的身边去。而谈论狄更斯的时候，我们仍坐在桌边，喝着褐色的葡萄酒。……到了狄更斯这里，我们可以放开手脚，无羁无束。……只要把我们自己交托给狄更斯，一切听凭他的声音摆布，就行了。"① 这种强烈的主观色彩，在学院派批评中甚为少见。

由此我们可以发现一个很有趣的现象，学院派批评总是倾向于从文本细节处引申出一些文学的历史、理性的概念和高深的理论，作家批评

---

① ［美］纳博科夫：《文学讲稿》，申慧辉等译，生活·读书·新知三联书店1991年版，第97—98页。

却往往擅长将自己独特的文学理念和语言表述风格落实到文本细节分析中。而且，这种细节分析大多指向文学内部的审美规则。这种规律同样存在于当代中国的作家批评中。例如，格非从一个极小的细节入手分析托尔斯泰的《安娜·卡列尼娜》：托尔斯泰的绝大部分作品都不喜欢在章节之间用小标题，偏偏在这部作品中出人意料地使用了"死"这个小标题，这个看似无意识的举动恰恰泄露了一个重要的秘密，即"暗示了'死亡'是作者的思考中无法逾越的障碍"，由此可以看出托尔斯泰的文学创作不是为了呈现社会问题，而是要用艺术对社会进步、革命理想、知识与文化、理性与科学等一切价值系统进行"困难而神圣的超越"①。再如王安忆在《心灵世界：王安忆小说讲稿》中不断强调"文学是一个专门的职业"，它的职能是在我们赖以生存的现实世界的基础上筑造另一个"心灵世界"，这个世界拥有"另一种规律、原则、起源和归宿"②。为了阐明这个"心灵世界"的存在形态，她悉心挑选作品，不厌其烦地在情节复述和细节解读中来探索一个个精神宫殿，如张承志《心灵史》中的"心灵世界"、张炜《九月寓言》中的"奔跑世界"、雨果《巴黎圣母院》中的"古典世界"、托尔斯泰《复活》中的"原罪世界"、罗曼·罗兰《约翰·克里斯朵夫》中的"天才世界"、艾米莉·勃朗特《呼啸山庄》中的"爱情世界"、马尔克斯《百年孤独》中的"自我消亡世界"、《红楼梦》中的"虚幻后景"世界等。在剖析作品的过程中，王安忆始终坚持"我要把作品的背景全部排除，我不管它的背景，背景对我不重要，我只重视这本书，我只看这个，我也只对这个负责，别的我不管"③，其探索的主要内容集中在小说情节、小说语言、小说情感和小说哲思等文学内部审美问题上，并以此作为评判小说艺术价值高低的依据。

作家们之所以执着于探究文学内部审美问题以及文本细读，无疑根源于自我的创作实践。他们在自己的文学创作过程中提问、审查、反思、端详，并将之辐射到文学批评领域。以格非为例，他在谈到自己近

---

① 格非：《列夫·托尔斯泰与〈安娜·卡列尼娜〉》，《博尔赫斯的面孔》，译林出版社2014年版，第169页。

② 王安忆：《心灵世界：王安忆小说讲稿》，复旦大学出版社2007年版，第1页。

③ 同上书，第72—73页。

10 年没有进行文学创作的原因时提到，自己"遇到的并非一个局部性的修辞问题，而是整体性的。也就是说，它涉及到我们对待生存、欲望、历史、知识、相对性、传统等一系列问题的基本态度和重新认识。我坚信，整体的问题不解决，局部的问题也无法解决……我认为，中国作家在经过了许多年'怎么写'的训练之后，应重新考虑'写什么'这一问题……对社会现实和历史的麻木、问题意识的消失、意识形态规训下的贫乏等等，都是严峻的问题，撇开这些问题去谈叙事艺术是没有什么意义的"。① 正是从这一创作困惑出发，格非重新考察了西方现代派文学和中国传统小说，提出了自己独特的"现实观"、"故事观"、"语言观"和"读者观"，认为"文学写作的意义，实际上并不存在于单纯的经验之中，而是存在于不同经验之间的关系之中。同样的道理，真相并不单纯地存在于事物之中，而是存在于不同事件的联系之中"②。与这种源自文学创作的思考相伴随，格非的文学批评对象也经历了从西方现代派文学到中国传统小说的转变，一如他的创作风格转变：作为先锋文学作家的代表，格非多年来的文学批评对象多为博尔赫斯、卡夫卡等西方现代主义作家以及现代派文学的叙事艺术和历史流变；近年来，随着其创作向中国古典文学风格转变，格非又开始探讨中国传统小说的史传笔法、向内超越的价值取向等。

　　因为带有自己创作实践的"前理解"，当代作家批评在和批评对象产生"共情"，从而积极寻找其审美特质方面具有无可取代的独特优势。王安忆在解读《心灵史》时一再提醒读者："这本书读起来的时候，会感到困难，我劝你们不要太去追求里面的情节、人物，你们要注意它的文字。它的文字非常激昂，它是很好的诗歌，很华美，张承志一直追求美的文字，但这种美决不是空虚的，都有着重要的意义。所以当你一旦进入文字，便也进入了内容。"③ 格非从人物分析入手，敏锐地指出福楼拜本人具有类似于包法利夫人的浓重的浪漫的气质，而《包法利夫人》最大的艺术成就正在于福楼拜独特的客观化叙事文体。正

　　① 谢有顺：《格非：我遇到的问题是整体性的》，《南方都市报》2004 年 6 月 28 日。
　　② 格非：《文学的他者》，《博尔赫斯的面孔》，译林出版社 2014 年版，第 122 页。
　　③ 王安忆：《心灵世界：王安忆小说讲稿》，复旦大学出版社 2007 年版，第 39 页。

如蒂博代所言，这种从"自身体味"出发的分析与引导，能够有效地引导读者去发现文学文本的艺术魅力，是一种"寻美的批评"。同时，"读书人的最佳气质在于既富艺术味，又重科学性。单凭艺术家的一片赤诚，往往会对一部作品偏于主观，唯有用冷静的科学态度来冲淡一下直感的热情"①。近年来，随着作家们理论视野的拓展，作家批评的科学性和理论深度日渐提升，也为这种批评类型开拓了更广阔的发展空间。

　　同样由批评主体强烈的个人风格和精英主义意识决定，作家批评在选择批评对象时往往倾向于那些世界名著和知名作家（尤其是和自己创作理念相同的）。例如，格非的批评对象有加西亚·马尔克斯、列夫·托尔斯泰、福楼拜、卡夫卡、詹姆斯·乔伊斯、博尔赫斯等，王安忆详细解读了《巴黎圣母院》《复活》《约翰·克里斯朵夫》《百年孤独》《呼啸山庄》《红楼梦》等，残雪的主要评论对象也主要是博尔赫斯、卡夫卡等。即便涉及中国现当代作家作品，这一现象也非常普遍，譬如格非评论废名、王安忆评论张承志和张炜等。从这个角度来说，当代中国作家批评过于强烈的"精英主义意识"在另一个层面上阻碍了他们对最新涌现的作家作品和文学现象的介入，遗失了他们最有发言权也最应该发言的领域。试想一下，假如已经具有稳定创作风格和创作理念的知名作家能够以自己丰富的创作经验、敏锐的文学观察引导文坛最新动向，当代中国的文学创作和文学批评将会受到何种剧烈的影响。

二　面向读者的大众文化意识

　　在当代中国作家批评中，存在着一个很有意思的悖论：一方面，作家批评主体在强烈的个人精英意识驱动下，钟情于对经典作家作品进行旨在挖掘内在审美价值的文本细读。另一方面，长期的文学创作实践又使他们天然具备了"面向读者"的大众文化意识。

　　"面向读者"的第一个表现就是批评文体。和学院派批评动辄概念术语满天飞的佶屈聱牙风格相比，作家批评无疑是简洁明了、通俗易懂

---

① ［美］纳博科夫：《文学讲稿》，申慧辉等译，生活·读书·新知三联书店 1991 年版，第 24 页。

的，且带有强烈的个人风格，激情洋溢的文字与表述极富感染力。以对当代中国长篇小说的写作的讨论为例，学院派评论家洪治纲的《想象、细节与说服力》首先从审美动向上概括了近年来长篇小说发展的几种趋势，在分析了各种不足之后，从小说的虚构本质出发，循序渐进地依次提出"细节处理"、"强劲的说服力"和"丰富的想象力"这三个重要法则。吴义勤的《难度·长度·速度·限度——关于长篇小说文体问题的思考》更是在全面考察20世纪八九十年代长篇小说创作整体状况的基础上，从难度、长度、速度和限度等方面深入探讨了当代中国长篇小说创作的"文体"问题，其理论话语涉及文体学、叙事学、语言学等领域，其分析对象包含从20世纪五六十年代至八九十年代的几十部长篇小说，其研究问题涵盖"重思想轻艺术"、"技术和经验失衡"、"时空广阔性"、"叙事速度与节奏"、"叙述语言与文体更新"等多个层面，尽可能客观而详尽地阐述当代中国长篇小说的文体问题。这种充满学院气息的批评文章，问题意识清晰、逻辑结构严密、论证资料翔实、理论根基深厚、语言客观理性、风格稳健平实，延伸了所讨论问题的深度和广度。但平心而论，若非研究此问题的专家学者、硕士博士以及关心此问题的文学创作者，一般的读者很难对其产生阅读兴趣。

　　相对而言，作家批评的批评主体往往能从自身的创作体验出发，直奔主题且态度鲜明地表述观点，论述中夹杂着自己的创作观念，论述语言呈现出强烈的散文化风格。时而激情澎湃：

　　　　我认为一个作家能否写出并且能够写好长篇小说，关键的是要具有"长篇胸怀"。"长篇胸怀"者，胸中有大沟壑、大山脉、大气象之谓也。要有粗粝莽荡之气，要有容纳百川之涵。所谓大家手笔，正是胸中之大沟壑、大山脉、大气象的外在表现也。大苦闷、大悲悯、大抱负，天马行空般的大精神，落了片白茫茫大地真干净的大感悟——这些都是长篇胸怀之内涵也。①

---

　　①　莫言：《捍卫长篇小说的尊严》，载林建法主编《21世纪中国文学大系·2006年文学批评》，春风文艺出版社2007年版，第2页。

时而娓娓道来：

> 写作长篇小说使我产生幸福感，内心饱满宁静。在我看来，一个精神寒冷的人找到了自己的长篇小说，就如同一滴水在干涸之前及时找到了大河。……一滴水就这样找到了大河。它投入了他者的怀抱，忘掉了自我。书中所有那些我就不再是我了，而是河中的水。而大河奔流，浩浩荡荡。至于前面是大海，还是沙漠，就不该我操心了。那是天命。谁能逃得过自己的命运呢？哪一部作品能逃得过自己的命运呢？我所能做的，就是耐心等待。等那些字词、句子，像水泡一样，从世界的深处浮上来。①

这种散文化风格，就像邻里乡亲在侃侃而谈，将深邃繁杂的文学理念通过感悟式的通俗语言呈现出来，带给读者十足的亲切感。譬如王安忆对文学创作"既要入乎其内，又要出乎其外"这个理论问题的阐述：

> 情感往往体现为一种很强烈的冲动感，这个冲动感我们怎样把它变成一个小说？中间要经过这么漫长细致的技术化的处理，你要保持你的感情，但是你却要冷静地处理它，使它最后成为一个客观存在，这真是一件困难的事情。我觉得这就全靠理性了。……然而危险的是，理性可能使感情枯竭，它可能使人变成非常冷静的人，感情枯竭了怎么办？创作这件事情对本体的要求就是这样严格，于是就有了第二项理性的条件，也是非常重要的，那就是心理的承受能力。这个心理的承受能力我以为是一个压抑的过程，当你心里有一种特别强烈的情感产生的时候，你需要压抑它，你不能急于把它宣泄出来，你必须把它压抑下去，也就是我们需要时间冷静一下。这个压抑的过程也是非常危险，很可能时过境迁，你这个冲动就没了，这个冲动来去都是飘忽不定的。……所以说我觉得小说实际上是个很难的东西，感情要非常饱满，技术要非常周密。现在我们好

① 林白：《时光从我这里夺走的，你又还给了我》，载林建法主编《21世纪中国文学大系·2006年文学批评》，春风文艺出版社2007年版，第11页。

　　像又回到技术问题上来了，这也就是理性对感情所担负的第三个功能，想象力的功能。在此，我说的想象力是从感情的立场出发的，也可以叫做灵感。灵感不同于感情的冲动，它是已经成形的感情，所以它其实是吸收了理性的帮助的。

　　在这段文字里，王安忆既谈到了文学创作中"感性与理性的关系"，又详细分析了"理性"在文学创作中的三个功能，还涉及"灵感与感情冲动的区别"等问题，随后，她又结合史铁生《我与地坛》详细阐释了这一"情感经过理性的锤炼形成灵感"的过程，语言简洁通俗，内容浅显易懂，而且带有强烈的自我代入感，时不时出现的"我"能让读者产生不自觉的共鸣，同时又因为批评主体的作家身份产生信服力。

　　在通俗化、大众化的批评文体背后，隐藏着发自内心的"读者意识"。作为靠读者市场生存的主体，作家们自然比高等院校和研究机构里的学者们多了一些与读者、市场沟通的强烈意愿。如果说文学创作因为各种虚构和技巧的要求而不能畅所欲言的话，作家们在进行批评时就会不由自主地倾向于和读者"对话"，倾向于在读者能够理解和接受的程度上倾诉自我。从这个角度来说，作家批评主体和读者处于同一个层面，"批评家首先是一个读者，但他们又不是单纯的读者。因为他们对一般读者亦负有指导之责"[1]。由此，作家批评呈现出一个非常有意思的特点，就是钟情于"复述"。

　　张定浩在《今天我们应如何谈论一部文学作品》中提到，要准确地评价一部文学作品，首先要"恰如其是"地谈论作品，而"复述"和"引文"就是"恰如其是"最古老的两种方式。其中，"复述意味着脱离原文重新讲述一次作品，而这种重新讲述，首先可以认为是以归纳和抽象的思维介入为基础的某种简化。……也就是说，复述倘若是有效的，就同时意味着遗漏，意味着有所选择"[2]。正是在这种归纳、简化

――――――――――

　　[1]　格非：《作家与批评家》，载林建法主编《21世纪中国文学大系·2008年文学批评》，春风文艺出版社2009年版，第60页。

　　[2]　张定浩：《今天我们应如何谈论一部文学作品》，《北京青年报》2015年7月10日。

和遗漏中，作家批评的主体们融入了自己的文学观念，力图通过自己抽丝剥茧式的努力带领读者重新发现文学作品独特的艺术魅力。以格非对卡夫卡作品的分析为例，他独辟蹊径地提出了"趣味"这个关键词：

　　　　假如我们抱着一种纯粹的寻求趣味的心理来阅读卡夫卡的小说，我认为这也没有什么不好，而且也是完全可能的，因为卡夫卡的那些迷人的故事并不缺乏趣味性。①

　　沿着这一线索，格非复述了卡夫卡《诉讼》里两个看守每次奉命去捉人的时候照例要把被逮捕人的早餐吃个精光的细节、庄严肃穆的法庭竟然设在一座出租公寓的顶楼上的细节、表现乡下人与看门人的关系的情节，以及《城堡》中的人物如何用"孩子气"去对抗荒谬现实的铁幕的情节……在对这些情节的复述和对其他情节的遗漏中，格非引出了"卡夫卡惯用反常化手法"的特点，并由此得出"卡夫卡建立了一个寓言式的、无法真正进入的黑屋子"的结论。除此以外，格非还热衷于复述"爱情"：包法利夫人的爱情、安娜·卡列尼娜的爱情、弗丽达（卡夫卡《城堡》中的女主人公）的爱情、K（卡夫卡《城堡》中的主人公）的爱情……热衷于复述"形式技巧"：加西亚·马尔克斯如何努力"创造一套全新的叙事话语来适应拉美的现实"②，托尔斯泰的叙事如何具有"雍容大度、气派不凡、自然优美、简洁优雅"的特点，福楼拜如何在叙事中做到"排除一切的主观抒情，排除作者的声音，让事实展现它自己"③……某种程度上，格非在复述时所侧重的角度和问题，也可以成为我们分析他的文学作品时所关注的重心，作家们正是在这种复述中用心良苦地引导读者一起去接纳、融入他们的文学创作观念。

　　这种情况，在王安忆的《心灵世界：王安忆小说讲稿》中表现得

---

　　① 格非：《卡夫卡的钟摆》，《博尔赫斯的面孔》，译林出版社 2014 年版，第 218 页。
　　② 格非：《加西亚·马尔克斯：回归种子的道路》，《博尔赫斯的面孔》，译林出版社 2014 年版，第 155 页。
　　③ 格非：《〈包法利夫人〉与福楼拜》，《博尔赫斯的面孔》，译林出版社 2014 年版，第 186 页。

尤为明显。在这部由大学课程讲稿编纂而成的著作里，王安忆围绕
"小说如何构建心灵世界"对八部经典文学作品进行了充分的细读和批
评，其中每一部作品的分析中都充满了极具个性化的复述。例如，她在
分析张承志的《心灵史》时是这样说的：

> 我想我的分析方式是这样的，首先我把这个故事以我的认识来
> 叙述一遍，然后我要解释一下，这个故事与我们现实世界的关系，
> 我不是强调它是一个心灵世界吗？那我就要解释一下这个心灵世界
> 和现实世界的关系，而这个关系其实就是我们写小说的毕生要努力
> 解决的东西，这是非常非常重要的，我们毕生的努力方向就是要找
> 到这种关系。①

在分析张炜的《九月寓言》时是这样说的：

> 这是个寓言性质的故事，形式上接近童话。但这个童话世界和
> 我们的现实世界不是直接对应象征的，它是另外一个世界，完全独
> 立的一个特定的世界。这个世界是怎样的一个世界呢？再复杂的东
> 西其实也是可以用一句话来表现，《九月寓言》实际上就是一个跑
> 和停的故事。②

同样，她把《巴黎圣母院》界定为一个"神灵的世界"，把《复
活》界定为一个"原罪的世界"，把《约翰·克里斯朵夫》界定为一个
"天才的世界"……然后按照这个线索，复述一切能说明这些"小说世
界"与"现实世界"之间关系的情节，忽略或遗漏其他内容。

散文化批评文体、带有强烈个人特色的复述和直奔主题的批评风
格，使作家批评在与读者沟通交流上略胜一筹，也更能帮助读者去感受
文学作品中一切美的细节。正因如此，蒂博代称这种批评类型为"寻
美的批评"、"直觉批评"或"同情批评"。与学院派批评相比，作家批

---

① 王安忆：《心灵世界：王安忆小说讲稿》，复旦大学出版社 2007 年版，第 37 页。
② 同上书，第 52 页。

评少了一些理论的挑剔；与媒体批评相比，作家批评又多了一些对作家作品的体味。精英主义意识和大众文化意识，在作家批评中得到了奇迹般的缝合。相对来说，因为主业是文学创作，作家批评无论是在文学创作领域还是在文学批评领域，都很少受到职业的约束，主流意识形态的影响并不明显。当然，这里的精英主义意识和大众文化意识都带有强烈的个人主义色彩，他们的批评根源于自我的创作实践和创作理念，他们的批评情感倾向于自我认同的作家作品，从这个角度来说，作家批评有可能成为蒂博代所说的"作坊批评"，时而是"礼尚往来式"的溢美，时而是"箭林石雨般"的攻讦。因此，如何更好地拓展自己的批评视野和批评对象，是作家批评在当代文化语境中必须重视的问题。近年来，有学者提出"第四种批评"，即兼具作家和学者身份的人所进行的文学批评，既呈现出广阔的学术视野和深邃的理论思辨性，又具有浪漫的、感性的、自由的审美趣味，有可能是作家批评今后发展的一个趋势。譬如格非、王安忆、马原、残雪、曹文轩、张大春等人的文学批评。

第五章　当代中国文学批评精神的政治文化生态研究

文学批评从来不是一项依附于文学作品、人云亦云的活动，相反，按照蒂博代所援引的布伦蒂埃的说法，文学批评要承担起判断、分类和解释的功能。尤其是在世纪转型之交的当代中国，新的文学现象层出不穷，如何对纷繁芜杂的文学文本进行筛选、评判和阐释，成为当代文学批评责无旁贷的任务。在文学生产日益繁多、文学传播愈加便捷的当今社会，为了更好地行使这一功能，文学批评必须坚守独立的精神和价值判断准则，引领公众一起去大浪淘沙，去筛选有价值的文学作品、挖掘文学作品的审美魅力、探索文学创作的发展前景、总结文学创作的时代规律。具体来说，在当代中国社会的政治文化生态中，文学批评精神受到精英文化、主流文化和大众文化的三重影响，呈现出判断与创造、坚守与锤炼、平民与世俗等特点。

第一节　判断与创造：精英文化的时代吁求

蒂博代曾在《六说文学批评》中提出，文学批评从趣味开始，但不能仅仅停留在趣味尤其是单一、精准的趣味上，而是要对趣味进行提炼和总结，要把所有的艺术品放在一起来考察，"发现它们的普遍特征，然后从这些普遍特征里组成各种体裁的普遍存在"①，从而进行判断、创造等建设活动。韦勒克在《批评的概念》中也一再强调文学研

① ［法］蒂博代：《六说文学批评》，赵坚译，郭宏安校，生活·读书·新知三联书店2002年版，第177页。

究必须进行价值判断："艺术作品是一个由各种价值构成的整体，这些价值并不依附于结构而是构成结构的真正本质。一切试图从文学中抽去价值的努力都已告失败并且将来也会失败，因为价值恰好就是文学的本质。……文学研究必须成为一种系统的知识，成为一种探索结构、规范和功用的努力。这些结构、规范和功用包含价值而且本身就是价值。"①在这种观念的影响下，文学批评家们首先形成了根深蒂固的精英主义精神理念，即要在综合各种文学历史、研究各种文学理论的基础上，力图对文学作品、文学现象进行尽可能客观科学的筛选与判断。20世纪以后的中国社会，在经济快速发展、全球化速度加快、技术水平飞速提升等因素的制约下，这种致力于"判断和创造"的文学批评理念遭受到前所未有的冲击和挑战，然而批评家们也在努力对抗着各种外在诱惑，并试图从中寻找新的机遇、新的创造。

世纪转型之交的中国社会，文学批评精神遇到的首当其冲的问题就是消费主义的全面入侵。面对日益喧嚣的外在环境，一些批评家或纠结于商业批评的利益得失，或屈从于人情批评的圈子捆绑，避开文学审美和创作规律的探讨，一味遵从经济利益或人际关系，进行偏执的"吹捧"或"棒杀"。当批评家们拿着红包、接受宴请，通过研讨会、审稿会，通过媒体版面和排行榜，制造一个个所谓的阅读热点时，充满真知灼见的文学批评将会离我们越来越远，这不仅伤害了读者，也伤害了文学批评本身。

其次，给当代文学批评独立自主精神带来困扰的还有全球化发展态势中西方文艺思潮的影响。毋庸置疑，20世纪80年代以来，各种西方哲学思潮、美学思潮、文艺理论思潮和文学批评方法理念的引进为中国的文学批评打开了更广阔的学术视野，也促进了当代中国文学批评自身的生态发展。但相应而来的问题是，如何在尊重当代中国文学创作实践的基础上进行理论原创，在世界性的共同性问题之外提出民族性命题，也有赖于批评家们充分独立自觉的批评精神追求。

最后，新媒体的快速发展也给文学批评精神提出了新的考验。如果

---

① ［美］雷内·韦勒克：《批评的概念》，张今言译，中国美术学院出版社1999年版，第52—53页。

说消费主义带来的商业化、人情化问题还可以通过批评主体自身的审慎和自觉加以避免的话，新媒体的迅速扩张将文学批评从相对狭小的圈子转移到大众视野中来，随时随地的跟帖、评论、回应、论战使文学批评更加鲜活，也更需要批评主体坚持独立、自觉、思辨、对话的批评精神。

从近年来的文学批评实践和努力方向来看，我们会发现，独立的文学批评精神首先表现为对文学价值判断的追求。"一个时代的文学批评，它最大的功能仍然是对一个时代文学价值的正面发现和阐释"①，面对一部文学作品或一种文学现象，能否客观公正地进行分析和研究，既考验批评家们的审美感悟能力和理论修养，也考验批评家们是否具有自由独立的人格。尤其是在当今这个时代，合格的文学批评家必须避免随波逐流或模棱两可的态度，依据敏锐的审美感受力、运用文学史和文学理论知识，在追求独立自主之批评精神的要求下，对各种层出不穷的文学新文本、新现象进行解读和阐释，做出"时代的定论"，并在此基础上进一步探索文学发展规律、进行理论创新。这就需要批评家们排除各种外来干扰，立足研究对象，"把对象即文学艺术作品分离出来，凝神细察进行分析、做出解释，最后得出评价，所根据的标准是我们所能达到的最广博的知识，最仔细的观察，最敏锐的感受力，最公正的判断"②。只有坚持从价值判断入手，才能在商业经济浪潮中、在全球化趋势中、在新媒体冲击下保持清醒，追求独立自觉的文学批评。

具体来说，价值判断包括对文学审美价值、文学与现实之间的关系、思想价值、娱乐消遣价值、道德价值、认知价值等多元化价值的判断。而所有的判断首先来自批评主体丰富的专业理论知识体系、开阔的学术视野和敏锐的文学感知能力。其次，从扎实的文本细读出发，在充分尊重文学作品和文学现象的基础上进行分析、总结和判断，是坚守独立文学批评精神必须要遵守的原则。从前者来说，无论是学院派批评、作家批评还是媒体批评，批评主体必须要有自己相对完善的文学批评思

---

① 吴义勤：《文学价值的发现与阐释是文学批评的最大功能》，《陕西日报》2015 年 1 月 27 日第 5 版。

② ［美］雷内·韦勒克：《批评的概念》，张今言译，中国美术学院出版社 1999 年版，第 15 页。

想、观念和方法，才能避免人云亦云，在众声喧哗中发出自己独立的有价值的声音。譬如批评家李遇春多年来坚持着"实证研究"的批评观念，"不仅是以阐释者的经验和知识为依据，证实文学所表现者的实在或可能，而是同时还以作家的生活经历或人生经验为依据，证实文学所表现者的萌蘖与机缘"①。在这种批评理念的制约下，无论是评论当下活跃的作家，还是涉及争议较大的十七年文学中的作家，抑或进行旧体诗词研究，他都能从搜集大量资料、进行文本细读出发，"持论都比较客观、宽厚，多寻求心灵的理解，而不是剑走偏锋，以偏狭和激烈取胜"②，形成了自己独有而鲜明的批评风格。又如吴义勤对"高度关注文学现场、融入个人生命体验、坚持'文学性'考察"的批评理念的坚守和实践，使其一直与当代文学相伴而行，跟踪作家的创作发展与变化，"以整体性的眼光观照文学流派、思潮、作家作品的阐释与分析，有自己的史识、理念和价值评判体系"③，"理直气壮地去筛选、研究和认定那些涌现在我们身边的经典"④，推动当代中国文学经典化的发展。再如李建军的文学批评，从理想信念、道德伦理、社会责任、真理博爱、仁慈悲悯等立场出发，推崇厚重、伟大的作品，拒绝和批判单纯"为文学而文学"的炫技之作，并由此批评莫言作品对暴力血腥的迷恋与嗜好是"精细地描写恐怖的细节，但是却没有庄严的道德感和温暖的人性内涵"⑤；批评贾平凹的《废都》是一种"私有形态的写作"：这种写作"视域极其狭窄，关注的是只有作家自己和极少数人感兴趣的生活内容，而不是具有普遍意义的人类经验和共同体验……私有形态的写作是极端主观和任性的写作，它敢于蔑视被所有正常人信奉的价值理念和道德原则，它常常把人写成似人非人的怪物"⑥；批评池莉的小

---

① 李遇春：《西部作家精神档案·序》，商务印书馆 2012 年版，第 3 页。
② 贺仲明：《沉静与坚韧的批评之力——漫谈李遇春的文学批评》，《创作与评论》2014年 20 期。
③ 文红霞：《批评主体的生命在场——论吴义勤的文学批评》，《文艺争鸣》2014 年第 12 期。
④ 吴义勤：《我们为什么对同时代人如此苛刻？——关于中国当代文学评价问题的一点思考》，《文艺争鸣》2009 年第 9 期。
⑤ 李建军：《时代及其文学的敌人》，中国工人出版社 2004 年版，第 121 页。
⑥ 同上书，第 39—49 页。

说是充满轻飘飘的市民气、病态的、消极的市场化写作；批评残雪的小说不过是西方现代主义小说的中国化组合……

客观地说，有些批评家的批评立场因其坚固而缺少一定的宽容和灵动，尚存有待商榷之处。但也正是不同批评主体所具备的这种态度鲜明、个性突出的批评精神，交织在一起构成了多元化的批评生态。从这个角度来说，接受过系统理论知识学习、学术视野开阔、在高校或科研机构任职的学院派批评主体更容易形成自己独有的批评体系，作家批评主体也因为常年的创作体验和生命感悟逐渐建立个性化的批评风格，真正需要强化这一精神理念的，则是最容易在时代潮流裹挟下随波逐流的媒体批评。纵观近年来在自媒体平台上崭露头角的批评主体们，无一例外拥有坚实的知识支撑和清晰的评判标准，并能对批评对象进行立场鲜明的价值判断。有时候我们说当今文学批评缺少理性、思辨、审慎、独立、自觉的批评精神，某种程度上并非来自商业利益、消费主义思潮和科技高速发展的捆绑，而是源自批评主体自身专业素养的缺失、滞后以及随之而来的底气不足。因此，专注于对研究对象进行明确的价值判断，是倡导理性批评精神的起点。

需要注意的是，此处所谓价值判断，并非用现成、已有的标准来评判研究对象，而是要发挥批评的独创性。正如蒂博代所言，"所能给予一位大批评家的最高赞誉是说批评在他手中真正成为一种创造"①，而"真正的创造的批评，真正与天才的创造一致的批评，在于孕育天才"②。如同当年傅雷的批评促使张爱玲进一步确定自己的创作理念、茅盾对《百合花》的称赞激发了茹志鹃的创作热情一样，当代也有一些批评家致力于用自己独有的价值判断体系对作家创作进行引导。例如吴义勤立足个体生命体验，称赞迟子建是"生命的歌者"，同时也对其"温暖的局限"进行委婉的批评："迟子建式的温暖是对于文学的提纯或'透明化'处理，因而不可避免地也会带来文学其他品格或向度的流失与遮蔽。"③随后，迟子建在《世界上所有的夜晚》《额尔古纳河

①　［法］蒂博代：《六说文学批评》，赵坚译，郭宏安校，生活·读书·新知三联书店2002年版，第196页。

②　同上书，第205页。

③　吴义勤：《彼岸的诱惑》，作家出版社2009年版，第187页。

右岸》等作品中对生命厚度的延深，既是自身生命和创作风格的成长，也算是对此类批评的一种回应。

当然，若用这一标准来衡量近年来的文学批评，我们会发现，在浩如烟海的文学批评中，附和式的文学批评较多，严苛的批判式批评或挖掘细腻独到的审美价值的赞美式批评已属难得，至于能站在时代的潮流前端、把握文学活动发展趋势、进行理论创建、对创作进行悉心引导的建设性批评，则更是凤毛麟角。实际上，由精英主义知识分子情怀决定，当代中国的文学批评家们一直在追求具有建设性价值的创造式批评。为此，他们提出了诸多批评精神上的要求：首先是对客观理性的追求。近年来，许多批评家提出"敏锐感悟与精准分析并重"的批评理念，主张从文本细读入手，"按照一定的理论和标准，对批评对象进行分析、研究、鉴别、判断，从而去发现作家创作的优点和缺点，总结文学创作规律性的东西"①，这种客观理性的分析需要受到文学创作规律、社会发展规律和人性共通性等元素的制约，需要批评家超越自身的个性趣味乃至阶级属性，从人类发展、文学发展的角度进行分析研究。其次是对原创性的强调。在深受各种西方文艺思潮的影响之后，近年来中国的文学批评开始重新提倡本土化、原创性，从自身的文学实践中发现问题、分析问题，并进行理论创新，"中国故事"、"打工文学"、"网络文学"等新命题的出现，无疑与注重原创的批评精神有关。最后是学理化整合与重建。即注重从理论层面整合西方学术资源和中国传统文艺理论，探索文学发展的内在规律和社会、政治、经济等元素对文学活动的影响，在当代中国社会的土壤中，重建新的批评理念和批评方法。韦勒克在《近代文学批评史》中曾说过："'批评'这一术语我将广泛地用来解释以下几个方面：它指的不仅是对个别作品和作者的评价，'明断的'批评，实用批评，文学趣味的征象，而且主要是指迄今为止有关文学的原理和理论，文学的本质、创作、功能、影响，文学与人类其他活动的关系，文学的种类、手段、技巧，文

---

① 丁国旗：《论"文学批评三性"——文学批评客观性、倾向性、多维性探讨》，《南京社会科学》2015 年第 3 期。

学的起源和历史这些方面的思想。"① 广义的文学批评既包含具体的文学作品、文学现象研究，也包含抽象的理论知识的创建。这种学理层面的创新与重建，必然是当代中国文学批评精神的精英主义诉求。

第二节　坚守与锤炼：主流文化的价值选择

20世纪语言学转向之后，人们逐渐意识到，语言不是一个孤立的存在，任何语言活动都与其形成和存在的社会历史文化背景相关，蕴含着人们对社会文化的认知和隐蔽的社会意识形态功效。同理，作为语言活动的文学创作和文学批评也并非一个封闭的审美意识形态存在，而是永远处于复杂的意识形态生产中。詹姆逊曾经提出，当人们进行写作时，一方面受到政治无意识的控制，另一方面也通过各种文学形式和技巧表现出他们在现实生活中所遭遇的历史困境、矛盾与乌托邦幻想。从这个意义上来说，文学文本的意识形态往往是用隐蔽的、合法化的策略来展示社会冲突或阶级斗争，这些策略包括交织缠结的暗喻、枯燥且啰啰唆唆的脚注等。也就是说，文学是一种社会象征行为，每一个表层的文学文本背后都有一个潜文本，都是用外在的欲望暗指政治性的真实欲望。为了揭秘文学文本内部的意识形态内容，詹姆逊非常看重阐释学的现实意义："从传统上说，诠释学虽是宗教用以复原抵抗它们的文化文本和精神活动的技巧，但它也是一个政治学科，提供在停滞时代同革命活力的源泉保持接触的手段，在压抑的地质年代隐蔽地保持自由概念本身的手段。"② 他以生产方式为主导符码，把马克思主义的不同视角作为充分理解文学的必要先决条件，提出了文本阐释的三个语境：政治的、社会的和历史的。这三个层次借鉴了圣经的四层阐释框架，但后者是垂直的、静止的，前者则是由内向外扩展的同心圆结构。

对于文学反映意识形态的复杂性，伊格尔顿阐释得更为深入。在伊

---

① ［美］雷纳·韦勒克：《近代文学批评史》第1卷，杨岂深、杨自伍译，上海译文出版社1987年版，第1页。

② ［美］詹姆逊：《马克思主义与形式》，李自修译，百花洲文艺出版社1997年版，第70页。

格尔顿看来，文学既不是具有一定艺术形式的意识形态（即某个时代的意识形态的表现形式），也不是对某个时代的意识形态的直接挑战，而是像阿尔都塞所说的那样，文学艺术包含在意识形态之中，但又尽量使自己与意识形态保持一定的距离，从而让读者"感觉"或"察觉"到产生它的意识形态，对这种意识形态的性质进行科学的、充分的理解。伊格尔顿结合了威廉斯的文化唯物主义思想、阿尔都塞的意识形态理论、葛兰西的霸权理论和本雅明的艺术生产理论，提出"文学是一种审美意识形态的生产"，认为文学文本是各种意识形态相互作用、动态发展的产物，文学生产就是用一种特殊的方式来展现意识形态的复杂性：一方面，文学文本受到某个时代的意识形态的影响，不论是巴尔扎克还是莎士比亚，都不可能超越他们当时的意识形态而建立与历史的联系；另一方面，文学文本又对历史事实进行虚构，不同的作者意识形态决定着文本与历史真实之间的关系和距离。同时，审美意识形态与其他各种意识形态话语材料都参与到文学文本的生产过程中，意识与潜意识的冲突也影响到文学文本意义的产生——如艾略特的《荒原》确实可以解释成是一首产生于资产阶级意识形态危机的诗，但是作为一首诗，它并不知道自己是某种意识形态危机的产物，这种"无意识"正是《荒原》的意义之一。也就是说，任何文学文本的生产过程都受到诸多因素的制约，为了更好地解释文学生产的过程，伊格尔顿详细讨论了影响文学生产的一般生产方式、文学生产方式、一般意识形态、作者意识形态、审美意识形态、文本六大范畴及其相互关系，并用演出与剧本的关系来比喻文学与意识形态之间的关系：正如演出不是"反映"剧本而是对剧本进行加工，文学也对意识形态进行了独特的加工，最终达到的效果是，"美学既服务于统治者的权力，也能够表达艺术作品的力量，能够表现某种解放了的未来"①。当然，这些问题并不是文本有意识地表现出来的，而是经过一定的阅读方法之后才会发现的。

正因如此，文学批评一方面因为要揭示文学文本与意识形式之间的关系，另一方面也因为批评主体自身所具有的意识形态属性，从而具备

---

① 王杰、徐方赋：《"我不是后马克思主义者，我是马克思主义者"——特里·伊格尔顿访谈录》，《文艺研究》2008 年第 12 期。

了不可避免的意识形态性。从这个角度来看中国现当代文学批评的发展，从 20 世纪 30 年代"无产阶级文学论战"开始，文学批评界的许多论争都与意识形态层面的政治文化密不可分：鲁迅和创造社、太阳社等"革命文学"作家在政治意识形态层面的立场是一致的，所以会对新月派的自由观进行批判；左翼作家与"自由人"、"第三种人"的论争，很大程度上也是从政治意识形态层面出发的一种行为。尤其是关于文艺大众化问题的讨论，"从表面看是一个形式问题，但讨论中人们似乎兴趣并不在形式层面，人们的话题，关注的重心，其实是政治层面的东西"①。这种主流意识形态介入甚至是操控文学批评的状况到"文革"期间发展到极致，随后，文学批评从"工具论"、"从属论"的理论模式中解脱出来，开始重新思考"文学与政治"的关系，并在此基础上展开对伤痕文学、朦胧诗等文学现象的争论。对"文学审美性"的重新关注，实际上离不开 20 世纪七八十年代整个中国社会在意识形态层面对"文学与政治"关系的重新梳理，"换言之，文学与政治的关系在当时不仅是一个学术问题，更重要的是一个公共领域的社会问题。……文学创作与理论批评也正是在这个大环境中获得了活力"②。包括 20 世纪 80 年代中后期以来的"现实主义"与"现代主义"之争，某种程度上也反映了中西方政治文化在意识形态层面的论争。

　　需要注意的是，新世纪以来，随着当代中国政治文化生态体系格局的转变，主流意识形态对文学活动的影响逐渐从显在的操控转向内在的规约，成为文学活动主体有意或无意的主动选择。具体到文学批评，这种影响主要体现为批评主体在批评理念上的主流文化价值选择——无论是文学批评学研究还是文学批评实践，如何坚守社会主义核心价值体系、锤炼具有中华民族特色的文化观念，都是批评主体关注的重点对象。一个值得注意的现象是，近年来，这种主流意识形态的内在规约主要通过学者们的马克思主义文艺理论研究不断强化。尤其是进入 21 世纪以后，关于马克思主义文艺理论的深入探讨在学院派批评主体和作家

---

　　① 朱晓进：《政治文化与中国二十世纪三十年代文学》，人民出版社 2006 年版，第 130 页。

　　② 郭冰茹：《方法与政治——新时期文学批评研究》，载林建法主编《21 世纪中国文学大系·2009 年文学批评》，春风文艺出版社 2010 年版，第 81 页。

批评主体中间迅速展开，学者们主要从经典马克思主义文艺理论文本研读、西方马克思主义理论研究和马克思主义文艺理论中国化研究三个层面入手，对马克思主义文艺理论进行深入剖析。学者们在理论研究中提出，当代中国文艺理论活动必须立足国情和实践，从时代特征、本土化特征和马克思主义理论坚守上来进行理论创新，从而"用中国理论回答中国文艺问题，用中国话语解读中国文艺道路，让马克思主义理论说汉语，让它更好地适应新时代新实践对文艺提出的新要求"①，文艺批评则要"运用历史的、人民的、艺术的、美学的观点评判和鉴赏作品"②。正是在对当代文学批评的理论思辨和理性审视中，有学者从当前中国文学批评的现状出发反观中国化马克思主义理论中存在的问题，提出"中国马克思主义文学批评需要在中国语境中发现新问题，在时代语境下审视旧问题；需要从批评范式角度重新审视和建构中国形态，以此带动中国马克思主义文学批评的'向内转'；也需要批评家更多地介入批评写作，去面对纷繁复杂的文艺现象和文艺创作"③。

　　这种理论自觉性使当代中国文学批评在精神层面具有充足的主流文化价值观念，并将之具体落实到"人民主体性"这一问题上。具体来说，坚持以人民为中心的现实主义创作导向是文学批评坚守的价值衡量标准。习近平总书记在《在文艺工作座谈会上的讲话》中定义"社会主义文艺，从本质上讲，就是人民的文艺"，认为只有"真正做到了以人民为中心，文艺才能发挥最大能量"、"文艺的一切创新，归根结底都直接或间接来源于人民"、"人民的需要是文艺存在的根本价值所在"、"文艺创作方法有一百条、一千条，但最根本、最关键、最牢靠的办法是扎根人民、扎根生活"④。这种以人民为中心的价值标准既是当代文艺创作者的内在规约，也是当代中国文学批评精神最重要的评判

---

　　① 董学文：《21世纪中国的马克思主义文艺学论纲》，《文艺理论与批评》2016年第3期。

　　② 包明德：《对马克思主义文艺理论继承与创新——学习习近平"10·15"讲话的体会》，《南京社会科学》2015年第1期。

　　③ 魏天无：《"中国经验"与马克思主义文学批评的中国形态》，《中外文化与文论》2015年第2期。

　　④ 习近平：《在文艺工作座谈会上的讲话》，《光明日报》2015年10月15日。

标准。尤其是在评论当代知名作家作品时，批评主体更倾向于从价值观、历史文化厚度等角度入手判断其文学史价值。以江汉大学语言文学研究所耗时多年收集整理的几位湖北知名作家的研究资料为例，截至2012 年，共收集刘醒龙研究资料 168 篇，其中大多数的切入角度都是"乡土文学"的叙事意义，高度评价其对社会转型期鄂西乡镇的转变及其过程中呈现出来的复杂人性的深入挖掘和精确表述："刘醒龙的小说表现是他身边现实的人和事，他的故乡，小镇大山的人的现实生活，现代农村在改革背景下的一种普遍的生存图景及在这种生存图景中的现实生活的悲喜剧。"① "90 年代中后期以来，他加重了从体制政策和多重人性的角度描写乡土及乡村苦难的分量……他对农民苦难的忧虑与同情，对其性格弱点的包容与谅解，对他们在苦难中不失健康追求的美德的挖掘与赞美，对身陷贫困但心灵丰富的女性的迷恋与讴歌，是他一以贯之的特色。"② 称赞其贴近底层、开拓现实主义创作手法、丰富现实主义写作对象的成就："刘醒龙真诚、严肃地表现了中国社会改革开放的艰巨、迫切和必然，揭示了历史转型期的种种矛盾冲突。虽然刘醒龙还不能为我们开出解决矛盾的'药方'，但我们同样被刘醒龙的精神所打动。"③ 肯定了其作品所表现出来的社会广度、历史厚度和文化深度："刘醒龙的长篇新作《圣天门口》是一部异常丰饶的小说。它以绵密而又均衡的叙事，在复杂尖锐的历史冲突中举重若轻，纵横自如，既展示了现代中国崛起的坎坷与曲折、悲壮与凝重，又再现了中国底层生命的坦荡与纯朴、粗犷与狡黠。与此同时，作者还精心设置了一系列丰富的叙事枝蔓，将小说的审美意蕴不断推向异常广袤的精神空间，从而使这部长篇呈现出某种'史诗'意味的繁复结构和文化意旨。"④ 可以说，对是否反映了中国社会现实的变迁、挖掘了乡土生活中人们的复杂人性

---

① 程世洲：《现代审美视野中的新景观——刘醒龙"新乡土话语"的叙事分析》，《当代文坛》2000 年第 9 期。

② 刘川鄂：《鄂地乡村的苦难叙事——以刘醒龙、陈应松为例》，《文艺争鸣》2007 年第 8 期。

③ 杨迎平：《投入自己的灵魂与血肉——谈刘醒龙的小说创作观》，《滇池》2000 年第 7 期。

④ 洪治纲：《"史诗"信念与民族文化的深层传达——论刘醒龙的长篇小说〈圣天门口〉》，《当代作家评论》2006 年第 11 期。

构成、引导了底层生活的精神世界走向这些问题的讨论，几乎贯穿了刘醒龙文学作品研究的始终。

如果说刘醒龙的作品本身蕴含着浓厚的主流意识形态内容的话，方方、池莉这两位创作风格大不相同的作家多年来一直被批评家合并而论的原因，除了两人的写作环境、背景多与武汉有关之外，很大程度上也是因为批评主体往往从社会现实层面入手，将两人归入"新写实"阵营，探讨两人如何通过作品展示市民生活百态，并把是否对市民生活进行理想主义观照与引导作为评判价值标准。在"新写实"的讨论大潮中，包括以黑色幽默和存在主义艺术手法见长的刘震云，多年来在文坛上也多被称为"新写实主义"代表作家。对"文学与现实关系"的重新关注、重返现实主义理论等话题，成为近年来文学批评界的显命题。尤其是在经历了提倡"怎么写"比"写什么"重要的艺术创作形式讨论之后，批评界开始意识到文学审美和关注现实并非两个截然分明的路线，并由此开始反思文学创作中的犬儒主义、虚无主义和欲望主义，"引申出对整个当代文学现实性匮乏的批判，并希冀重新回归具有现实主义精神的文学传统"①。

从某个层面来说，"现实主义"精神在中国的文学创作和文学批评活动中之所以能有如此长久的生命力，跟主流意识形态对文学活动主体的长期熏陶有着密不可分的联系。尤其是近年来，随着国家的发展和大众公民意识的提升，无论是在学院派批评领域，还是在作家批评、媒体批评领域，批评主体的国家认同感和民族责任感明显增加，其作为文化活动参与者和引领者的身份感也越发明显。其中，学院派批评不但在批评理论中明确提出"文艺工作者只有把社会主义核心价值观生动活泼、活灵活现地体现在文艺创作之中，用栩栩如生的作品形象告诉人们什么是应该肯定和赞扬的，什么是必须反对和否定的，做到春风化雨、润物无声，才能使社会主义核心价值观内化为人们的精神追求、外化为人们的自觉行为，成为日用而不觉的行为准则"②，而且将之落实到文学批

---

① 梁鸿：《当代文学往何处去——对"重返现实主义"思潮的再认识》，《文艺理论与批评》2007 年第 1 期。

② 本报评论员：《高扬社会主义核心价值观的旗帜》，《解放军报》2014 年 10 月 18 日第 1 版。

评实践，近年来围绕"底层文学"、"打工诗歌"、"中国故事"等具有鲜明中国特色的文学现象进行热议，坚守并锤炼着具有中华民族文化内涵和价值体认的文学活动方向。作家批评大多从"纯文学"角度入手进行文学批评，但在"文学与现实的关系"这个问题上，也多坚持人性之悲悯、精神之纯净和道德之高尚，是对优良民族文化传统和美好人性的一种张扬。至于媒体批评，因为面对的是更鲜活的文学现象，其主流文化意识形态层面的价值选择主要体现为批评主体的公民意识和情感倾向。譬如《平凡的世界》改编成电视剧重播引起热议时，媒体批评从更多元化的角度来探讨这部作品的时代价值意义及其缺失；汪国真去世引发的"汪诗大讨论"中，媒体批评也多站在社会发展的立场上来解析"诗歌与时代的关系"……更多的自媒体批评主体，正在当今的社会政治文化生态体系中慢慢成长为更具有公民素养的人，而在文化研究日益盛行的今天，分析和解读"文学与现实的关系"，也正在成为媒体批评的关注重心。

由文学活动主体个人的情感好恶决定，任何文学创作和文学批评都是具有倾向性的。其中，相对于文学创作倾向性的隐蔽性而言，文学批评的倾向性更为明显，批评必须是明确的、直接的，才能真正对文学活动产生去芜存菁、总结规律、推动发展的作用，而且，"批评的倾向性虽然不是批评的政治性和党性，但文学批评却是有阶级性的，批评作为一种思想武器掌握在谁的手里，是非常重要的。对社会主义文艺而言，提倡弘扬主旋律、传播正能量的文学批评，应该是我们始终要坚持的文学批评的倾向性"[①]。尤其是在各种新文本、新现象、新信息层出不穷的新世纪，如何在思想观念、精神价值层面筛选文学文本、引导阅读和创作，提高国家文化软实力，是文学批评精神必须要面对的问题。

第三节　平民与世俗：大众文化的双刃剑

随着社会政治经济的发展、科学技术水平的提高和公民素质的普遍

---

① 丁国旗：《论"文学批评三性"——文学批评客观性、倾向性、多维性探讨》，《南京社会科学》2015 年第 3 期。

提升，文学批评精神逐渐受到大众文化的深入影响，呈现出平民性和世俗性两种发展趋势。从前者来说，近年来文学批评开始提倡尊重文本、尊重受众、尊重市场的平民精神。一方面，在充分落实文本细读的基础上进行文学批评成为批评主体的共同追求。正如韦勒克所言，"历史上每个批评家都是通过接触（正如弗莱本人一样）具体艺术作品来发展他的理论的，这些作品是他得去选择、解释、分析并且还要进行评价的。批评家的意见、等级的划分和判断由于他的理论而得到支持、证实和发展，而这些理论也从艺术作品中吸取养分并得到例证的支持，从而变得充实和言之成理"①。在经过大量西方文学理论概念术语的冲洗之后，新世纪以来的批评主体开始意识到立足本土文学实践、解析本土文学文本的重要性：西方文论的"理论预设涵盖世界文学，可是他们对东方，尤其是对中国古典文学和理论却一无所知，他们的知识结构和他们的理论雄心是不相称的。西方文论失足的地方，正是我们的出发点，从这里对他们的理论（从俄国形式主义到美国新批评，从文学虚无主义的解构主义到结构主义，从读者中心论到叙述学）进行系统的梳理和批评，在他们徒叹奈何的空白中，建构起文学文本解读学，驾驭着他们所没有的理论和资源，与他们对话，迫使他们和我们接轨，在文学文本的解读方面和他们一较高下，也许这正是历史摆在我们面前的大好机遇"②。甚至是一些致力于理论研究、以作品为例来证明所预设理论的正确性和有效性的学院派批评主体，虽然很少对具体的作家作品发言，但其内在的批评标准则是"只要选中一部作品来阐释，就等于是承认那部作品有着批评和研究价值，否则对没有价值的作品甚至都不屑一顾，对之保持沉默就等于对之否定，无须去耗费笔墨"③，这也就意味着批评主体是在充分细读文本的基础上来进行筛选的。相对于曾经依靠晦涩的理论术语来支撑门面、抬高身份的追求，当今中国的文学批评呼吁的是立足文本、贴近生活的批评精神。这种转变，显然来自平民意识的崛起。如果说曾经有段时间，文学批评属于某个圈子内的学术交流的

---

① ［美］雷内·韦勒克：《批评的概念》，张今言译，中国美术学院出版社 1999 年版，第 5 页。
② 孙绍振：《建构文学文本解读学》，《文艺报》2013 年 9 月 6 日。
③ 王宁：《文学批评的预设和理论视角》，《学术研究》2015 年第 4 期。

话，当今时代的文学批评俨然成为大众均可参与的一项文化活动，因此，任何脱离文本实际的理论空谈都将失去生存市场和空间。

与之相伴而来的，是批评文体的平民化转向。所谓文体，是指文本呈现出来的整体样式。"在中国古代文学批评史上，可谓文备众体，举凡题要、论文、随笔、点评、选本、诗话、诗论、书牍等，形式不一而足，生动活泼，体现出一种自由性言说的诗性表达"①，随后，近现代文学批评史上也涌现了鲁迅的杂文体、茅盾的社会剖析体、李健吾的印象体、胡风的主观战斗体等风格迥异但又各领风骚的批评文体。"文革"期间，文学批评和其他各种文化活动一样，几乎是一片死寂。"文革"之后，由社会时代的整体氛围决定，文学批评大多走政治意识浓厚的社会批评路线。之后，由于西方文学理念和批评方法的强势入侵，以及消费主义浪潮突然袭击所导致的批评主体的措手不及和失语现象，再加上职业考评机制对批评主体的约束，批评文体在很长一段时间内呈现出四平八稳的统一风格，批评主体意识渐次沉没。然而正如马克思所说："你们赞美大自然令人赏心悦目的千变万化和无穷无尽的丰富宝藏，你们并不要求玫瑰花和紫罗兰散发出同样的芳香，但你们为什么却要求世界上最丰富的东西——精神只能有一种存在形式呢？"② 批评平台的拓展使批评文体逐渐走上平民化的发展路线。其中，作家批评的平民化表现主要体现为追求审美的、散文化的批评文体。学院派批评注意到高深理论与生僻术语所带来的与读者之间的隔膜之后，开始在批评中融入个体的生命体验，形成情理交融、自由审美、风格各异的批评文体。

最能体现这种平民化风格的，无疑是媒体批评。尤其是在追求短平快的网络跟帖式批评中，涌现了大量具有创新意识的批评文体，如"凡客体"，以"爱……，不爱……，是……，不是……，我是……"的句式进行观点表述，典型代表有韩寒的"爱网络，爱自由，爱晚起，爱夜间大排档，爱赛车，也爱29块的T-SHIRT，我不是什么旗手，不

---

① 刘保昌：《批评文体的单一性与主体性的黄昏》，《文艺报》2015年4月15日第2版。
② 马克思：《评普鲁士最近的书报检查令》，载陆贵山、周忠厚编著《马克思主义文艺论著选讲》（第四版），中国人民出版社2007年版，第1页。

是谁的代言，我是韩寒，我只代表我自己。我和你一样，我是凡客"——韩寒为"凡客诚品"公司做的代言人广告，同时也是韩寒作为一个作家的生命体验抒发。这种批评文体追求的是个性鲜明、简洁明了地表明态度，拒绝模棱两可，拒绝精英意识，呈现出浓厚的平民色彩。又如"咆哮体"，多缀以"有木有"和"伤不起"，以及一长串感叹号，利用夸张的语句制造出怒吼般的语感，代表作是 2007 年网络上兴起的一篇帖子《学法语的人你伤不起!!!》："老子两年前选了法语课!!!!!!!! 于是踏上了尼玛不归路啊!!!!!!!!!! 谁跟老子讲法语是世界上最油煤的语言啊!!!!!!!! 尼玛听的哪个外太空的法语啊!!!!!!!!!! 跟吐痰一样一样一样的啊有木有!!!!!!!!! 谁再跟老子讲法语是世界上最油煤的语言老子一口浓痰咸死你啊!!!! ……"随后，有作者用此文体推荐自己的作品——方世杰在猫扑上用咆哮体推介自己的小说《我的播音系女友》，有读者用此文体表示对所追作品的喜爱——max1025 评《尘缘》："有木有能有一天让我不痛苦地等待更新啊啊啊!!!"其情感宣泄之豪迈可见一斑。再如"梨花体"，因其过于通俗而被称为现代口水诗，曾有网友樱桃小丸子用此文体评《风野七咒》："毫无疑问/我推荐的书/是起点网/最好滴。"……除此以外，还有"淘宝体"、"知音体"、"私奔体"等。这些批评文体随着网络潮流快速崛起又瞬间陨落，具有强烈的时代性，参与者并不追求批评理念的高深、批评术语的更新和批评体系的完善，而是以极强的游戏精神参与其中，模仿、表述、狂欢，并在潮流退却时及时远离。这种尊重时代、尊重市场、尊重受众的做法，无疑是大众文化精神赋予文学批评的平民意识体现。

　　一个时代有一个时代的文学批评，大众文化时代文学批评的平民化转向，一方面给文学批评提供了更多的自由性，另一方面也加强了文学批评的"对话"意识。从前者来说，脱离了千篇一律的论说体的束缚之后，文学批评能够以更多元化的文体形式存在，或婉约、或豪放、或中和、或刻薄，不仅在思想内容而且在文体形式上形成"百家争鸣"的格局，带给读者更多元更自由的阅读体验。从后者来说，平民化的追求意味着批评主体和接受主体之间具有更贴近的情感体验和语言表述，通俗的、娱乐化的表达方式既容易引起接受者的共鸣，也给大众提供了一个众神狂欢的参与平台，使其在模拟、反讽、调侃等娱乐中欢快地展示自我、进行对话。学者陶东风曾在自己的博客中批判玄幻小说："以《诛仙》为代表的拟武侠类玄幻文学（有人称为'新武侠小说'）不同于传统武侠小说的最大特点是它专擅装神弄鬼。"① 而网友在此博文下纷纷留言，有赞同此观点认为时代文学已成为媚俗文学者，也有反对此观点认为作者对玄幻小说并未深入了解且所持立场过于精英者，这种大众与学者直接对话、各持己见、争论不已的状态，及其所带来的鲜活的生命力，绝非曾经等级森严的文学批评所能比拟。

当然，与平民意识相伴而来的，是不可避免的世俗意识。我们不能不看到，世俗意识的快速入侵给文学批评精神带来许多诱惑和难题：首先就是媚俗化。正如前文所说，无论是学院派批评，还是作家批评，抑或媒体批评，在消费主义时代都或多或少会受到利益、人情的捆绑，有些批评甚至会哗众取宠，专门针对部分受众的低级趣味鼓吹低俗作品、制造噱头热点大肆炒作。针对这种现象，我们应该在批评精神层面提倡批评主体的责任感和独立意识，要求批评主体恪守独立人格，坚持在评论时从价值评判出发，进行客观公正、切实中肯的分析和阐释。其次是距离感的缺失。因为过度追求平民化和通俗性，文学批评的视野和思路往往会受到限制，面对瞬息万变的时代潮流，有时随波逐流，有时无语缺席，有时浅薄，有时迷失……而这一切的根源，很大程度上是因为批评主体不能"既入乎其内，又出乎其外"，站在时代和文学发展的高度进行价值判断。从这个角度来说，文学批评应该有更严格的精神追求，要求批评主体提高自己的专业素养、丰富自己的知识体系、提升自己的审美能力、履行自己的批评职责。韦勒克和沃伦曾经说过："文学批评必须超越单凭个人好恶的最主观的判断。一个批评家倘若满足于无视所有文学史上的关系，便会常常发生判断的错误。他将会不清楚哪些作品是创新的，哪些是师承前人的；而且，由于不了解历史上的情况，他将常常误解许多具体的文学艺术作品。"② 也就是说，文学批评应该在充

---

① 陶东风：《中国文学已经进入装神弄鬼时代》，陶东风博客，2006 年 6 月 18 日，http://blog. sina. com. cn/s/blog_ 48a348be010003p5. html。

② ［美］韦勒克、沃伦：《文学理论》，刘象愚等译，文化艺术出版社 2010 年版，第 38—39 页。

分尊重文本、尊重市场、尊重读者的基础上，恰当运用相关的文学史和文学理论知识，对诸多文学现象进行客观合理的判断和阐释。这种精神层面的追求，正是我们抵抗消费主义时代世俗化侵蚀的思想武器。

　　任何一种精神层面的价值理念都要落实到具体的日常行为中，"一种价值观要真正发挥作用，必须融入社会生活，让人们在实践中感知它、领悟它"①，大众文化意识的崛起使文学批评更加融入时代和民众。主流文化的影响赋予其强烈的责任感，使其在精神层面"树立以人民为中心的工作导向，把服务群众同教育引导群众结合起来，把满足需求同提高素养结合起来"②。至于精英文化意识，则充分保障了文学批评在精神层面的专业追求。正是在这种多元生态的文化体系中，当代中国文学批评精神具备了更充足的发展空间。

---

　　① 习近平：《培育和弘扬社会主义核心价值观》，《习近平谈治国理政》，外文出版社2014 年版，第 165 页。
　　② 习近平：《把宣传思想工作做得更好》，《习近平谈治国理政》，外文出版社 2014 年版，第 154 页。

第六章　当代中国文学批评生产体制的政治文化生态研究

伊格尔顿在《马克思为什么是对的》一书中分析过马克思构想中的未来社会关键的一个生产单位——"自治合作社"，在这个机制中，每个个体都致力于实现自己的个人价值、让自己获得满足感，同时由于体制的作用，每个个体的贡献也都有利于他人乃至整个社会。即"我不需要在工作中时刻心存对他人的悲悯，也不需要每隔两小时就用利他主义的情操鞭策自己。我自己的自我实现能帮助他人过得更好，都是因为这个合作性的、利益共享的、人人平等的、共同治理的机构本质。这是体制结构而不是个人美德。……人工作的意义是由体制决定的"①。用这一理论来观照文学批评，我们会发现，体制的影响和制约对于文学批评的生产起着同样重要的作用。

近年来，运用马克思主义理论、西方马克思主义的意识形态理论、福柯的知识社会学理论、布尔迪厄的场域理论等，从外部研究制度对于文学活动的影响，逐渐成为学界的一个热点。其中，学者们大多把关注重心放在各种外在相关制度对文学创作的影响上，譬如张钧的《中国当代文学制度研究（1949—1976）》详细考察了文学组织制度、文学出版制度、文学批评制度、文学接受制度的建立及其与当代文学之间的关系；李洁非、杨劼的《共和国文学生产方式》对文学制度、文学运转方式等共和国文学生产方式进行全面研究，认为共和国文学体制具有"组织化、计划性"两大特征，而 20 世纪 90 年代中期以后，在市场经

---

① ［英］特里·伊格尔顿：《马克思为什么是对的》，李杨、任文科、郑义译，新星出版社 2011 年版，第 92 页。

济的冲击下，这种体制开始出现结构性变异，尤其是"图书出版发行渠道的松动、变革，互联网、移动通讯等新兴媒体的出现"，大大冲击了"国家文学体制对文学生产的计划性控制"①。实际上，体制的存在，不仅制约着文学创作，也深刻影响着文学批评的生产。以新中国成立以后的文学批评生产体制为例，为了维护社会主义"文化领导权"，同时也由中国社会传统经验延续下来的群众集体无意识文化心理决定，批评界奉行的是"批评与自我批评"模式，凡是批评，就要突出"战斗性"，"即通过文学批评来暴露、打击、改造各种'不健康的'、'反动的'作品和现象，清除杂质和差异，以确立'人民文学'的同质性"②。与此同时，相应批评的"自我批评（检讨）"更容易见诸报刊，而有针对性的"反批评"则不被鼓励——1950 年 3 月，《人民日报》曾刊发严厉批评七月派理论家阿珑的文章，而阿珑三次撰写反驳文章均未被刊发。在这种文学批评生产体制的影响下，当时的批评界明显分裂出"两个文坛"："一个文坛，是通过各种文艺出版物，通过各种文艺作品和文艺评论文字表现出来；另外一个文坛，却存在于日常谈话中，存在于作家的会客室里，存在于文艺界的小型聚会上。两个文坛同时存在，而口头上的文坛往往比出版物上的文坛活跃得多。"③ 甚至促发了机会主义批评，即批评家往往盲从于某种权势或某种主义，面对新的文学作品缺少自己的独立判断，变文学批评为权势斗争的场域。

20 世纪 90 年代以后，在社会主义市场经济的冲击下，整个中国社会的政治文化生态格局发生转变，文学批评生产体制产生重大变革，具体表现为：第一，学院派文学批评形成更为稳固也更加封闭的圈子，强调批评的理论深度和历史厚度，轻视单一的时评。第二，网络成为越来越重要的批评平台，与此相伴而来的，是文学批评的个性化、碎片化、消费主义色彩等时代特征。第三，政策管制愈加宽松，集中、有序的一元化格局被改变，文学批评出现多元化的发展态势。受这些生产体制的影响，当代中国的文学批评也呈现出不同的时代特质。

---

① 李洁非、杨劼：《共和国文学生产方式》，社会科学文献出版社 2011 年版，第 3 页。
② 张钧：《中国当代文学制度研究（1949—1976）》，北京大学出版社 2011 年版，第 72 页。
③ 李无水：《两个文坛》，《人民文学》1957 年第 4 期。

第一节　学院派批评生产体制的政治文化生态考察

20 世纪 90 年代以后，随着学科规范、职称评定制度的逐渐建立，学院派批评迅速活跃，在文学批评领域中所占据的空间及其话语权都越来越大。若仔细考察学院派批评的生产过程，我们会发现，学术期刊尤其是核心学术期刊的制度、规范要求对之影响甚为重大。其具体表现为：

第一，学术期刊的主流文化诉求主要通过栏目或话题设置来引导学院派批评的写作。例如，《文艺争鸣》在 2005 年连续刊发雷达、张炯、陈晓明、张颐武、程光炜、孟繁华等人的文章，提出"新世纪文学"这个概念并对之进行全方位、多角度的解读，从而引起一场关于"新世纪文学"的大讨论。《文艺理论与批评》杂志长期开设"马克思主义文论"研究栏目，并于 2016 年集中刊发"面向 21 世纪的中国的马克思主义文论"系列研究文章。这种集中讨论某个话题或持续设置某个特色栏目的做法是学术期刊保持自身风格的常见方式，这种稳固的生产体制吸引、聚拢了相当一部分对之感兴趣的学者，形成一定的写作和讨论氛围，有利于批评的长期、深入开展。在这些有意识的策划、设置和引导中，除去地方特色之外，主流文化意识形态的选择十分明显，其最主要的体现就是强烈的本土性和原创性。王先霈先生曾分析过《文艺争鸣》杂志 2003 年、2004 年两年间"新世纪文艺理论话题性笔谈"专栏中刊发的 67 篇文章，认为其中涉及的"媒介变化与视觉文化"、"全球化信息中的情感修辞"、"能指盛宴年代的汉语文学"、"大众传播与文学功能的重新审视"等问题都是新世纪以来中国文学活动实践中凸显出来的新问题，体现了学者们的"理论预流"意向，具有一定的原创性。同时，陶东风、鲁枢元等学者对"外来学术资源与本土实际之关系"问题的反省与讨论，则体现出强烈的本土化意识[1]。

原创性、本土性是新世纪中国文学批评的内在吁求，也是主流文化

---

① 详见王先霈《探求时代新话题　建设本土文艺学——〈文艺争鸣〉新世纪文艺理论话题笔谈读后感》，《文艺争鸣》2005 年第 3 期。

意识形态通过文学批评生产体制对学院派文学批评的召唤和规约。和文学创作的修饰化、审美化表达不同，学院派文学批评往往旗帜鲜明地提倡某种理论或思想。2014 年，习近平总书记在文艺工作座谈会上特别指出："要高度重视和切实加强文艺评论工作，运用历史的、人民的、艺术的、美学的观点评判和鉴赏作品，倡导说真话、讲道理，营造开展文艺批评的良好氛围。"① 之后，《文艺报》专门开辟专栏，刊发了张炯的《坚定人民文艺的光辉历史导向》、白烨的《"为人民"：创作的中心与文艺的轴心》、徐贵祥的《引领时代风气彰显信仰之美》等文章，《解放军报》也连续刊发《人民是文艺创作的源头活水》《文艺不能当市场的奴隶》《高扬社会主义核心价值观的旗帜》等评论员文章，"坚持以人民为中心的创作导向"立竿见影地成为文学批评界的标准。正是在这种文学批评生产体制的影响下，学院派文学批评才会更直接、更集中地选择具有时代性、焦点性的话题和批评对象，呈现出更鲜明、更强烈的原创性和本土性色彩。

第二，学术期刊挑选、发表学术论文的评价体系具有鲜明的精英主义诉求，同时学术期刊的发表周期长，一般来说，从接稿到审稿再到发表出来至少需要半年到一年的时间，甚至有的排队到两三年以后才正式刊发。这使学院派批评文章普遍注重宏观视野、理论深度和历史厚度，倾向于具有更长生命力的文学史研究和文学理论研究，轻视短平快的文学时评。有学者曾分析过文艺学权威期刊《文学评论》的办刊思想和定位，认为"经典化"是其一直以来的办刊宗旨："许多文学历史和文学理论上的重大问题，都不是依靠短促的无准备的谈论就能很好地解决的，需要有一些人进行持久而辛勤的研究，并展开更为认真而时间也较长的讨论"②，"首先，要自觉地以先进文化为指导，明确目标，为中华民族的伟大复兴而努力；其次，《文学评论》要努力讲究前沿性、学术性和对话性，在探究具有中国特色的文艺研究方面具有导向性；另外，鼓励理论创新与提倡人文关怀，并通过一些具体命题如中国古代文论的现代转化、文化诗学、全球化趋势中的文学与人、当代文学史各个自然

---

① 习近平：《在文艺工作座谈会上的讲话》，《光明日报》2015 年 10 月 15 日。
② 何其芳：《稿约》，《文学评论》1958 年第 3 期。

段的问题研究、新诗问题的讨论等专题，强化了《文学评论》的批评美学及其倾向"①，"它的门户应向所有学人洞开，而不要封闭自固；要以刊物带动和促进全国性的学术交流，培养学者和展示他们重要的研究成果；要注重刊物在学术方面的全国性影响，立足全国的学术前沿、不断挖掘新的学术生长点"②……与之相似，《文艺研究》《文学遗产》《文艺理论研究》《文艺争鸣》等核心学术期刊在刊发学术论文时都十分强调其理论性、学术性、前沿性、经典性、独创性，呈现出强烈的知识分子精英情怀。

学术期刊的这种精英主义诉求，通过约稿启示、栏目设置、理论预设等方式成为学术界进行文学批评写作的内在规约，高校教师和科研人员在读硕读博期间就开始进行常年的论文写作规范学习，长此以往，这些规范逐渐成为学院派批评自发的一种思维方式和写作模式。于是，我们可以看到越来越多厚重的、权威的学术批评，却遗失了轻盈的、灵活的、个性化的文学时评。同时，学术期刊比较青睐学术大家的理论文章，这在某种意义上不利于激励年轻学者的学术创造。近年来，学术期刊逐渐启用专家匿名审稿制度，某种程度上缓解了年轻学者被拒斥的状况，但从整体状况来看，依照经典化、精英化的学术评判标准，学术大家多年的学术浸染自然使其在学术论文写作上要胜出许多，而这种一代传一代的学术论文写作规范，也使年轻学者在不断学习和靠拢的过程中消磨掉自身独有的锐气，不利于文学批评多元化的发展。

第三，20 世纪 90 年代以后，学院派文学批评生产体制在市场经济飞速发展及其对学术界整体影响的格局中，呈现出一定的商业性、世俗性和消费主义色彩。当然，这种影响并不意味着学院派批评也在争先恐后地涌入商业大潮，相反，学院派批评相对稳固和封闭的体系使其一直追求精英主义精神。但市场的入侵是无孔不入的，其最明显的表现就是职称评定制度带来的一系列问题。众所周知，近一二十年来，学院派文学批评文章集中出现在高校，显然是因为高校职称评定体系过于看重科

---

① 钱中文：《〈文学评论〉——文学研究所的学术窗口》，《文学评论》2003 年第 1 期。

② 刘艳整理：《〈文学评论〉创刊五十周年纪念座谈会纪要》，《文学评论》2008 年第 1 期。

研所致。不能不说，学院派文学批评的写作考验和锻炼着高校教师的学术思想和学术人格，有利于提升高校教师的整体专业素质。但过于倚重论文甚至是论文数量的评价体系，滋生了一系列学术论文写作的问题。例如论文数量远胜论文质量，为了完成学校制定的科研任务，达到职称评定时的论文数量要求，很多高校教师每年要发表核心期刊论文1篇、一般期刊论文3篇左右。在这种重压下，教师们往往在写论文、发论文的过程中疲于奔命，重数量而轻质量，缺少独立思考的时间和空间。甚至由此引发抄袭、一稿多投等学术不规范的问题。目前，教育部出台了一系列整治学术不规范问题的条例，提出学术良知、学术道德等要求，这些条例固然可以起到一定的警示和约束作用，但从根源上来看，学院派文学批评整体质量的提升还有赖于高校科研考核机制的调整。白谦慎先生在《美国教授的出版量》一文中说到，他所在的波士顿大学艺术系有10个终身教授，"如果一位终身教授平均每年能发表一篇论文，就算不错了，超过这个量，大概就能算是多产的了"①，至于一位资历较浅的艺术史教授想要获得终身教职，则需要在6年内出版一本专著、发表2—4篇论文，任教6年加上博士4年再加上博士后1—2年，也就是说，这个任务的实际完成时间是10—12年。相比之下，国内的科研考核体系已经使学院派文学批评成为诸多写作者尤其是中青年写作者的压力和困扰，而不再是其发挥各自优势与特色的领域。

此外，因为学院派批评的生产体制过于稳固和封闭，批评写作者之间具有千丝万缕的人情关系，相互约稿相互牵连，时常会引发圈子内的"人情吹捧"问题，使批评失去批判功能，阻碍了文学批评的正常发展。从某种意义上来说，这也是学者们宁愿写宏观的理论文章而不愿写具体的作品评论的原因之一。与之相反，有的批评者即便是在进行批判，其出发点也并非是对作品的善意指正。作家方方在谈到文学批评时就曾说过："一篇作品发表后，我们经常会看到一些非常不舒服的批评文章。文章的措词或所提问题甚至会让你目瞪口呆。你完全想象不出来批评者是怎么在理解你的作品，你甚至会觉得有一种来者不善的感觉，

---

① 白谦慎：《美国教授的出版量》，http://www.infzm.com/content/38792。

觉得他的严厉痛批，并非因为作品，而是因为其他。"① 而真正的文学艺术批评"的本质与精魂就在于它永远忠实于对思想和艺术的独特阐释，它的天平永远倾斜在艺术的真理一端，而不受任何亲情和友情的干扰"②，要做到这一点，既需要批评家们具有正确的批评精神和道德职业良知，也需要相应的文学批评生产体制来制衡。

第二节　新媒体批评生产体制的政治文化生态考察

蒂博代在论及"自发的批评"时曾经说过，"当我们说交谈式的批评和口头批评的时候，我们只是给予它一种理论上的存在。只是当历史的某些曲折使它得以被文字记录而又不失其原来的坦率和新鲜的时候，它才开始在文学上存在"③。这段话透露出一个信息，即文学批评的存在依赖于"文字记录"这个载体。所以，最为纯粹的口头批评、纯交谈式批评是需要从回忆录、通信、日记、私人手记中去寻找的，所以在蒂博代那个时代，"报纸的批评"因为报刊这个载体的出现和盛行而淹没了其他所有的自发批评。而到了今天，互联网技术的飞速发展，移动通信技术 3G 甚至 4G 时代的到来，微博、微信、手机短信等新媒体的不断涌现，更是为"自发的批评"提供了越来越多、越来越便捷的平台，同时也改变了"自发的批评"的生产体制和存在形态。

首先，即时、迅速。和学院派文学批评漫长的发表周期、作家批评相对散漫的写作周期相比，新媒体文学批评的生产体制以"即时、迅速"著称。在信息泛滥的互联网时代，由于文学热点现象和受众的阅读热情转瞬即逝，所以微博、微信等媒体批评平台不会给评论写作者预留更多的思考和写作时间，公众号"六神磊磊读金庸"的作者说自己写一篇批评文章的时间大概是一到三个小时不等，而且时换时新，哪里有热点哪里就有他的评论。有时为了赶上某个热点，新媒体批评平台还会重复推出之前的相关评论文章，譬如 2015 年 8 月 23 日刘慈欣《三

---

① 张江等：《批评为什么备受批评》，《人民日报》2014 年 7 月 15 日第 14 版。
② 丁帆：《我们需要什么样的批评》，《文学报》2015 年 6 月 4 日。
③ ［法］蒂博代：《六说文学批评》，赵坚译，生活·读书·新知三联书店 2002 年版，第 58 页。

体》获得雨果奖，当天微信公众号"北青艺评"就推出了2015年3月刘慈欣接受"北青艺评"专访的文章《刘慈欣：〈三体〉的世界观比较阴暗》（罗皓菱），《南方都市报》推出了2015年1月的报道《"孤慈"刘慈欣》（高远），"人物"推出了2014年1月的刘慈欣专访文章《刘慈欣：世界末日是一件能够平静接受的事》（张弘），《长江日报》甚至推出了三年前的刘慈欣专访文章《有限生活，无限"三体"》（刘功虎）。这种对文学热点现象的即时、迅速关注和反应，由此可见一斑。当然，更多的自媒体借势推出了更有独立性的原创文章，如微信公众号"沸腾"当天推出的《刘慈欣硬科幻外表下的爱国主义情怀》（西坡）、知乎网站上迅速推出的很多关于《三体》的个性化评论等。在新媒体时代，滞后的文学批评文章既不被批评平台所青睐，也将很快被读者所遗忘。

其次，碎片化的生产、传播和接受模式。不同于学院派批评的长篇大论和作家批评的精雕细琢，新媒体批评要求的是即时的、便捷的、可随时接受随时参与的批评类型，这种需求直接导致新媒体文学批评的碎片化发展趋势，这一趋势随着新媒体的发展和演变越来越鲜明。20世纪90年代中期开始，受全球互联网热潮的影响，国内互联网开始活跃，涌现出一批文学门户网站，如榕树下、红袖添香等，网络文学迅速兴起，相应地，出现一大批针对网络文学的跟帖式批评，这些批评大多论及某部具体的网络文学作品，甚至是某些细节，并不顾及批评的整体性，碎片化特征初现。随后，博客的出现引起一些批评家的关注，开始在自己的博客上发表文学批评文章，其中，受到更多关注和讨论的，多为反应快速、平等交流、短小精悍的批评文章。这种短平快的写作模式到了微博时代更为突出，为了适应当代大众"快速阅读"的习惯和心理，微博把字数限制在140个字以内，这种规定显然不允许长篇大论，写作者只能通过言简意赅的语言来表述自己的批评见解和观点，人们可以随时评论、随时转发、随时讨论、随时互动。之后，随着移动媒体如手机、平板电脑、掌上电脑、PSP等的兴起，以及移动客户端技术的逐渐提升，这种碎片化的文学批评生产和传播模式愈加成熟。与之相应，新媒体批评的传播和接受也具有典型的碎片化特征，网络上的信息扑面而来又倏忽离去，人们经常被热点信息裹挟然后又处于极度空白中，这反过来也要求新媒体批评必须具有极强的个性化才能引起人们的关注。因此，由新媒体批评碎片化的生产体制决定，新媒体文学批评具有即时性、个性化、原创性、时代性等特征。一个很有趣的现象，如果你身边有一些文学爱好者，你甚至随时可以在微信朋友圈里看到他们对各种热点文学现象的评论并与之互动讨论，但也许就在一两天甚至几个小时之后，你就会被大量的其他信息淹没，遗忘他们包括你自己的观点。而后，你们会在下一个热点到来时再一次重复这种行为，这就是碎片化时代新媒体文学批评的命运。

最后，分众化特征。不同于学院派批评经年累月的学术写作训练和千篇一律的学术写作规范，新媒体批评因为网络的开放性、互动性而逐渐要求分众化的批评写作。可以说，互联网的迅速普及和移动通信设备的技术提升飞速加快了文学批评的大众性和互动性，随之而来的一个变化就是，越来越多具有相同兴趣爱好的人组成了一个又一个朋友圈、话题小组和讨论空间，这在某种程度上改善了网络世界里众说纷纭的言论状态，开始呼吁不同专业领域里具有一定专业知识又对此话题感兴趣的人前来发言，形成多角度、多层面的批评氛围。我们以知乎网站为例，此网站于2012年10月开放，是一个真实的网络问答社区，用户们在这个社区中分享自己的专业知识、经验和见解，并围绕某一感兴趣的话题进行相关讨论。知乎社区的话题广场分为"游戏"、"经济学"、"运动"、"互联网"、"艺术"、"阅读"、"美食"等34个，每个话题广场下又有多个话题小组，其中每个话题小组中的问题和回答都具有极强的时代性和个性化。例如2015年8月23日，刘慈欣《三体》获得雨果奖最佳长篇小说奖，马上就有人在"文学"小组中提问：如何评价《三体》获得雨果奖最佳长篇小说？这个问题半天之内就收获了168个回答，其中不乏文学写作者、科幻小说爱好者的评论，比如"三体做到了新时期中国科幻从未做到的两件事：1. 取得商业上的巨大成功并产生一定的超出科幻圈的社会影响；2. 获得国际科幻界的认可"，"刘慈欣于中国科幻，我一直认为是一个异数。所谓异数者，籍一己之雄才，立不朽之事业。……刘慈欣之所以成为异数，在于他异数一般的大格局，思考之深邃，想象之博大，哪怕写短篇，也能带给人一种壮阔博大之感"，"这次获奖毫无疑问是中国科幻史上的里程碑，也是众多科幻迷扬眉吐气的一刻"，"中国科幻文学总体距离世界水准依然很大，这仅仅是大刘的胜利而已。……获得雨果奖，对于科幻圈是个大事，但科幻圈影响面太小，也远未像北美科幻作品一样，进入流行文化之中"① ……这些评论虽然没有运用深邃的文学理论术语，但相对于网络上铺天盖地而来的各种强烈甚至偏激的情感抒发而言，已经具备相当的文学审美和价值判断水准。知乎网站设置了对"答案"进行点赞或反对的程序，这可以使更有水平、得到更多人认同的评论更为快速地传播，长此以往，也将吸引更多有知识、有见解的同道中人，形成更为分众化也更为专业的评论氛围。与此相似，微信公众号里的文章也多靠自身内容来吸引大众阅读、传播和参与讨论，"内容为王"的时代里，分众化的文学批评生产体制召唤着更独特、更个性、更有水平的批评文章。当然，此处的分众化并非是指吸引精英排斥大众，而是在大众平等参与的状态中更有效地聚拢志同道合者，每个个体可以同时参与多个话题小组，并在其中发挥自身的特色和优势，成为并非人云亦云而是真正携带观点参与互动的批评主体。

此外，非线性、多媒体融合的发展趋势。所谓非线性、多媒体融合，是指新媒体批评不再走直线性、单一性的文字表述路线，而是推崇跳跃性、交互性、发散性、图像化的文章风格。从非线性来说，微博有个"关注"和"粉丝"功能，用户可以在关注某个话题时顺带点击提出此话题的博主所关注或经常互动的其他博主的微博，以及转发此话题的其他博主的相关评论，由此无限拓展自己的阅读面，甚至从一个话题跳跃到与此毫不相干的其他话题。例如，2015 年第九届茅盾文学奖获奖名单出炉以后，微博上很多人对此进行评论或转发相关评论，迅速形成多元化的讨论氛围，从公布获奖名单到回顾往届获奖作品，再到评论具体作品细节，再到谈论茅盾文学奖在当代的命运和价值意义等，公众参与的讨论具有极强的跳跃性。无独有偶，微信公众号里也有类似的推荐其他公众号或其他人文章的功能，不断丰富、扩展接受者的阅读视野，只要你愿意，你可以在网络上无限畅游。当然，目前这种非线性的新媒体特征主要体现在娱乐新闻、社会热点新闻评论上，但由新媒体平

---

① http：//www.zhihu.com/question/34936428.

台的整体生产体制决定，文学批评领域也正紧随其后飞速发展。

从多媒体融合来说，文字表述不再是新媒体文学批评的常态，相反，"读图时代"的到来，人们正在经历视觉文化的转向，图片、音视频和文字相结合正成为新媒体批评新的需求。这里所说的视觉文化转向，"并不意味着语言在我们的社会文化中消失了，而是说，较之于传统的话语文化形态，视觉文化彰显了图像的生产、传播和接受的重要性和普遍性，使得视觉因素在文化中更具优势地位"①，这种时代趋势不仅影响着文学创作，也深刻影响着新媒体时代的文学批评。《新浪读书》就曾于2010年6月29日推出小说批评视频，这种现场影音、文字相互补充又能反复播放的批评类型，增强了阅读的可视性、现场感，显得更加立体。同理，我们会在越来越多的微信公众号里看到与文字相关或不相关的图片，听到与批评立场和态度相关或不相关的音乐，以及各种视频链接。如果说在叙事主导时代，图片、音视频还只是文字的补充或延伸的话，视觉文化时代，它们俨然已经成为表述者表达自我个性和特色的独立元素。微信公众号"北青艺评"会在有关"样板戏"的评论文章里放上样板戏的剧照，在李欧梵的访谈文章里附上李欧梵的个人照片、作品照片及其所谈论文学作品的照片；"阿司匹林博物馆"甚至会觉得微信音乐库里的歌儿不全，就在文章中附上自己平时收藏的一些歌儿；"24楼影院"在评论昆汀·塔伦蒂诺的电影时会加上电影海报、电影动图、电影音乐和他最新影片的预告片，带给人多种感觉器官的享受。换句话说，随着科学技术的迅速发展，随着大众审美能力的逐渐提升，如何有效调动起接受者的多种感觉器官，带来全方位、立体化的阅读感受，成为新媒体内容生产体制的时代规约，这必然深刻影响着新媒体时代的文学批评写作。

第三节　当代中国文学批评生产体制的问题审视

相对于学院派批评、新媒体批评来说，作家批评的生产体制较为宽松和平稳，在当代中国的政治文化生态体系中没有太大变化，多鼓励作

---

① 周宪：《视觉文化的转向》，北京大学出版社2008年版，第5页。

家有感而发、直抒胸怀。综合来看，当代中国政治文化生态视野中的文学批评生产体制具有多元化的发展态势。首先，主流文化意识形态的内在规约成为各种文学批评类型生产体制的自觉遵守，学院派批评将之融入各种本土化话题的引导和讨论中，新媒体批评目前有一套相对成型的监管体系，作家批评的批评主体在创作理念中已将之融入自身的集体无意识文化心理。其次，精英文化的影响持久而深远，学院派批评的生产体制从约稿到审稿再到刊发、出版，每个环节都在召唤理论深厚、视野开阔、具有真知灼见的精英之作；新媒体批评的生产体制同样需要具有独立思想、个性鲜明的批评主体；作家批评的生产体制则一贯延续对文学审美感知的青睐。最后，大众文化给当代中国的文学批评生产体制带来了巨大冲击，技术革新和市场经济刺激相伴而来，文学批评生产体制整体生存环境的改变不容小觑。可以说，当代中国社会的政治文化生态格局对中国文学批评生产体制的影响是十分深远的，立足这一生态格局，我们会发现，当代中国文学批评生产体制还存在很多有待改善的问题。

一方面，技术滞后。在人类的发展史上，媒介作为一种工具，一直在随着技术的发展而不断变化，20世纪90年代以来，在全球化技术飞速发展的带动下，新媒体技术迅速席卷中国社会。从时间层面来看，新媒体"指的是相对于书信、电话、报纸、杂志、广播、电影、电视等传统媒体而言的新的媒体形态"；从技术层面来看，"当前的新媒体指的是依托数字技术、互联网技术、移动通信技术等新兴科技而产生的向用户提供信息服务的一系列新的工具或手段"[1]。具体来说，新媒体时代，人们用来生产、传播、接受思想文化的媒介变成了互联网和移动通信工具，传统的书籍甚至是广播电视已经在逐渐缩小市场空间——当然，这并不是说书籍、广播、电视将退出媒介市场，而是说它们将逐渐让出曾经占据过的大片天空，寻找更适合自己的空间领域。同时，互联网、移动通信工具迅速扩张，成为越来越多的人进行文化交流的首选。在这一发展趋势中，文学批评的生产体制还远远没有跟上。学院派批评生产体制中，学术期刊、报纸、出版社依然沿用传统的收稿、审稿、发

---

① 宫承波主编：《新媒体概论》（第四版），中国广播电视出版社2012年版，第3页。

稿程序，虽然启用了电子邮箱、期刊网站投稿等方式，但目前也只局限于互联网，便捷性和时间效率远未跟上，更不用说使用各种音视频组合、超链接等多媒体技术了。试想一下，以学术期刊为例，若能充分发挥网站投稿的优势，在首页以图片、动画、音视频等多种形式推出重点关注对象，利用超链接等技术给写作者提供更多的相关资料，加强编辑、作者、读者之间的互动，应该会更好地激活学院派批评的当代生命力。相比之下，媒体批评的生产体制某种程度上和新媒体技术走得更近，专业门户网站、微博、微信都在尝试使用多媒体融合、超链接等新技术，尤其是通过各种方式加强用户之间的互动交流，形成更具对话性的评论氛围。但和其他领域如社会热点新闻、娱乐新闻等相比，文学批评在使用图片、GIF 动态图、音频、视频等元素方面还比较保守。虽然说文学批评的对象是文学作品，文字的审美需要更沉静的心态，但是在读图时代，如何运用大众更容易接受的表述方式来凸显文字艺术的魅力，也许更应该是文学批评不能回避的时代任务之一。

　　另一方面，交互性和对话意识不够。麦克卢汉曾说，媒介就是人的延伸，当媒介进行换代时，也就意味着人与人之间的相处方式在发生巨大改变。传统媒体时代，文学艺术包括文学批评的生产、传播和接受方式是"点对面"式的，产品的生产过程相对封闭，受众只能被动接受。到了新媒体时代，传播方式变成了"点对点"式，每个参与到文学艺术活动中的主体都既是生产者又是接受者，交流双方能够真正实现信息、观点的交互传播。但就文学批评生产体制来看，交互性和对话意识显然不够，学院派批评、作家批评都还停留在各自的圈子内，甚至与媒体批评之间都难以形成交叉。从古代到近现代，中国文学批评在很长一段历史时间内是由身兼学者和作家双重身份的知识分子来承担的，但随着学科细化，文学批评与文学创作队伍逐渐分化，再加上文人相轻的心理，作家与批评家之间的隔阂越来越深，不利于文学创作和文学批评的良性发展。这种状况虽然一时难以改变，但如果能从文学批评生产体制层面加强交互性和对话意识，充分利用新媒体技术的非线性、超媒体特点，强化超链接元素在生产、传播和接受过程中的作用，无形中会推动批评主体之间的对话和交流，乃至将互动范围扩大到所有参与其中的用户。实际上，文学作品并不缺少市场，即便是纯文学，每次诺贝尔文学奖、茅盾文学奖、鲁迅文学奖等各大奖项公布获奖名单时,获奖作品包括获奖作家的其他作品都会在各个实体书店和网上书店热销甚至是脱销,相应地,文学批评界也会出现大量相关评论。以媒体批评为例,如果批评生产体制鼓励大家在发表言论时更注重信息、观点的相互补充,使受众在看到一个相关评论时,能不断根据自己的兴趣爱好点击其中的作品简介链接、作家感言链接、作家其他作品链接、相关作家作品链接、作品细读链接、作品的各种批评方法解读链接……那么,每位批评主体都会在发表意见时,更加注重信息和观点的收集,在坚持个性化色彩的基础上为受众提供更多的参考资料,批评主体也会在这一过程中增强互动意识。

无论从技术层面还是从意识层面,目前来看,当代中国文学批评生产体制受主流文化意识形态和精英主义意识的影响比较明显也比较深邃,大众文化意识虽然也通过市场经济和科学技术水平的发展成为文学批评体制不能回避的元素,但从实际效果来看,当代中国文学批评体制并未主动接受、吸纳大众文化意识,而是被动地接受大众文化及其所带来的技术改变或市场消费主义入侵。正因未能主动接受,文学批评生产体制更多地受到利益、浮躁等负面元素的影响,若能主动出击,更好地接纳并消化平民性、互动性等元素,也许能从体制层面带给当代中国文学批评更多的活力。

第七章　当代中国文学批评与文化批评关系的政治文化生态研究

　　20 世纪 90 年代以来，文学批评和文化批评之间的关系一直是文学批评界关注和争议的重心。所谓文化批评，从广义上来讲，泛指一切以文化现象为对象的研究，也叫文化研究，其涉及范围包括作为文学艺术活动的文化、作为某种日常生活方式的文化和作为人类发展过程的最广义的文化，甚至"已经完全离开文学研究的传统对象，转而研究一些诸如城市空间建构（广场、酒吧、咖啡馆、民俗村、购物中心）、广告、时装、电视现场直播、节庆仪式等等社会文化现象"①。

　　从狭义上来讲，文化批评是指和"内部研究/审美研究"不同的，强调从文学作品与社会文化的联系入手来进行研究的一种研究思维和方法，注重从阶级、政治、性别、符号、意识形态等角度入手分析文学艺术作品。狭义的文化批评缘起于德国的法兰克福学派、英国的伯明翰学派以及福柯、罗拉·巴特、布尔迪厄等理论家的理论和研究，20 世纪 90 年代进入中国以后，在文学批评界引起诸多争论。有学者担忧文学批评的盛行会妨碍文学审美性的发展："文学批评就这样被文化批评取代，成为无足轻重的唠叨陪客，对作家作品的具体阐释成为不入潮流和缺少思想锋芒的可怜行径。"② 提倡重新回归文学批评自身，回归"文本阐释"。有学者从"关系主义"角度入手，认为文化批评打破了传统的文学界限，更能阐述当下文学的复杂变体："文化研究的出现表明，人们不再将文学想象为一个高贵的殿堂，甚至是不食人间烟火的天国。

---

① 陶东风：《论当代中国的文化批评》，《学术月刊》2007 年第 7 期。
② 阎晶明：《批评：在文学与文化之间》，《太原日报》1999 年 9 月 6 日。

形形色色的权力和意识形态加入文学的运作，强烈地影响了文学作品的风格以及获得的社会评价……文学正在多方面地嵌入社会生活，甚至成为种种主张和观念的依附对象和争夺对象。"① 有学者从文学批评的整体发展历程来看，认为文学批评体系并不只有审美批评、内部研究，作为批评方法的一种，"文化批评不可能取代审美批评或内部批评，审美批评/内部批评也不可能垄断文学研究"②。并且，文化批评本身也十分重视文本研究，是把"形式与结构等概念应用到对于社会生活与主体经验的内在本质的理解，从而把形式与文化、内在研究与外在研究结合起来"③，比如对于故事形式的分析在文化批评中大量存在，因为"故事显然不纯粹是以书本或虚构的形式出现，它也存在于日常生活谈话中，存在于通过记忆和历史建构的个人和集体的身份中"④。不同的批评方法之间不存在高低优劣之分，而是各有所长、互为补充，"文化批评与人文批评的关系决非对立，而是一种对话和互动关系。人文批评更加注重审美理想和文学内部的欣赏和出自人文关怀的评价，而文化批评则偏重阐释当代现实以及文学的现状；人文批评更加注重文学本身的价值判断，而文化批评则有选择地融入人文精神并且更注重对考察对象的理论分析和文化阐释，以达到理论上建构的最终目的"⑤。有学者从文化批评在中国当代的存在和发展状况入手，提出文化批评真正的问题不在于和内部、审美批评争夺生存空间，而是在其发展流变中"逐渐丢失了问题意识和批判精神，而越来越成为一种纯粹的知识活动和话语游戏"⑥。

　　正是在这种多元化声音的争论中，文化批评的概念、视野、方法和定位才逐渐清晰起来，文学批评与文化批评的关系也才越辩越明。不同角度的切入，可以为同一个话题打开不同的思路，如果立足当代中国政

---

①　南帆：《文学批评与文化研究》，《理论的紧张》，上海三联书店 2003 年版，第 59 页。

②　陶东风：《试论文化批评与文学批评的关系》，《南京大学学报》2004 年第 6 期。

③　同上。

④　[英] 理查德·约翰生：《究竟什么是文化研究》，陈永国译，载罗岗等《文化研究读本》，中国社会科学出版社 2000 年版，第 31 页。

⑤　王宁：《全球化理论与中国当代文化批评》，《文艺研究》1999 年第 7 期。

⑥　赵勇：《批判精神的沉沦——中国当代文化批评病因之我见》，《文艺研究》2005 年第 12 期。

治文化生态体系来审视文学批评与文化批评之间的关系，我们会发现，文化批评实际上是文学批评领域中较多受到主流文化意识形态影响的那一个分支，在精英主义文化意识方面与内部审美批评有着异曲同工的追求，对大众文化的接受和消化却更为迅速和深入。

第一节　主流文化视域中的文学批评与文化批评

从文化批评的理论根源来看，对当代中国文化批评产生较大影响的是西方马克思主义理论家们的思想观念。葛兰西的"文化霸权"理论提出了文化领导权问题，使人们意识到文学艺术和意识形态表述有着密不可分的联系。法兰克福学派的阿多诺与霍克海默的"文化工业"理论传入中国以后，引起了学界对于"大众文化"的关注和热议，拉开了文化批评的序幕。本雅明则从艺术生产角度出发，认为机械复制艺术虽然不再具有独一无二的韵味，却恰好反映了科学技术水平发展到当代以后催生出的新的艺术形式特征。本雅明立足社会时代背景，详细考察了机械复制艺术产生的原因、存在现状和发展趋势，并对以电影为代表的"机械复制时代的艺术品"进行了较为细致的文本研究，可以称得上是"文化批评"一个极具代表性的范例。以霍加特、威廉斯、汤普逊等人为代表的英国伯明翰文化研究学派提出了与法兰克福学派不同的批评立场和观点，为"文化研究"做了正式的命名，主张把文学作品阅读与作品之外的语境联系起来，并做了大量实证性的研究。此外，福柯的话语权力理论、布尔迪厄的文化社会学理论、麦克卢汉的媒介传播理论、波德里亚的消费社会理论、詹姆逊的后现代主义理论等都为文化批评提供了丰富的理论资源。综合来看，这些理论都强调了文学与社会文化整体之间的联系，其中尤其突出了"文化权力"问题。对此，英国学者约翰生做了一个概括性的说明：

第一，文化研究与社会关系密切相关，尤其是与阶级关系和阶级构形，与性分化，与社会关系和种族的建构，以及与作为从属形式的年龄压迫的关系。第二，文化研究涉及权力问题，有助于促进个体和社会团体能力的非对称发展，使之限定和实现各自的需要。

第三，鉴于前两个前提，文化既不是自治的也不是外在的决定的领域，而是社会差异和社会斗争的场所。①

从这个角度来看，文化批评实际上隶属于文学批评整体，是文学批评中一种带有强烈的政治旨趣、意在揭示文本的意识形态内涵和社会文化意味的批评方法。它吸收了语言学转向、符号学、西方马克思主义理论等成果，强调文学、文化是一种基本的社会实践，突破了机械阶级论，致力于从文本中挖掘更加复杂细微的社会关系与权力关系，比如性别关系、种族关系、阶层关系、年龄关系等。例如，许子东在《为了忘却的集体记忆：解读 50 篇文革小说》中通过对大量文学文本的分析，认为"文革"小说的书写存在一种"集体化、同一性"的叙述模式，体现出"记忆文革其实是为了忘却集体记忆"的社会文化心理。而邓金明则在《"文革"小说：集体记忆与集体书写的反思》中对这一论断提出异议，运用"集体记忆"、"记忆现象学"、"记忆诗学"等理论分析"文革"小说，认为文学书写从来不是一种一体化的行为，而是充满了个人性、情感性、非线性的经验交流和分享，在当前的社会文化语境中，"保持'文革记忆'及书写的多元性和对话性，远比强调'文革记忆'及书写的同一性和独断性要来得重要"②。两位学者虽然观点不一致，但在分析"文革"小说时均从社会文化心理入手，探讨影响"文革小说写作"的政治、时代元素及其所显示出来的主体意识形态内涵：在集体写作心理的强势影响下，"文革"小说写作主体往往青睐"青春无悔"、"历史反省"、"荒诞叙事"等模式，在讲述自身经历时有意或无意遗漏黑暗的红卫兵记忆，但"记忆的微光却类似于跃跃欲试的心态，或是'欲说还休'的状态，其可能非常细小，甚至构不成权力打压的对象，权力允许它若隐若现，甚至它根本不存在权力线索中，它游离在权力之外，如普鲁斯特

---

① ［英］理查德·约翰生：《究竟什么是文化研究?》，陈永国译，载罗钢、刘象愚主编《文化研究读本》，中国社会科学出版社 2000 年版，第 5 页。

② 邓金明：《"文革"小说：集体记忆与集体书写的反思》，载陶东风（执行）、周宪主编《文化研究》第 11 辑，社会科学文献出版社 2011 年版，第 182 页。

的小点心茶回忆"①。正是通过这种对集体意识形态的游离，"文革"
文学叙事"在形式的矛盾、破碎、缝隙、错综之处，在形式的潜意识
和非理性中，表达出自己的意思"②。

又如刘复生的《新革命历史小说的身体修辞——以〈我是太阳〉、
〈亮剑〉为例》，以革命历史题材小说中主人公的"身体"为考察对象，
从个体身体的具体化和感性化描写中挖掘主流意识形态的隐秘表达，认
为旧有的革命历史小说是通过外在的身体传达阶级、民族的价值判断和
特定意义，新革命历史小说却把"身体"本身的美学意义呈现出来，
比如说"伤疤"，在旧有革命历史小说中是阶级仇恨和革命意志的象
征，在新革命历史小说中却成为彰显男性力量与魅力的身体符号。新革
命历史小说的英雄身体叙事策略，实际上反映了消费主义时代的大众审
美品位，凸显了暴力美学、性感化等商业娱乐化写作对主流意识形态的
延续和变革："革命者的富于魅力的身体、人格—革命历史的合法性—
作为革命历史合法继承者的现实秩序的合法性。"③当然，因为过于充
盈的身体天然具有消解主流意识形态的作用，所以"主旋律"革命历
史小说的身体描写远比精英文学和大众文学要谨慎。

正如伊格尔顿所说，"一种意识形态从来不是一种统治阶级意识的
简单反映；相反，它永远是一种复杂的现象，其中可能掺杂着冲突的甚
至是矛盾的世界观。要理解一种意识形态，我们必须分析那个社会中不
同阶级之间的确切关系，而要做到这一点，又必须了解那些阶级在生产
方式中所处的地位"④。文学，正是以一种特殊的方式来展现意识形态
的复杂性：在伊格尔顿看来，文学既不是具有一定艺术形式的意识形态
（即某个时代的意识形态的表现形式），也不是对某个时代的意识形态

---

① 刘亚秋：《从集体记忆到个体记忆：社会记忆研究的一个反思》，《社会》2010 年第
5 期。

② 邓金明：《"文革"小说：集体记忆与集体书写的反思》，载陶东风（执行）、周宪主
编《文化研究》第 11 辑，社会科学文献出版社 2011 年版，第 181 页。

③ 刘复生：《新革命历史小说的身体修辞——以〈我是太阳〉、〈亮剑〉为例》，载陶东
风（执行），金元浦、高丙中主编《文化研究》第 5 辑，广西师范大学出版社 2005 年版，第
75 页。

④ ［英］特里·伊格尔顿：《马克思主义与文学批评》，文宝译，人民文学出版社 1980
年版，第 10 页。

的直接挑战，而是像阿尔都塞所说的那样，文学艺术包含在意识形态之中，但又尽量使自己与意识形态保持一定的距离，从而让读者"感觉"或"察觉"到产生它的意识形态，对这种意识形态的性质进行科学的充分的理解。例如理查逊小说《克拉莉莎》中的女主角，"比任何人都更加唯父权制之命是从，比任何人都更加卖力地为资产阶级的忠贞道德辩护"，但是随着克拉莉莎悲剧命运的展开，"小说越是肯定这些价值，哈洛威一家就暴露得越发彻底；克拉莉莎越是表现出资产阶级的柔弱温顺，对那些置她于死地的人所作的批判就越发彻底"①。而文化批评，正是要抽丝剥茧式地从文学文本中挖掘出这些意识形态内涵及其所承载的社会文化历史变迁。

当然，西方理论有其产生的社会历史文化背景，并不完全契合当代中国的时代语境。例如，法兰克福学派的"文化工业"理论就是针对现代化过度发展之后带来的工具理性和社会异化问题，认为大众文化是工具理性愚昧大众、奴役大众的一种精神统治现象，所以要揭开大众文化的"虚假意识"及其背后的一体化极权政治。而西方马克思主义学者们则主要是在资本主义统治更多地倾向于意识形态控制之后，为了使工人阶级在思想上摆脱资本主义束缚、自觉形成社会主义价值观，从而转向对资本主义文化、意识形态等进行剖析和批判，对工人阶级进行思想上的指引："最常为西方马克思主义所密切关注的，拿恩格斯的话来说，是远离经济基础、位于等级制度最顶端的那些和特定的上层建筑层次。换句话说，西方马克思主义典型的研究对象，并不是国家或法律。它注意的焦点是文化。"② 而当代中国文化批评则是在社会主义市场经济飞快发展、科学技术水平迅速提升、现代化程度日益提高、消费主义观念逐渐兴盛的当代中国社会产生和兴盛的，这一时代语境决定了当代中国文化批评更多的是从文学文本中去挖掘社会从"以政治为中心"向"以经济为中心"转变过程中涌现出来的各种新的文化现象及其背后的文化心理。范国英在《作为文学制度的文学评奖与茅盾文学奖》

---

① ［英］特里·伊格尔顿：《克拉莉莎被强暴》，马海良译，《历史中的政治、哲学、爱欲》，中国社会科学出版社1999年版，第168页。

② ［英］佩里·安德森：《西方马克思主义探讨》，高铦等译，人民出版社1981年版，第46页。

中分析了 20 世纪 90 年代以来的文学评奖，提出"近年来文学评奖引起争议"的问题主要源自社会文化语境的转变，以茅盾文学奖为例，其评奖标准始终是坚持"思想性"与"艺术性"的统一，要求"获奖作品应具有深刻的思想内涵，有利于倡导爱国主义、集体主义、社会主义的思想和精神；有利于倡导改革开放和现代化建设的思想和精神；有利于倡导民族团结、社会进步、人民幸福的思想和精神；有利于倡导用诚实劳动争取美好生活的思想和精神。对于深刻反映现实生活和人民主体地位、体现中国精神、弘扬社会主义核心价值观、书写中华民族伟大复兴中国梦的作品，尤应予以关注。应重视作品的艺术品位，鼓励题材、主题、风格的多样化，鼓励在继承中国优秀传统文化和借鉴外国优秀文化成果基础上的探索和创新，鼓励具有中国作风和中国气派、为人民大众所喜闻乐见的作品"①。从这个角度来说，历年来获奖作品多为现实主义风格的作品，是体现了茅盾文学奖的评奖精神和标准的。但随着我国社会向以经济建设为中心的战略转移，权力场对文学的作用逐渐减弱，文学场自身的自主性和市场的影响逐渐增强，文学评奖所面临的社会场景发生转变，如何更好地调和文学话语实践与社会实践之间的矛盾，成为"进一步完善茅盾文学奖评奖的合理性和权威性的一个关键问题"②。

此外，在主流意识形态的规约下，当代中国文化批评也较多地关注民族文化问题，致力于从各种文学艺术文本中挖掘当代中国社会文化的内涵，扭转西方意识形态对中国文化的单一化或猎奇化处置，寻找中国文化在全球化社会语境中的准确定位。如李渝凤的《在后殖民语境中重读好莱坞电影中的李小龙传奇》，从后殖民理论入手分析美国好莱坞电影中的"李小龙现象"，认为李小龙虽然在银幕上掀起了中国功夫热，但事实上他所展示的不过是"一种带有异域色彩的东方武术，一种在美国中下层社会打拼的'生存技艺'"③，正是通过对其"兽性、

---

① 《茅盾文学奖评奖条例》（2015 年 3 月 13 日修订），来源：中国作家网（http：//www. chinawriter. com. cn/2011/2011－03－01/94765. html）。

② 范国英：《作为文学制度的文学评奖与茅盾文学奖》，载陶东风（执行）、周宪主编《文化研究》第 7 辑，广西师范大学出版社 2007 年版，第 138 页。

③ 江宁康：《中国人的文化身份》，《文艺报》2003 年 6 月 17 日。

嗜血、古怪"等品质的塑造，好莱坞电影把"李小龙"编织成了一个西方文化中心视野中的"东方文化符号"——陌生的、神秘的、具有异国情调的"他者"。"正是通过这些对少数族裔'他者'的陌生化、边缘化以及差异化，好莱坞才得以战略性地建构其殖民话语。"① 也就是说，相对于各种专注于文本与审美的内部批评，文化批评使我们能在更广阔的文化语境中探究文学艺术作品所呈现出来的身份政治及种族政治问题，能够理性辨识政治、经济、种族、性别、阶层等各种外部元素对文学艺术创作的影响。作为文学批评方法中的一种，和印象批评、文本批评等内部审美批评相比，文化批评更倾向于建立文学艺术活动与外部社会环境的联系，其所受主流意识形态的影响也更为浓厚。

第二节　精英文化视域中的文学批评与文化批评

从文化批评的产生和发展来看，这种批评方法从一开始就具有强烈的精英主义情怀。法兰克福学派出于对"独一无二"的艺术魅力的追求，严厉斥责粗制滥造、机械复制、观念单一的"文化工业"产品；福柯的话语权力理论、葛兰西的文化霸权理论、阿尔都塞的意识形态理论，都显示了知识分子的担当意识和精英主义情怀；英美伯明翰学派从政治、阶级、种族、性别等角度入手，将文化批评落实到社会实践层面，并将研究重心集中到工人阶级文化上，显示出学者们浓厚的介入现实、审视现实，乃至改变现实的精英主义追求。总的来说，文化批评的精英主义文化内涵主要体现为：批判意识、理想化情结和对想象力的追求。

首先，无论是法兰克福学派还是英美伯明翰学派，都具有充分自觉的批判意识。霍克海默指出："我们批判大众文化并不是因为它给人提供了更多的东西或使人的生活变得更加安全可靠——这里我们可能远离了路德的神学——而是因为它致力于形成这样一种状况，在这种状况里，人们得到的太少且得到的都是糟糕的东西，整个阶层内外的人们都

---

① 李渝凤：《在后殖民语境中重读好莱坞电影中的李小龙传奇》，载陶东风（执行）、周宪主编《文化研究》第9辑，社会科学文献出版社2010年版，第253页。

生活在可怕的贫困之中，人们与不义达成妥协，世界保持在这样一种状态中：一方面人们必须期待一场巨大的灾难，另一方面那些聪明的精英则协助导致一种可疑的和平。"① 阿多诺进一步强调："文化批评（cultural criticism）发现自己面临着文化与野蛮之辩证法的最后阶段。奥斯维辛之后写诗是野蛮的。这种状况甚至使今天为什么不能写诗的知识也遭到侵蚀。绝对的物化假定理性进步可以成为自己的一个元素，如今正准备把精神全部吞并。批判智能（critical intelligence）一旦把自己限制在自鸣得意的沉思中便无法与这种挑战相抗衡。"② 正是从这种批判意识出发，法兰克福学派尖锐地剖析了大众文化产品背后隐藏的极权化、一体化思想及其对民众的愚弄。与法兰克福学派的理论审视不同，英美伯明翰学派采取的是个案分析式的实践研究，但其源自知识分子责任感和使命感的批判意识同样鲜明，例如霍加特对英国工人阶级青少年在20世纪30年代之后的基本生存状态的描述："他们（指工人阶级青少年——引者注）从学校教育中丝毫得不到与他们十五岁之后现实生活经验相联系的东西。他们中大多数人的工作不需要个人外出，也不是出于兴趣，鼓励无视个人价值，只是做一个制造者。这项工作日复一日，工作之余就是娱乐，找乐子，就是打发时间和花掉口袋中的钞票。他们在技术统治和民主的磨盘中被碾得粉碎；社会提供给了他们几乎毫无限制的自由感觉，但几乎一点也不满足他们的需要——只是使用他们的双手和部分脑力来完成一周四十小时的工作。剩下的，他们就是面向各种娱乐活动和他们高效的大众设备。"③ 从中我们可以看到霍加特对工人阶级生存现实以及通俗文化对工人阶级青年少的负面影响的强烈斥责和批判。20世纪80年代以后，英美伯明翰学派开始关注大众文化自身的抵抗智慧，费斯克还专门分析了"破牛仔裤"的文化意义，认为大众虽然无法改变一体化、标准化的文化工业生产机制，但可以通过对"破牛仔裤"的展示来进行对抗："这是一个矛盾的标志，因为那些真正的穷人不会把贫穷变成一种时髦的表现。对富裕的有意弃绝，并不必

---

① Quoted in Theodor Wiesengrund Adorno, Prisms, trans. Sam-ueland ShierryWeber, Cambridge, Ma. : The MIT Press, 1981, p. 109.

② Ibid. , p. 34.

③ Richard Hoggart, *The Uses of Literacy*, New Brunswick, New Jersey, 1992, p. 190.

然意味着在文化上对那些经济上的贫困者有义务，因为这种‘贫穷’是自己选择的结果，虽然它可能在某些情形下，表示对贫困状况的同情。它主要的力量在于‘否定’，是对 1960 年代牛仔裤抵抗能力的复兴，因为昔日的牛仔裤是替代性的、有时是对抗性的社会价值观的标志。……这是对商品化的拒绝，亦是对个人权力的首肯，即，每个人都可在商品系统所提供的资源之外，创造自己的文化。"① 与此相似，德赛都的"假发理论"、霍尔的"编码—解码理论"，也均是从这个角度来彰显大众自身的能动性和自主性。也就是说，英美伯明翰学派开始从批判研究对象转而挖掘研究对象自身所蕴含的批判意识，"批判意识"恰恰是其不断进行理论和思维更新的"问题意识"和生命源泉。

这种批判意识也是当代中国文化批评与生俱来的文化内核，20 世纪 90 年代初期，文化批评刚刚登上中国文学批评的历史舞台时，就对充满商业性质的大众文化进行了严厉的批判。当然，这种批判更多地源自文化批评者对法兰克福学派的理论继承，随着大众文化的普及和英美伯明翰学派等更广阔的文化批评理论的涌入，文化批评对大众文化的态度有所转变，但其批判意识一直保留在随后的批评实践中。陶东风在《无聊的嬉戏：去精英化时代的大众娱乐文化》中指出，网络与文化活动的"去精英化"虽然催生了大众化、民主化，但也逐渐形成了"两个世界"，英美伯明翰学派的文化研究理论中原本具有"抵抗权威"的大众娱乐活动与社会公共政治领域完全分裂开来，自认为在"消费娱乐领域"获得自由的大众，既没能力也没兴趣参与任何"公共—政治领域"，"娱乐越来越非政治化，而且越来越多的人把娱乐的自由当成自由的全部，把娱乐的权利当作权利的全部，当作存在意义的全部，而不知道除此之外还有更多的自由和权利有待我们去争取，有更多的存在意义有待我们去实现"②。这种始终对现实保持距离、质疑、反思的批判意识，随着文化研究范围的扩展，逐渐扩及影视、广告、娱乐、新闻以及日常生活等领域，例如秦州在《网络视频分享的文化分析》中选

---

① ［美］约翰·费斯克：《理解大众文化》，王晓珏、宋伟杰译，中央编译出版社 2001 年版，第 22 页。

② 陶东风：《无聊的嬉戏：去精英化时代的大众娱乐文化》，载陶东风、周宪（执行）主编《文化研究》第 8 辑，广西师范大学出版社 2008 年版，第 15 页。

取视频分享网站的代表（我乐网、土豆网、优酷网、YouTube）作为考察对象，在经过为期 8 周（跨时三个月）的跟踪统计以后发现，"娱乐类视频在视频分享网站的全部内容中占据明显优势地位"①，认为当代中国社会的消费主义特色、视觉文化趋势以及独特的媒体话语环境造就了网络视频分享领域中的这种"娱乐至死"现象，如果不加以警惕，会导致娱乐泛滥时代的文化枯萎。巢乃鹏在《现代媒介技术与传统社会的张力——以黄羊川为例的个案研究》中用民俗志的方法调查了黄羊川职业中学和南京大学附属中学学生对"电脑和互联网媒体"的认知、使用状况，发现生活环境差异和阶层差异会使人们在使用现代化传媒技术时产生巨大的差异，"通过外力（捐助）进入黄羊川的电脑和互联网技术并没有立刻显示出其原本具有的信息沟通作用，反而被当地的社会运行规则规训"②，比如学生接触到的互联网信息是经过教师过滤的，学生在日常生活中更多地受到传统思维而非互联网所代表的现代化思维的影响等。作者由此得出结论："现代化和现代性都是一个总体的过程，如果没有政治、制度、经济、文化、教育等方面的综合进步，仅仅引入一项现代技术，这项技术将会迅速被传统文化势力收编，其取得的进步效应将是非常有限的。"③ 这些在大众文化盛行时期对"娱乐至死"现象的深刻批判、在现代化技术迅速发展态势中对技术局限性的冷静反思，均源自文化研究者的精英主义批判意识。同时，学者们的精英主义批判意识也使其在研究对象上有所筛选，主张文化批评/文化研究"应当抓的是生活方式的符号化呈现过程，而这些意义呈现只有与我们中国社会结构当中那些结构性的矛盾相关联时，才有进行文化分析的必要。文化研究不是对没有多大矛盾结构张力的普遍生活方式的研究，而是要追讨意义呈现（尤其是符号化呈现）形态背后的政治经济

---

① 秦州：《网络视频分享的文化分析》，载陶东风、周宪（执行）主编《文化研究》第 8 辑，广西师范大学出版社 2008 年版，第 125 页。

② 巢乃鹏：《现代媒介技术与传统社会的张力——以黄羊川为例的个案研究》，载陶东风、周宪（执行）主编《文化研究》第 8 辑，广西师范大学出版社 2008 年版，第 115 页。

③ 同上书，第 110 页。

学和意识形态因素"①。这种严谨、审慎的研究态度，也是文化批评/文化研究源源不断的生命力所在。

其次，文化批评张扬了文学批评精神中的"理想化情结"。这种理想化情结主要体现为对"文学性"的坚守和对乌托邦理想世界的追求。从文化批评的理论根源来看，法兰克福学派的"文化工业理论"源自学者们对纯正文学艺术世界的捍卫，英美伯明翰学派的文化研究理论也显示了知识分子关注现实的担当意识和创建更美好世界的理想化追求。从当代中国文化批评的缘起来看，20 世纪 90 年代以来，文学越来越难困守于专注内部审美的"纯艺术"领域，而是受到政治、经济、文化等各种元素的影响，在市场经济、消费主义思想、视觉化转向等时代发展元素的裹挟中将触角伸向更广泛的领域，为了更及时地追踪和促进文学的时代发展，批评家们迅速引入了文化批评视野和理论，可以说是对时代文化需求的积极反应。而在随后的研究过程中，学者们围绕"文化批评与文学批评的关系"、"文化批评与文化研究的关系"、"文化研究与文学批评的关系"等问题进行争论，很长一段时间内纠结于"文化批评"是否超出或破坏了文学的纯正性，某种程度上也说明了学者们坚守"纯文学"的理想主义情怀。在逐渐厘清了文学批评、文化批评和文化研究之间的关系以后，学者们再次强调文化批评的诗意属性，提出文化批评绝不是利用"文学"，而是从文化的视野来看文学，"这不仅要求我们通过文化的平台进入文学，还要求批评家能将文学作为文学即语言艺术来对待"②，文学文本中所蕴含的政治、历史、哲学、宗教、道德、伦理等内容，并不能替代文学自身的审美价值，或者换个角度来说，文学文本的文化价值很多时候是通过文学审美元素才呈现出来的。例如，肖慧在《记忆·成长·乡土:〈赤脚医生万泉和〉的另类书写》中细致解读了作家范小青小说《赤脚医生万泉和》的白描手法、介于顺口溜和打油诗之间的文体、超现实主义的艺术技巧等文学元素，认为正是这种文学叙述使《赤脚医生万泉和》承载了中国社会的历史

---

① 孟登迎:《"文化研究"的英国传统、美国来路与中国实践——兼析"文化研究"进入大陆学术思想界的历程》,《文艺理论与批评》2016 年第 1 期。

② 徐岱:《作为方法的文化批评》,《文艺研究》2015 年第 7 期。

成长记忆、乡土想象、地方性知识权力结构、当下中国社会转型尤其是医疗制度改革和乡村建设等主题。万泉和最终变成现代社会里的"多余人"，成为现代技术话语取代传统话语的符号象征，但又因为小说情节及开放式结局中的超现实主义元素，整个文本并未流露出一味的悲观绝望，而是在"文化杂种"的隐喻中"向读者揭示出错综混杂的历史遗产的日常轨迹，并开启了一个别样的希望的空间"①。由此可见，文学文本中所呈现出来的社会历史文化内涵正是借由其文学叙述技巧实现的，文化批评依然没有放弃自身对文学审美元素的"理想化情结"。此外，文化批评所有的批判性也来自其自身的乌托邦追求，即"坚持用想象未来的乌托邦主义视野发现当下矛盾和困境，并通过坚守对当下困境和矛盾的开掘，致力于建构更好的未来的能力"②。

最后，文化批评的精英主义坚守还体现在其丰盈的想象力（理论想象力）上面。正如阿尔都塞所言，一切理论的创新和发展都起源于新的"问题意识"。从法兰克福学派的"文化工业"理论开始，文化批评就非常关注文学艺术活动中丰富复杂的意识形态内涵。就当代中国文学批评实践的发展历程来看，20世纪80年代之前批评主体们的"问题域"更多地集中在政治话语范围，"文学与政治的关系"是文学批评的主要研究对象和评判标准。20世纪90年代以后，社会经济文化语境发生转变，文学艺术活动越来越多地受到现代化社会中快速发展的商业性的影响，"以政治为中心"逐渐向"以经济为中心"转变，文学批评开始寻找新的"问题域"，并以此为中心展开理论想象和衍生，由此促发了文化批评的产生。周志强在《文化批评的政治想象力》中提到："文化批评总是要面对一个单独的事件，而也总是能够透过每一个事件的不同细节，把一个文本置放在更加宏大的总体的历史进程当中去，以此来凸现文本中原本被压抑、被隐藏的、看不到的东西。"③ 正是从这种总体性的理论想象力出发，文化批评找到了由文学审美和乌托邦主义共同构成的"理想化情结"这一新的问题域，衍生出自身广阔的理论视野

---

① 肖慧：《记忆·成长·乡土：〈赤脚医生万泉和〉的另类书写》，载陶东风、周宪（执行）主编《文化研究》第11辑，社会科学文献出版社2011年版，第148页。
② 周志强：《文化批评的政治想象力》，《南京社会科学》2014年第9期。
③ 同上。

和独特的批判意识。例如，李力在《全球影视文化中建构知青的视觉政治：解读知青电影〈秀秀〉和〈小裁缝〉》中从"如何更好更恰当地构建华语电影在世界影坛中的位置"这一具有乌托邦理想主义的问题域出发，发现英美市场上流行的华语电影不外乎三种景观：贫穷落后的景观（《秋菊打官司》《一个都不能少》等）、异国东方情调的景观（《黄土地》《红高粱》等）和专制压迫的景观（《菊豆》《大红灯笼高高挂》等），均不是真正彰显华语电影民族文化特色的内容，或者对这些内容完全无视。为了迎合西方的这种猎奇心理，外籍华人导演在拍摄知青题材的话语电影时，也往往倾向于选用"暴力"、"情色"、"压制"等元素（如旅美华人导演陈冲的《秀秀》），或者选用充满古老风俗和文化传统的东方异国情调景观（如旅法华人导演戴思杰的《小裁缝》），这些策略显然不利于话语电影在世界影坛开拓更广阔的文化想象空间。批评家的批判意识恰好来自其对更美好理想世界的追求，以及丰富的社会文化学、后殖民主义、女性主义理论等理论视野和想象力。批判意识、理想化情结和理论想象力，是文化批评的精英主义意识的最好阐释。

第三节　大众文化视野中的文学批评与文化批评

与精英文化和主流文化相比，大众文化本身就是孕育当代中国文化批评的温床。面对快速兴盛的大众文化及其影响下不断更新的文学现象，当代中国文学批评曾经熟悉的政治话语和向内审美话语出现了失语。为了更有效地对骤然出现的商品性、杂糅风格、超文本、碎片化等文学文本新特征进行跟进和分析，寻找文学批评新的生存和发展空间，文化批评才应运而生。有学者提出，20 世纪 90 年代以来，随着视觉文化、图像文化趋势的蔓延，文学不再是文化的中心，影视、广告、互联网信息等新媒体文本渐次成为文化意义生产和消费的主导性载体，"现实世界日益复杂化，新的社会形式、生活方式与文化形态层出不穷，使得中国人文知识分子对此产生了'阐释的焦虑'，他们迫切需要能够解释这个变化着的世界以及知识分子在其中的新位置的思想武器与知识资源，而局限于内部研究的传统文学研究范式显然已经很难胜任这项任务"①。于是，一部分学者干脆离开文学批评进入"广义"的文化研究，另一部分学者则尝试着把文化研究的理论视野和方法引入文学研究，产生了文化批评。

除了孕育和滋生了文化批评之外，立足大众文化视野还能使我们更客观地审视文化批评的时代及其与文学批评的关系。首先，与传统文学批评方法相比，文化批评具有更宽容、更多元的学术姿态。大众文化涵盖范围之广，使当代文学文本中容纳了越来越多的元素和话语，文化批评也因而需要提供更丰富的研究视野和理论方法。例如对文学文本所呈现出来的社会关系，文化批评就不再简单地将之归结于经济资本差异带来的阶级关系，而是借用布尔迪厄的理论，在经济资本之外更考虑到社会资本、文化资本及其相互之间的转化。对于政治，文化批评更是引入了性别、种族等更丰富的理论视野，超越了阶级斗争的宏观政治视角，从"微观政治"入手分析更加细微复杂的政治权力关系。弗克马、蚁布思曾经指出，张贤亮的《男人的一半是女人》主要靠性爱描写吸引当时的中国读者，但西方读者的兴趣却主要集中在小说所描写的当时的中国农村生活上。正是在这种差异化解读中，我们可以更全面地了解文学文本所涵盖的文化诗学。从这一视角出发，我们会发现文化批评的多元化解读策略，例如，刘胜枝在《身份、话语与意识形态——文化研究视野下的当代女性杂志》中分三个阶段分析了新中国成立后女性杂志的发展，认为影响女性杂志所倡导的女性价值观念的元素涉及政治、商业、传统文化、消费观念等，新中国成立后的女性杂志在这些元素的共同制约下，"经历了分别以政府力量、读者力量、商业力量为主导的演变过程"②。再如，孙萌的《看与被看之间：华人女性与窥视快感》以华人女性形象的塑造为切入点，认为好莱坞电影把貌似繁多的华人女性形象按照狂热、憎恶、友善三种态度建构成某种"集体想象物"，用来投射西方人对中国的欲望与恐惧，呈现出强烈的东方主义和种族中心

① 陶东风：《论当代中国的文化批评》，《学术月刊》2007年第7期。
② 刘胜枝：《身份、话语与意识形态——文化研究视野下的当代女性杂志》，载陶东风（执行）、周宪主编《文化研究》第7辑，广西师范大学出版社2007年版，第151页。

主义，而真正的东西方文化交流恰恰是要打破这种权力运作下的机制，实现真正的平等与协作。可以说，文化批评广阔的理论视野使其可以从文学文本中挖掘出各种错综复杂的社会文化内涵，提供更多元化的阐释途径和理解空间。但也正因如此，文化批评有可能陷入一个困境，即无论面对什么样的文学文本，都可以解读出诸多丰富的社会文化元素，从而遗失了对文学文本自身审美价值的判断。一些关于"文化批评驱逐文学批评"的误解或争论，也与此相关。

其次，与传统的文学批评方法相比，文化批评更重视文学文本生产、传播、接受过程中的技术元素。自本雅明提出机械复制时代的文学艺术新特质以来，文化批评一直关注新的生产方式对文学发展的影响。近年来，文化批评及时发现并跟进分析了网络文学、手机文学、微博文学、微信文学的创作和传播特点，及其影响下的文学发展新特质。例如，在微信文学出现不久，就有学者用文化批评的方法及时总结了微信文学的三种形态：新媒体创作意义上的微信文学、传播学意义上的微信文学和创作选材意义上的微信文学，认为微信文学拓宽了文学创作的审美路径，开启了多媒介审美的功能取向①。此外，文化批评还最大限度地使用了各种高科技载体，除了在传统的学术期刊上发表以外，还充分利用网站、博客、微博、微信等新媒体平台，加快自身的传播速度、提升批评的影响力。尤其是通过微博、微信运行的自媒体批评，大多属于文化批评范畴。这种互联网技术的发展，甚至深刻影响到自媒体批评的风格，使其逐渐具备了碎片化、后现代、超文本等风格特征。一个很有趣的现象，目前一些正在悄然兴起的以文学艺术评论为主题的微信公众号，在进行批评时往往采用文字、图片、GIF 动态图、音频、视频等多种文本形式交融的超文本形式，形成了自己独特的新媒体风格。从这个角度来说，文化批评通过自媒体批评这种形式成为文学技术发展的即时跟踪者、分析者和践行者。

再次，与传统的文学批评方法相比，文化批评更张扬文学活动的商品性、大众性和时代性。譬如对网络文学作家常年占据"作家富豪榜"

---

① 具体论述参见欧阳友权《微信文学的存在方式与功能取向》，《江海学刊》2015 年第1 期。

的现象，文化批评并未先入为主地认为谋求利益必然带来文学审美性的缺失，而是在承认文学活动商品性的基础上深入探析造成这种现象的时代文化心理。又如面对图像、视觉文化的盛行，文化批评能较快接受这种时代趋势带来的文学变革，对文学的视频化转向、碎片化转向进行更理性的剖析。周宪的《视觉文化的转向》聚焦当下中国的文学文化现象，饶有趣味地解析了视觉消费、虚拟现实、读图时代、时尚设计、奇观电影、老照片、身体审美化等问题，可谓是对当下文化较为客观理性的审视与辨析，更为当下的文学文化批评提出了新的"问题意识"。相对于西方文化批评的逐层深入、长线发展，当代中国学者对文化批评的理论接受、传播和实践几乎是与时代同步的。

最后，同样由大众文化的原生性决定，文化批评也天然具有世俗化、模糊化等缺陷。有的时候，文化批评会在各种外在因素的影响下失去自己的独立性和判断力。有的时候，文化批评也会在浩瀚的研究对象中迷失自我。因此，有学者提出要建立并完善文化批评过程中的"文化诗学"："艺术文化作为一种特殊社会实践的特质，就在于对作为一种意识形态特殊的社会政治思想建构拥有某种超越性。应当从这一层面上来理解视艺术活动为审美意识形态的真实含义。"① 所以梵高《农鞋》的价值不仅在于表达了对劳苦大众的现实主义同情，更在于阐释了一种诗性精神；贝多芬音乐的魅力不仅在于表述了不幸人生的痛苦呻吟，更在于张扬了人类与命运相抗争的精神。文化批评作为一种文学批评方法，更应该把诗意的文化阐释作为批评的出发点和立足点。

总的来说，文化批评是当代中国社会市场经济快速发展、科学技术水平急速提升、消费主义盛行之后，文学批评领域与大众文化、大众文学相应而生的一种批评方法，它和其他批评方法一样，都是文学批评领域不可或缺的一个组成部分。

---

① 徐岱：《作为方法的文化批评》，《文艺研究》2015 年第 7 期。

结　语

　　文学不是困于玻璃房内的精致瓷器，文学批评亦然。20世纪90年代以来，当代中国社会语境发生重要改变，经济的快速发展、科学技术水平的提升、社会政治文化心理的改变……都对当代中国文学批评产生了重要影响。对当代中国文学批评的政治文化生态考察只是当前中国文学批评研究的时代命题之一，其意义在于为当前的文学批评研究提供了一个明确的切入角度和思路。当我们从"问题域"出发，站在某个具体的理论场域中解析纷繁芜杂的批评现象时，往往能找到一些固有的问题、挖掘一些被忽略的现象，发现一些新的机遇。当然，这种理论观照本身也呈现出一种思辨性悖论抑或说是内在张力，譬如关于批评类型的考察，从政治文化生态体系的角度来看，当代中国文学批评拥有坚实的学院派批评和正蓬勃兴起的媒体批评，作家批评相对比较短缺，那么真正的批评生态是要促进三者的协调共进呢还是应该遵循时代的规律强化某种更具时代特色的批评类型？如果是后者，更具时代特色的批评类型又由谁来决定和认可？关于文学批评的理论研究又将如何有效影响批评实践，并在和批评实践的互动中真正促进文学批评乃至文学创作、文学传播、文学接受等文学整体活动的进展？又如关于文学批评精神的讨论，若以文学批评的政治文化生态体系为衡量标准，当代中国文学批评应在坚守马克思主义文艺理论的基础上致力于更具"中国经验"的本土变革和理论创新，同时谨慎面对新媒体语境带来的平民化、世俗化倾向。然而在实际操作过程中，依然会遇到各种具体困难和问题，如有学者提出，新媒体时代语境带来的变化不仅仅是批评要不要世俗化的困惑，而是要从根本上改变文学批评的评价标准和价值体系，旧媒介成为新媒介的"内容"，"文学性"需要重新被界定，"这不仅意味着研究范围的大幅度拓展变化，研究方法的全面更新，同时也意味着研究态度发生根本性的变化——我们不再被要求保持中立的、客观的、专业的'学院派'超然态度，而是被召唤'深深地卷入'"①。这就意味着在对当代中国文学批评精神进行政治文化生态体系研究时，首先要考虑到各种制约文学批评精神的时代元素本身的自我生长状况。

　　换句话说，对当代中国文学批评进行政治文化生态研究的意义之一，恰好在于研究过程中涌现出来的各种问题能够促进文学批评研究的进一步延伸。例如，关于文学批评究竟是要"去政治化"还是要避免过于"内部审美化"的争议，有一批学者在强调"文艺的本质是审美、文艺研究要遵循审美主义原则"的前提下，对近年来文艺研究中的"唯美主义倾向"提出质疑，认为这种倾向"将文艺的审美性无限扩大，膨胀为文艺的全部本质规定性，割裂了文艺与社会生活的必然联系"，而"任何文艺活动不过是产生于一定历史时期社会物质条件下的意识形态形式，是不可能超然于历史限制的审美性存在"②。由此，有学者提出要反对文艺理论研究的"去政治化"倾向，倡导要坚持马克思主义文论的总体性、批判性原则，"通过对文学文本的审美形式、叙事模式和叙事策略的考察来揭示其中隐藏的政治无意识"③。与此同时，也有学者指出，近年来我国的文艺研究在充分实现现代化转换的过程中反而屏蔽了原有的文化经验和审美需要，当代中国文学批评的问题不在于是否要"去政治化"，而在于是否能从中国本土经验出发，将文学的内部研究和外部研究融为一体。对于这一问题，政治文化生态视角的引入能使我们跳出争论的双方，从另外一个角度发现问题的根源恰好在于中国传统文化元素的失语：相较于中国当代强烈的政治文化意识干预和充足的西方文化研究理论介入，文学研究的"内部审美"标准——如中国古代文论对文学欣赏的直接性、感悟性的全面解读——在当代中国文艺研究话语体系中长期处于失语状态。因此，如何进一步挖掘中国文学批评理论的本土资源，促进文学批评观念、文学批评标准的生态发

---

①　邵燕君：《新媒体时代的文学批评》，《文艺理论与批评》2014 年第 5 期。
②　杨杰：《近年文艺研究的方法论反思》，《文艺理论与批评》2015 年第 4 期。
③　李龙：《对当下马克思主义文论研究的一点思考》，《文艺理论与批评》2016 年第3 期。

展，依然是当代中国文学批评生态研究需要进一步探讨的重要话题。

除此之外，当代中国文学批评如何进行本土化创新问题，批评研究是否存在"理论预设"、"强制阐释"问题，文学批评生产机制如何有效推动文学批评生产问题，文学批评能否利用新的传播途径和文学创作进行良性互动问题……都是在当代中国文学批评的政治文化生态研究中涌现出来、需要进一步进行理论反思和研究实践的命题，当代中国文学批评的政治文化生态研究既为当前的文学批评研究提供了一种具体的研究思路，也蕴育着更为鲜活的文学批评研究命题。

附录一　从壁垒森严到互联网链接

——中国现代化进程中社会调查的一个图景

新世纪以来，中国社会科学出版社连续出版"中国国情调研丛书"（包括村庄卷、乡镇卷等），社会科学文献出版社推出系列蓝皮书（如《经济蓝皮书》《社会蓝皮书》《法制蓝皮书》《传媒蓝皮书》《社会心态蓝皮书》《民调蓝皮书》等），社会调查类图书逐渐成为一个引人关注的图书出版热潮。一个值得注意的现象是，随着社会经济水平的提高、科学技术的发展和现代化、城市化进程的推进，社会调查类的主体对象逐渐呈现出从农村向城市转移、从传统农业生活向现代网络生活转移、从中产阶层向底层以及以 90 后为代表的青少年群体转移的特点。

在很长一段时期内，中国乡村生活都是社会调查类图书关注的重点。费孝通在《江村经济——中国农民的生活》中提到，在影响中国经济生活变迁的过程中，"强调传统力量与新的动力具有同等重要性是必要的"[①]。但是在很长一段时期内，人们关注的乡村更倾向于一个依靠自身传统力量不断更新的封闭性场域，农村的经济、政治、社会生活对传统习俗和地理环境的依赖远远超过外来因素的影响。进入人们观察视野的乡村与乡村之间的最大区别，可能更多地表现为南北区域之间的差别。但进入 21 世纪尤其是 2010 年以后，城市生活对乡村生活的入侵、乡村生活在传统与现代之间的挣扎、城乡结构的二元分化等问题的重要性逐渐凸显出来。《城乡统筹与乡镇城市化——罕台镇的快速城市化之路》（中国社会科学出版社，2011）、《步履维艰的村庄工业化之路——一个中部地区村庄工业发展纪实》（中国社会科学出版社，

---

① 费孝通：《江村经济——中国农民的生活》，商务印书馆 2001 年版，第 20 页。

2013）、《城乡一体化与建制镇发展——江西省樟树市临江镇的国情调研》（中国社会科学出版社，2013）、《工业化、城市化进程中苏南农村经济结构变动及其影响：以无锡市玉东村为个案的研究》（中国社会科学出版社，2014）等著作的出版，预示着乡村生活不再是一块壁垒，而是与现代化城市生活有了千丝万缕的联系。

　　2016 年春节前夕，黄灯的一篇《一个农民儿媳眼中的乡村图景》成为网络热文，作者在文中详细叙述了乡村的养老和医疗、留守儿童、家族传承等问题，再一次将乡村的日常生活和家族命运变迁推向大众视野。需要注意的是，作者在文中虽然流露出对乡村命运的悲观情绪，如打工生活朝不保夕、贫二代难以真正脱困、农村土地大量流失等，但我们仍然可以清晰地看到现代化城市生活对传统乡村生活的渗透，譬如乡村青少年大多倾向于到大城市打工、换智能手机的频率不亚于城市青年、通过网恋完成婚姻等。这种变化在近年来的社会调查类图书中体现得更为明显。《农民工生存与发展状况调查报告》（社会科学文献出版社，2015）、《中国乡村调查：农村居民媒体接触与消费行为研究》（高等教育出版社，2015）、《从农民到市民——城市化进程中失地农民市民化问题抽样调查研究》（上海社会科学出版社，2015）等书从不同角度论述了城市化进程对乡村生活的冲击，尤其是"农民工"这一城乡一体化进程中涌现的新兴群体，成为具有标志性的关注对象。

　　吕途在《中国新工人迷失与崛起》中将"农民工"称之为"中国新工人"，认为 20 世纪 70 年代及以前出生的第一代进城打工者依然把农村当成自己的归宿，20 世纪 80 年代出生的第二代打工者在城市生活和农村生活之间长期迷茫，20 世纪 90 年代出生的第三代打工者则希望在城市落脚生根[①]。这种代际之间的变化很明显透露出乡村向城市倾斜的趋势。同样是农村生活消费，费孝通《江村经济——中国农民的生活》中记录的 20 世纪 30 年代中国农村的消费观念是"安于简朴的生活"，并且鼓励节俭，无论家庭条件如何，"在日常生活中炫耀富有"都是被谴责的，并不会给人带来好名声，相反还会招致祸事。而到了 21 世纪，进城打工的农民工很快会受到当地生活水平和消费水平的影

----

① 吕途：《中国新工人迷失与崛起》，法律出版社 2013 年版，第 10 页。

响，花钱开始大手大脚，追求个人生活享乐。打工时间长了，打工者就会"用此时和当地的工资水平和生活水平来感受对工作和生活的满意程度，而如果社会和企业继续用移民工原来和老家的状况来衡量打工者的待遇，就会产生断层，就会产生诸多的失衡和社会问题"①。

有趣的现象对比背后，往往隐藏着意味深长的文化内涵。在漫长的20世纪中，中国的乡村生活虽然受到各种外来因素的冲击，但根深蒂固的传统文化习俗、发展并不成熟的现代化城市和城乡之间职业、阶层的难以流动都使农村生活的改变停留在隔靴搔痒的表象层面。甚至某种程度上，城市化进程反而会受到农村生活习俗和文化传统的牵扯。而到了21世纪，随着全球化、现代化、网络化进程的加快，城乡之间的流动性加强，农民工进入城市生活的途径更加多元且便捷，城乡之间的二元对立结构被打破，随之涌现出来的，是社会阶层的调整、社会资源的纷争和社会场域的重新分割。

按照布尔迪厄的社会区隔理论，"所有的文化符号与实践——从艺术趣味、服饰风格、饮食习惯，到宗教、科学与哲学乃至语言本身——都体现了强化区隔的利益与功能。为了社会区隔而进行的斗争，是所有社会生活的基本维度；而一个更大的问题是个体、群体以及机构（特别是教育系统）之间的权力关系问题"②。当传统的农民纷纷进入城市成为农民工/新工人之后，他们遇到的最重要的问题是和城市里固有阶层之间的"权力"抗争。在布尔迪厄所论述的三种资本中，农民工对社会资本的享用相对来说更为便捷，商场、公园、社区等公共空间为他们敞开了同样的大门，城市生活的节奏正日益改变着他们的习性，尤其是对第三代打工者来说，没有经历过土地劳作的他们更容易接受现代化城市生活带来的人生观和价值观。但是深入来看，进入城市的农民工并不能真正享有城市里的文化资本和经济资本，农民工的子女通常被留在老家成为留守儿童，他们在资本浪潮中也大多属于被雇佣群体，只能被资本驱动却无法占有资本，他们的祸

---

① 吕途：《中国新工人迷失与崛起》，法律出版社2013年版，第210页。

② ［美］戴维·斯沃茨：《文化与权力：布尔迪厄的社会学》，陶东风译，上海译文出版社2006年版，第7页。

福、存亡都只能依赖于市场对劳动的需求。按照布尔迪厄的理论，"一般情况下，经济资本似乎更容易转化为文化资本与社会资本而不是相反"①。从这个角度来说，对城市社会资本浅尝辄止的使用在多大意义上能促使农民工真正融入城市生活进而带动乡村生活城市化的步骤，始终是个值得质疑的问题。所以我们看到的相关调查研究中，更常见的是对农民工生存状况、消费方式、婚姻家庭等社会生活的现象描述，在阶层重新分化的当代中国，农民工的话语诉求其实是缺席的，这种无声状态"不仅是文化、教育及技术背景的落差造成的，也是一个重构阶级关系的政治过程造成的"②。

当然，农民工在进入城市以后并不是完全被动的，他们在日常生活中通过与城市、资本、故乡、家庭、朋友之间的复杂关系积极主动地表达着自己和群体的意愿，并进而影响到乡村生活。一个值得注意的现象是，各种调查研究显示，无论是生活在城市还是乡村，传统意义上和"市民"这一指称相对应的"农民"在接受网络、智能手机以及与之相关的新媒体生活时几乎和城市居民同步。在《中国乡村调查——农村居民媒体接触与消费行为研究》一书中，我们可以看到广播电视媒体、互联网媒体、手机媒体、户外媒体等全媒体对乡村生活的全方位影响，以及乡村居民在消费观念和消费方式上的现代化更新。近年来，从遍布县城、乡镇和农村的网吧、网咖，到随时更换的智能手机，再到逐渐下乡进村的网购业务，无不显示出网络世界对当代乡村生活的冲击。

是什么原因造成曾经壁垒森严、现在依然很难在经济资本和文化资本上拥有话语权进而缺席政治表达与诉求的乡村居民首先在更具有全球化、现代化气息的互联网世界里实现了艰难的突破？这其实是更值得我们思考的问题。马克思在分析生产与消费的关系时曾经指出，生产、分配、交换和消费这几个要素共同构成了社会生产的进展过程，其中，"生产既支配着生产的对立规定上的自身，也支配着其他要素。过程总是从生产重新开始。……一定的生产决定一定的消费、分配、交换和这

---

① ［美］戴维·斯沃茨：《文化与权力：布尔迪厄的社会学》，陶东风译，上海译文出版社2006年版，第93页。

② 吕途：《中国新工人迷失与崛起》，法律出版社2013年版，第7页。

些不同要素相互间的一定关系"①。反过来,生产行为只有通过消费过程才能最终完成,而消费又创造出新的生产需要,为生产提供内在动机。从这个角度来看,正是在科学技术水平飞速提升的促使下,互联网生活的出现和普及某种程度上改变了原有的生产力和生产关系——当然,互联网的兴起和全球化、现代化的快速发展等元素密切相关,正是不断推进的现代化进程造成了农村土地的逐步流失,传统的宗教文化、乡村旧宗族的半自治制度渐次失效,新一代乡村居民不再安于旧有的生产力、生产方式和生产关系,他们在无法直接掌握社会话语权的前提下通过超前性的消费来进行自己的话语表述,正如斯图尔特·霍尔和托尼·杰弗森等人在20世纪70年代所研究的青年如何通过嬉皮士、摩登派、摇滚派、朋克等来反抗主流文化一样。从这个意义上来说,对农民工、乡村居民的婚姻家庭、工作选择、居住条件、消费状况等日常生活的调查研究,确实为我们提供了一个借以窥探全球化、现代化进程中的中国社会变迁的图景。

与乡村居民生活习性的变化相似,当代中国青少年在从亚文化向主流文化进阶的过程中,最先找到的自我意愿表述途径也是互联网世界。《移动中的90后——90后大学生媒介接触行为、生活形态与价值观研究》(机械工业出版社,2014)一书详细描述了90后大学生对电视媒体、电影媒体、报纸媒体、杂志媒体、广播媒体、互联网/移动互联网媒体的使用状况,发现互联网/移动互联网是当代中国青少年最常接触和最信任的媒体。而互联网/移动互联网生活也确实深刻影响了90后青少年的生活习惯、消费观念、语言方式等日常生活,例如更加积极的主体表述意愿,更倾向于后现代化、游戏化的语言风格,参与社会公共生活更加主动等。可以想见,当伴随着互联网成长起来的90后进入主流社会以后,当农民工们的消费方式开始对其生产生活产生反作用以后,必然会有一些新的元素出现。

年鉴学派第二代代表人物布罗代尔曾经提出,"日常生活"既是决

① 马克思:《导言〈摘自1857—1858年经济学手稿〉》《马克思恩格斯全集(第二版)》第12卷,中共中央马克思恩格斯列宁斯大林著作编译局编译,人民出版社1998年版,第749—750页。

定人类历史进程的长时段结构的直接呈现者，也是影响人类历史进程的中时段局势，有些看似改变人类命运的重大历史史实甚至是由日常生活决定的，例如"欧洲人之所以没有坚持夺取黑非洲国家，这是因为他们在海岸边就受到'恶性'疾病的阻止：间歇的或持续的发烧，'痢疾、肺痨和水肿'，还有许多寄生虫，所有这些疾病使他们付出了十分沉重的代价"①。因此，社会变迁、阶层变化包括秩序调整，最初都能从对日常生活细微变化的调查研究中看出端倪。这既是为什么近年来社会调查类图书钟情于"日常生活"的主要原因，也是社会各阶层、各行业、各场域进行进一步社会调查的关键点。

---

① ［法］费尔南·布罗代尔：《15至18世纪的文明、经济和资本主义》第一卷，顾良、石康强译，生活·读书·新知三联书店2002年版，第42页。

附录二　从文化生态视角看新世纪以来的湖北文学创作[*]

鄂军一直是当代中国文坛上的活跃力量，新世纪以来，随着市场经济的发展、科学技术水平的提高、全球化程度的增强，湖北文学创作呈现出多元化的发展态势，文学精神、文学语言、文学形态都在悄然发生变化。面对各种新涌现的文学现象，从文化生态的视角介入，分析新世纪以来湖北文学创作的生存状况，有利于更好地把握和促进湖北文学创作的和谐发展。

"生态学"源自于19世纪60年代，原本是一个人类学与生态学的交叉学科，研究生物与环境之间的关系。20世纪中叶以后，美国的斯图尔德提出"文化生态"概念，其主旨是研究环境对文化的影响，由此研究不同种族、宗教的地域环境制约因素。到了20世纪90年代，文化生态学开始进入"大文化"的研究视野，一方面继续研究社会环境、制度对文化的影响，另一方面也开始纵向研究特定社会文化体系内部各个子系统文化形态之间的关系。按照"文化生态"的理论，在一定的历史时期中，社会的整体文化状况会受到政治、经济、制度等社会环境的影响和制约；同时，社会大文化系统是由其内部各个子系统文化形态共同组成的，这些子系统文化形态之间具有相互联系、相互影响、相互制约的关系，整个文化大体系的和谐发展必须依赖于各个子系统文化的和谐发展。

具体到当前中国，文化生态体系应考虑以下几个文化子系统：主流文化、精英文化和大众文化。这三种文化形态既各有特点，又相互影

---

[*] 本文发表于《文艺新观察》2015年第12期。

响。如市民文化，既发端于民间大众文化，又在一定程度上接受精英文化和主流文化的制约。从当前中国社会的文化生态体系内部构成来看，主流文化、精英文化和大众文化正在各负其责的基础上相互交融、相互影响。其中，主流文化转移到幕后，主要进行宏观调控。比如说通过文学评奖制度或者内在的文化制约等来影响文学创作——如作为当代中国最高文学奖项的"茅盾文学奖"，在评奖标准中把"有利于倡导爱国主义、集体主义、社会主义的思想和精神"作为首要条件，提倡关注那些"深刻反映现实生活和人民主体地位、弘扬社会主义核心价值体系、体现民族精神和时代精神、塑造社会主义新人形象"的作品，无形中对当代的文学创作起到一定的导向作用。而精英文化则借助西方文化思潮重新崛起：新时期以来，各种西方哲学、美学、文艺思潮的涌入引起了文学界对"文学内在性"的高度重视，长期被"政治话语"掩盖的知识分子的文学先锋意识、公共知识分子的社会责任感等精英情怀被重新唤起。同时，受市场经济影响，精英意识中的独立性、质疑性又遭受到消费文化的全面冲击。此外，随着消费主义意识的兴起，大众文化以商业流行文化的形态全面兴盛，曾经隐藏的民间、大众意识逐渐成为显在元素并对其他文化形态产生影响。通俗易懂、消费娱乐、日常生活、平民意识不但具备了自身独立性，而且深刻影响到主流文化、精英文化的运作——如《建国大业》《建党伟业》等主旋律影片借用明星效应吸引观众，越来越多的学者走上电视、通过媒体包装产生"学术明星"等。

主流文化、精英文化和大众文化的存在状况与相互关系，深刻影响到新世纪以来湖北文学创作的发展，其具体表现主要有以下几个方面：

一 主流文化的幕后调控

主流文化是当代中国社会文化生态体系的核心，是指一个民族、时代或地域遵循主导生产方式、顺应历史发展而形成的文化精神主流，它由国家意识形态所控制，在任何稳定的社会历史时期都占据着主导地位，通过主流文化的载体承担着引导精神文化总风向、稳定社会意识的作用："文化实乃具有阶级属性，任何时代的主流文化必定为主流支配阶级所有。"① 一个较为成熟的社会文化生态体系需要用"主流文化"来引导社会文化的整体走向、凝聚社会成员的力量,"主文化对绝大多数社会成员形成和选择根本的价值标准、行为规范、思维方式等影响极大。一个社会的主文化模糊不清或受到削弱,社会成员就会无所适从,有失落感,社会就会陷入失控状态"②。具体说来,主流文化主要表现为推行社会主义核心价值观、爱国主义主旋律和正确的历史观、民族观、国家观、文化观。

就湖北的文学创作而言,主流文化有着深厚的历史根基,正史、军旅等爱国主义题材和主旋律基调一直是湖北文学创作的重要组成部分。姚雪垠的《李自成》用宏伟的叙事架构、广阔的社会场景和英雄主义的历史人物形象,打造恢宏的史诗巨著,总结历史经验教训,记录重大历史事件和人物,强调中国社会历史和文化所呈现出来的重要价值意义。邓一光的《父亲是个兵》《我是太阳》开启了革命英雄主义叙事模式,以关山林为代表的战斗英雄呈现出强大的英雄主义和硬汉精神,用"无论任何挫折打击都无法击垮的太阳精神"激励人们去迎接生命中的任何挑战,充满浪漫主义激情。在湖北诗坛,诗人们在新中国建立初期就建立了共和国颂歌的主调,绿原的《江南春早》、贺捷的《祖国,我响应您庄严的号召》、李季的《菊花石》、李冰的《赵巧儿》《刘胡兰》都是此时期脍炙人口的代表佳作。"文革"中断了诗人们的政治抒情诗写作,但新时期拨乱反正以后,以叶文福的《将军,不能这样做》、熊召政的《请举起森林般的手,制止!》、白桦的《阳光,谁也不能垄断》等为代表的政治抒情诗再次轰动文坛,继续用饱满的政治热情面对重大社会问题和严肃的社会事件,显示出强烈的批判精神和忧国忧民的文人情怀,可以说,此时期的主流文学创作中,融入了较为浓厚的精英文化元素。

新世纪以来,随着社会政治经济水平的提升、市场经济的发展和公民主体意识的增强,湖北文学创作中的主流文化元素开始从显在的主题

① [英]阿兰·斯威伍德:《大众文化的神话》,冯建三译,生活·读书·新知三联书店2003年版,第37页。

② 郑杭生:《关于当前文化发展模式的几点思考》,《人民日报》1994年6月9日。

渲染转为内在的幕后调控。一方面，受茅盾文学奖、鲁迅文学奖等评奖制度制约，表现历史变迁、思考时代命运、关心民生疾苦成为新世纪以来湖北长篇小说创作的一大趋势，熊召政的《张居正》、刘醒龙的《天行者》、方方的《武昌城》等，正是这一创作潮流中涌现出的优秀作品。另一方面，无论是在长篇小说创作中，还是在中短篇小说以及诗歌、散文创作中，作家们都开始挖掘各种人物和事件背后具有感召和引导意义的文化内涵，其最鲜明的体现就是近年来湖北文学创作中越来越强烈的"楚文化"精神。熊召政在《张居正》中用了大量的笔墨去渲染张居正身上的"楚文化"性格特征，为苍生谋福祉、大胆革新勇于实践、刚毅执着入世进取……无一不是楚文化在去芜存菁之后的历史传承，也是当代楚文化所追求的时代精神的意识形态引导。无独有偶，刘醒龙在《天行者》中所谱写的民办教师的理想主义精神、邓一光在《我是我的神》中所谱写的具有时代气息的英雄主义情结，也都体现了楚文化中积极进取、筚路蓝缕、自强不息、包容开放、开拓创新的主流文化元素。

　　同样的主流文化内在指向，也体现在新世纪以来的湖北散文和诗歌创作中。熊召政的散文集《文明的远歌》用优美的文笔去挖掘中国传统文化的精髓、倡导主流价值观，成为教育界人士极力向中学生推荐的散文佳作，其中《烟花三月下扬州》《饮一口汨罗江》两篇散文还分别入选湖北省和江西省 2010 年高考语文阅读赏析题目。正如《文明的远歌》的责任编辑安波舜所说，"熊氏散文中的境界虽说没有世俗的、小布尔乔亚的委婉和抒情，但其拙朴和高远，其儒家的忧患和快乐观，深深地埋藏在我们的血脉当中，是黄种人的遗传基因。因此，有传承基础和价值"①。在诗坛，民间诗人何炳阳的《东方之鼓》，立足"小我"去关注和书写"大我"，塑造出一系列具有宏大色彩的中国意象，如"鼓"、"风"、"酒"等，浓重激昂，呈现出浓郁的荆楚文化气息。谢克强的《三峡交响曲》以三峡工程为抒情对象，尽情渲染这一重大社会发展和经济建设事件所激发出来的顽强拼搏和无私奉献精神，具有时代壮美的大气象。

---

① 安波舜：《熊氏散文的魅力》，《太原日报》2011 年 3 月 14 日。

　　主旋律创作向来是湖北当代文学的重头戏,从社会历史和政治经济语境的时代发展来看,20世纪四五十年代时期的整体风格是正面讴歌,"文革"期间由于历史原因出现断裂,新时期则呈现出强烈的反思精神和批判意识。进入新世纪以来,随着政治民主和法制化建设的推进,社会矛盾在很大程度上得到缓解,人们表达民意的渠道增多,直抒胸臆式的批判性文学作品逐渐减少。同时,面对公民主体意识的提升和个性主义的盛行,主旋律创作若想获得更多的认同,必须舍弃自上而下的意识形态灌输,转而从内在的文化心理层面入手,通过与大众民间文化元素的融合,来吸引读者、宣扬主流文化观念。从这个角度来说,当代湖北文坛的主旋律创作在对"楚文化"的内涵把握和继承更新上有较好的突破,但在吸收大众民间文化元素的通俗性、平民性方面还有较大的提升空间。

二　精英文化的时代转向

　　与主流文化相比,精英文化追求的是启蒙、自由、真理或永不妥协的质疑精神,认为"充分发达的意识文化只能是精英的财富,大多数民众不可能有意识地去分享这份少数人的文化财富"[①],不管是在民族危急时刻,还是在物化意识愈演愈烈的后现代消费社会,这种超越日常生活的现代批判意识都具有启迪民智的社会功用。很多时候,正是这种精英意识引发了知识分子对边缘生活、弱势人群和社会黑暗问题的关注,如果没有这些精英文艺的表述者和精英知识分子的坚守,中国当代社会将会在后现代消费意识的浸泡下逐渐异化变质。

　　一直以来,湖北的文学创作都呈现出浓厚的精英文化气息,包括前面所述的主旋律创作,很大程度上都源自作家们胸怀天下、忧国忧民的知识分子情怀。而与曾经在20世纪80年代中国文坛盛行的现代主义——先锋文学相比,湖北文坛的精英文化色彩主要体现在"现实主义"文学精神和创作风格上。熊召政之所以选择张居正作为小说的主人公,是想通过对张居正及其"万历新政"改革的重新思考,达到"前事不忘,

---

　　① 〔英〕迈克·费瑟斯通:《消费文化与后现代主义》,刘精明译,译林出版社2000年版,第193页。

后事之师"的效果，立足点正是现实。刘醒龙的乡土小说揭示了现代
化建设和改革开放给普通的乡村底层民众带来的变化尤其是矛盾，并从
人性、政策、制度等多个层面来反思乡村苦难的复杂成因、深入剖析人
性之善恶。陈应松的"神龙架系列"将人性拷问的笔触伸向近乎与世
隔绝的偏远乡村，在极端困苦的自然生存环境中追问生活之苦和人性之
痛，进而上升到对冷淡与隔膜、欲望与苦难等命题的思索。方方的
《风景》《落日》《黑洞》等用冷峻的笔墨对城市底层市民的粗鄙、恶
俗、麻木、卑贱等进行审视，显示出强烈的精英文化批判意识；其
《乌泥湖年谱》更是以宏大历史叙事的方式，对知识分子的群体形象进
行了集中展示和反思。此外，刘继明的"底层写作"、胡发云的距离叙
事，都体现了知识分子精英文化的现实主义坚守。

进入新世纪以后，在市场经济的冲击、西方文化思潮的影响和文学
接受观念变化的制约下，湖北作家一方面继续沿袭精英文化的现实主义
追求，另一方面也呈现出一些新的时代趋势：首先是"向内转"，即从
外在的社会现实批判转向内在的个体精神锤炼。其次是"向下转"，即
融入了更多的大众民间叙事话语。从前者来说，精英知识分子逐渐离开
了宏大叙事，开始关注个体在历史变迁和现实生活中遭遇的精神困境和
人性挑战。方方的《武昌城》把"武汉会战"这一重大历史事件的讲
述重心落实到不同个体的生命体验上，胡发云的《如焉》深入剖析了
不同个体在面对社会事件时的命运选择，邓一光的《我是我的神》把
之前的激情言说转变为自我的理性审视，刘醒龙的《蟠虺》用一个德
高望重的学界专家的自我重塑来寄寓知识分子的时代坚守……需要注意
的是，这种"向内转"并非转向封闭的、内在的个人情感世界，而是
在个体化的讲述中融入更多的人文关怀和理性反思，指向更幽深的内在
精神世界，回应快速发展的社会所带来的碎片化、消费化、空洞化等时
代问题。

从后者来说，融入民间文化元素一直以来也是湖北文学创作的一大
特色，但在新世纪以前，作家们的精英情怀往往使他们自上而下地审
视、批判民间文化中粗鄙、恶俗的元素，比如说刘醒龙乡土小说对残酷
的乡土生活的呈现和对理想主义的召唤，陈应松"神龙架系列"对极
端困苦的自然生活环境及其孕育出的人性冷漠与病态的批判等。新世纪

以来，随着社会转型，大众民间文化的内涵越来越丰富，尤其是随着城市化进程的加快和消费主义意识的提升，大众民间文化构成元素中的都市意味越来越浓厚，这一方面改变了人们对大众民间文化的传统认知，另一方面也促使作家们重新思索对待大众民间文化的态度。近年来，一些原本持精英主义立场的作家开始注意到大众民间文化自身所具备的生命力，方方的《出门寻死》细诉了一个普通家庭妇女如何在烦琐的日常生活中被压垮，最后却又被同样烦琐的日常生活所救赎。林白的《妇女闲聊录》充分尊重乡村民间的"日常生活"，甚至是日常生活本身的藏污纳垢性，如实再现了农村妇女的婚丧嫁娶、生儿育女、衣食住行等行为，并且不带丝毫知识分子的评判色彩。除了挖掘大众民间文化自身的生命力外，精英知识分子们还注意到了民间通俗故事的时代转型及其对当代读者的吸引，刘醒龙的新作《蟠虺》用一个围绕"真假曾侯乙尊盘"展开的扣人心弦的都市悬疑通俗故事来呼唤知识分子的勇气良知，和人们对利益欲望的抵抗以及对自身的挑战与超越，是一次精英文化与大众文化交融的全新尝试。

当然，立足文化生态体系审视新世纪以来湖北的精英文学创作，我们会发现，精英主义写作的"向内转"和"向下转"还有较大的提升空间。其中，"向内转"应该激发出更丰富的意象和更多元的话语模式，比如说像苏瓷瓷的《第九夜》《李丽妮，快跑》一样，从极端化的精神生活场景中探讨被日常生活压抑的潜意识病态和心理暗区，用"精神病院"式的特殊隐喻进行福柯式的追问。"向下转"则需要更踏实地寻觅日常生活赋予我们的精神力量，比如说像余秀华的诗句一样，"我请求成为天空的孩子/即使它收回我内心的翅膀"，"风把我越吹越低/低到泥里，获取水分/我希望成为天空的孩子"，即便"我只是死皮赖脸地活着"，但我依然具备充足的能量，以至于"有时我是生活的一条狗/更多时，生活是我的一条狗"。对于以抵御消费主义意识入侵为时代责任的精英主义文学创作来说，这两个转向也许是新世纪以来湖北文学创作亟须探索的时代命题之一。

三　大众文化的现代化转型与缺失

大众文化的内在指向是普通大众的平民意识，强调的是世俗日常生活的价值和意义。若用这一标准来衡量，当代湖北文学创作中真正尊崇平民意识、宣扬世俗日常生活价值和意义的作家作品并不多，池莉是其中比较有代表性的一个。同样是呈现都市市民生活，方方的描述中多了几分精英知识分子的审视与批判，池莉却以不无欣赏的态度肯定了人们对世俗物质生活的追求和虽然瑕疵不断却顽强坚韧的世俗生活哲学。

除此以外，在主流文化写作和精英文化写作中，也保留着大量的大众文化元素。陈思和曾在《民间的浮沉：从抗战到文革文学史的一个尝试性解释》中阐释过"民间文化"（大众文化）的三种文化层面："旧体制崩溃后散失到民间的各种传统文化信息，新兴的商品文化市场创造出来的都市流行文化，以及中国民间社会的主体农民所固有的文化传统。"① 若用这一区分标准来看，当代湖北文学创作中的"大众文化元素"由来已久且内涵丰富：刘醒龙的乡土小说中有大量的中国乡镇生活的原生态，甚至表现了处于人性模糊地带的农村日常生活的藏污纳垢性；陈应松的"神龙架系列"在拷问人性的同时也客观描述了一幅幅触目惊心的乡村苦难生活图景；叶梅的小说给人们谱写了多彩的土家人生活和民俗风情；彭建新的《孕城》《招魂》《娩世》具体形象地展示了武汉这座城市的生长史……

但需要注意的是，大众文化本身具有复杂性和异质性，"大众"本身的内在结构也在随着时代变化进行调整。20世纪80年代之前，中国社会阶层结构体系中的"大众"主要是指工农群众，此时期的大众意识主要以民间伦理文化的形态呈现；20世纪80年代以后，随着社会经济的发展、全球化进程的加快和消费社会的来临，中国的社会结构发生变化，尤其是进入新世纪以来，市民阶层和中产阶层逐渐成为"大众"群体，与之相适应的消遣娱乐、通俗易懂、机械复制、传播迅速和复杂异质等成为大众意识的主体，大众文化元素面临着现代化转型的时代命题。从这个角度来审视新世纪以来的湖北文学创作，我们可以看到李修文小说中大量的都市时尚元素，以及这些都市时尚文化元素背后复杂的现代都市人的生活体验；我们可以看到一些作家的作品被改编成影视

---

① 陈思和：《民间的浮沉：从抗战到文革文学史的一个尝试性解释》，《上海文学》1994年第1期。

剧，其创作也在有意识地向传媒靠拢，如方方、池莉、刘醒龙等；我们也可以看到活跃在网络文学界的"匪我思存"的各种凸显时代元素的爱情小说写作……但客观地说，都市时尚、消费主义意识、视觉化审美等新兴大众文化元素还不够充分，新世纪以来湖北文学创作中大众文化元素的现代化转型还远远不够。

大众文化天生的复杂性和异质性使其在不同历史时期具有不同的政治文化功能：在文化类型较为单一、主流权威或精英意识处于垄断地位的情况下，大众意识具有一定的反叛权威、表述民众真实意愿的功能；但在消费娱乐过于泛滥并且成为唯一目标和意义的情况下，大众意识也有可能变成消磨民众个性的工具。从这个层面来说，在某种程度上与消费主义意识保持距离，可能有助于新世纪湖北文学创作继续保持现实主义的文学精神。但随之而来的缺憾，将是与时代的脱节与隔膜，有可能导致文学创作无法与飞速发展的时代对话，丢失其在人们生活中应有的地位与影响。

不同文化元素及其相互之间的关系，会影响到作家的创作心态和创作风格。新世纪以来，湖北文学创作在主流文化、精英文化和大众文化所营造出的文化生态体系中，既有对传统创作风格的继承，也出现了一些新的创作特色与发展趋势。同时，也有一些湖北作家注意到文化生态的平衡，有意识地调和、推动三种文化元素之间的相互影响与良性发展，比如说方方等人近年来成立的小剧场，把一些湖北作家作品改编成话剧，有意识地提升接受者的文化欣赏口味和水平。如何更准确地认知这三种文化元素之间的良性互动关系，持续推进湖北文学创作的和谐发展与时代进步，是新世纪以来湖北文学创作研究中一个不容忽视且极具价值意义的命题。

附录三 中国文艺电影的一个文化症候：从《白日焰火》说起[*]

作为第五部获得柏林电影节金熊奖的中国影片，《白日焰火》不仅成就了中国第一个柏林电影节影帝廖凡，更创造了海外电影节获奖华语文艺片的票房新纪录，上映 20 天票房即破亿，成为"口碑和票房共赢"的影片佳作。不可否认，擒熊成功给《白日焰火》带来了绝妙的市场契机，但获奖并不意味着赢得观众，多年来，在各大国际电影节上风光过的文艺片，如《三峡好人》《孔雀》《图雅的婚事》等，票房都比较惨淡。与这些影片相比，《白日焰火》的成功，归根结底来自主创方"文艺与商业并行"的制作和营销路线，这一策略也使《白日焰火》成为当代中国电影文艺片的一个文化症候。

一 精英主义的文艺内核：拷问人性"真实"

导演刁亦男在接受采访时曾说过，他对生活中"真相与荒谬相纠缠"的情况和人性的多变很感兴趣，而他镜头下的所有人物都游离在现实与梦幻的边界上。《白日焰火》要追溯的，正是这样一种理性与欲望、清醒与迷离、温暖与冷酷相互交织的复杂的人性"真实"。

什么是"真实"？"真实"应该如何表现？一直是各个电影美学流派追问的重大命题之一。意大利新现实主义秉从巴赞的"纪实美学"，提出"把摄影机扛到大街上去"，认为如实记录普通人的现实日常生活就是电影能够做到的"真实"。到了新浪潮，特吕弗、戈达尔等人开始关注现实日常生活中的混乱和无序，提醒观众"真实的生活有很多无

---

* 本文发表于《电影评介》2014 年第 9 期。

逻辑和非理性"。随后，左岸派进一步探讨内在的"心理真实"，《去年在马里昂巴德》用各种意识流镜头、声画对位手法来解读"意识活动"对主体行为的支配作用：无论事情是否真实发生过，只要主体在心里认为它发生过，那它就是真实的存在并且影响主体的外在行动。从某种意义上来说，《白日焰火》正是沿着这一精英主义的思考路线，抽丝剥茧式地追问"人性之真实"。

影片首先要剥开的是消费社会中的"仿真和幻象"，还原世俗日常生活中的真相。所谓"仿真和幻象"，按波德里亚的解释，是指现代社会中的物不再是"对某个领域、某种指涉对象或某种实体的模拟。它无需原物或实体，而是通过模型来生产真实：一种'超真实'"①。在仿真和幻象盛行的年代，人们更愿意接受各种电子工具制作出来的"超真实"，而不是真正的日常生活现实。具体到电影，因为长期以来受戏剧性美学观的影响，观众们已经习惯在银幕上看到各种与现实日常生活相背离的矛盾冲突，比如说截然对立的善恶之分、拥有超能力的英雄人物、超乎日常生活的各种奇特景观和大团圆式的美满结局等。然而生活的真相并非如此，人们在现实中更多地遭遇到日复一日的烦琐、卑微、无奈和隐忍。《白日焰火》要做的，就是如何还原这种鲜活的日常生活"真实"。简易滥俗的理发店里，面对突然从疑犯衣服口袋里掉落的手枪，两个警察茫然无措，意识恢复比子弹要慢得多；被枪声震惊的张自力下意识回头射杀两个疑犯，然而拔枪动作的迟疑、开枪时晃动的胳膊和脸上因惊慌而颤抖的肌肉，如此清晰地勾勒出长期凡俗生活对所谓英雄式人物的浸染。相比于香港电影中那些潇洒开枪、与匪徒激战的场面，这一幕突如其来又仓促收场的枪战，少了许多戏剧性，却因为太真实而让人久久不能平静。

我们太长久地生活在意识形态锻造的想象世界中，要做到真实，着实不易。多年后，被离婚、目睹队友被杀、受伤离职等多重心理创伤困扰着的张自力醉倒在寒冷的哈尔滨街头，一个路人靠近他，关切地问"大哥，你怎么了"时，几乎所有人都认为这是一个温馨的画面。可事

---

① 王先霈、王又平主编：《文学理论批评术语汇编》，高等教育出版社 2006 年版，第787 页。

实是，当路人印证张自力已醉得毫无行动力之后，迅速丢下自己的破旧电动车，骑上张自力的摩托车飞速离去。多么讽刺而又现实的黑色幽默，你在哄然大笑之后，不得不承认这才是极其荒诞的真实。更绝妙的是，导演对人性的剖析并未止步于此。在这场戏之前，是一个意味深长的长镜头，镜头跟着路人的破旧电动车，从张自力身边慢慢驶过，在前方几十米处调头，再次从张自力身边慢慢驶过，几十米后再调头，接近张自力。在这来回两次的"经过"中，你无法感知路人的心理变化，但是镜头用了充分的时间告诉你，这个路人，在用破旧电动车换走张自力的摩托车之前，是有心理变化的。从刚开始的无视，到之后关切地询问，再到戏剧化地换车，一念善，一念恶，念起念灭间又有多么复杂的心理变化，没有人知道，也没有人关心，可是，它在那里，它一直隐忍地、沉默地站在那里，执拗地告诉你：这，才是真实！

　　"真实"是什么？"真实"不是简单化一的因果关系，而是在现实中跌跌撞撞一路走来的各种混乱、无序和纠结。谁的人生不是千疮百孔？但是又有多少人用表象的冷漠来掩饰这背后的山呼海啸……吴志贞日复一日地忍受洗衣店老板的欺辱是真实，失手杀人并且接受丈夫一次次杀死自己所爱之人也是真实；张自力背叛和出卖吴志贞是真实，对吴志贞的情欲和等待也是真实；梁志军为妻子甘当"活死人"是真实，一次次用冰刀冷酷杀人也是真实；洗衣店老板的卑微猥琐和大卡车里的变态癖好是真实，在吴志贞被警察带走后敲打车窗要给她递围巾的一点点温情也是真实；夜总会老板娘三姐的富贵庸俗是真实，跌落浴缸后的文艺腔追问也是真实……弗洛伊德把人格结构分为本我、自我和超我，在漫长的一生中，每个人都有可能表现出自己不同层面的人格真实。我们习惯了在人们面前展示"自我"，谦卑而低调，冷静且理性；也看惯了他人的"人格面具"，擦肩而过，笑而不语。但潜意识时时有爆发的冲动，你越压抑，它的力量越强大。所以《白日焰火》在揭露消费社会中的"虚拟现实"、呈现现实日常生活的客观真实之后，又进一步深入探究内在心理尤其是充满本能欲望的潜意识真实。

　　从现实日常生活表象的真实到内在潜意识本能的真实，《白日焰火》追问的是复杂多变的人性，这也决定了影片的精英主义文艺内核。现实生活中常见的是冷静理性的自我，但偶尔也有本我歇斯底里般的发作，比如说网吧里的一个小孩玩游戏走火入魔，发疯般砸灭火器；白日焰火夜总会的老板娘哈哈大笑后掉进浴缸里哭，要张自力开价告诉她，她的老公在哪儿。孤独、冷漠和背叛是人性中的真实本我，每个人的人格结构中或多或少都有这种黑暗本能，《白日焰火》只不过是把这些人性中的黑暗本能极端化、延长化。刁亦男说，"白日焰火"是一种幻想，是人们用以抵御现实世界较残酷一面而采用的一种宣泄方式。正是在影片所表现的隐忍而充满张力的情绪中，我们宣泄并净化了人性中的黑暗面。

二　大众娱乐的商业包装：充分尊重"市场"

刁亦男拍过 3 部影片：《制服》《夜车》和《白日焰火》，均是走文艺路线的独立制作电影，也均在国际电影节上获过奖。但只有《白日焰火》在国内公映，原因是 2008 年开始的全球金融危机让海外文艺片市场缩水，导演们只能把希望转投国内。这也决定了《白日焰火》从一开始就充分尊重和依赖市场。

据导演刁亦男介绍，《白日焰火》准备了 8 年，剧本三易其稿，最初是个纯文艺故事，走典型的精英主义路线；第二个版本受佘祥林案启发，让凶手和警察面对过去的冤案进行挣扎，探讨如何面对历史、承担责任，主流意识形态色彩比较浓；一直到第三个版本，加入了爱情线、悬疑线，才使这个剧本具备了一定的商业气息。很多人说《白日焰火》有《白夜行》和《嫌疑犯 X 的献身》的影子，实际上，它们的共同之处都在于用一个通俗的商业化故事来剖析人性，相对而言，《白日焰火》对复杂人性的勾勒更为完整。

拥有了碎尸、畸恋等充满商业化噱头的故事之后，《白日焰火》在外推和宣传上也充分立足"商业化"路线。影片在 2014 年 2 月获得柏林电影节最佳影片金熊奖和最佳男主角银熊奖，借助得奖影片的影响力，迅速在 3 月份公映，这个时期又是国产大片和好莱坞影片淡季，非常适合文艺片生存。此前票房业绩不错的文艺片《桃姐》和《观音山》也都是 3 月份上映。在占据"天时地利"的基础上，《白日焰火》又投入和影片投资不相上下的 1500 万宣传费用，在各大媒体全面展开宣传。尤其是与网络媒体、电商媒体、电视媒体、App 客户端、线下实体店等多层次的客户展开全范围的捆绑式营销，包括与大热电视节目《我是歌手》的合作等，都打造了文艺片宣传营销新型战略。

与时代紧密接轨的营销战略迅速提高了《白日焰火》在观众中的知名度，而在宣传定位上，主创方一再强调要淡化其文艺色彩、强化其商业色彩。所以，最后公开的《白日焰火》影片简介是：外表冷艳的吴志贞（桂纶镁饰）身上散发着熟女的魅力，这对于男人来说是一种致命的诱惑，对于与她曾有过一面之缘的警察张自力（廖凡饰）来说更是如此。五年前，吴志贞的丈夫梁志军（王学兵饰）被警方认定死于一桩离奇碎尸案，当时张自力破案后击毙了持枪拒捕的凶手。五年后，又发生了类似的连环案件，并且这些死者都曾与吴志贞相恋，心结未了的张自力主动接近吴志贞，却飞蛾扑火般地爱上了这个女人，两个遭遇重大生活挫折的人逐渐从惺惺相惜到相爱，随着更加亲密的接触，张自力发现了五年前的真相……你可以把它理解成一部犯罪片，也可以理解成一部爱情片，而且充满悬疑色彩。这些都足以吸引普通观众。

电影是视觉艺术，劳拉·穆尔维曾说过，在电影世界中，"看本身就是快感的源泉"，从血肉横飞的战争场面到波澜壮阔的自然美景，从对身体的展示到隐秘心理的探寻，甚至是虚拟出来的科幻空间，电影的视觉画面在带给人们身临其境的真实感的同时，也满足了人们的观看癖（窥淫癖）和自恋心理。近年来，随着视觉消费时代的到来和高科技的迅速发展，奇观电影逐渐取代叙事电影，各种奇特的自然风光、人文景观和动作场面所带来的视觉冲击成为电影吸引观众的首要元素。在这个大环境中，《白日焰火》的宣传最大限度地利用了视觉效果：宣传海报上整幅画面是光滑洁白的旱冰和冰面上倒映的两个手拉手滑旱冰的人影，一道犀利的血淋淋的刀痕正从画面中间划过，把两个倒映的人影切割成两部分，片名"白日焰火"的火字最后一画由一团血构成，洁白与罪恶、情感与凶杀，造成剧烈的矛盾冲突和视觉冲击。终极预告短片的开场是个声画分离镜头，画面上镜头急速向躺倒在路边的一个男人推进，背景音响充斥着嘈杂的人声和一声女人的尖叫，悬疑色彩浓厚；随后，翻滚的煤堆、抛尸、跟踪、追捕、枪击、冰刀杀人、情色床戏、激情之吻……可谓是把影片中所有的视觉刺激画面剪辑在一起，极具视听诱惑。

从公映前的整体推广宣传策略上来看，《白日焰火》走的是标准的商业路线：首先是借助明星效应，柏林影帝廖凡和金马影后桂纶镁本身就吸引了大批观众；其次是成功的"媒体炒作"，借用了商业片的营销策略，营造出浓厚的观影氛围；更重要的是，电影从剧本创作开始就充分尊重"市场"，充分尊重"奇观电影盛行"这个大环境，在一个充斥着颓废、迷离、冰冷、破旧气息的东北小城讲述一个关于凶杀、罪恶和情欲的传奇故事，无论是对外媒还是对中国观众，都有足够的吸引力。《白日焰火》的高票房收入，与这些因素密不可分。

三 中国文艺电影的一个文化症候：艺术与商业如何并行

多年来，中国的文艺电影一直步履蹒跚，或者不能公映，或者票房惨淡。《白日焰火》的出现，似乎扭转了这一局面。影片得奖并在国内公映后，有外媒盛赞这部"黑色惊悚片"有可能成为中国电影的游戏规则改变者，认为它既获得影评人的支持，又捕获了观众，还得到了官方的支持肯定，创造了奇迹般的成就。但也有人认为，《白日焰火》只是一个偶然现象，并不能说明中国文艺电影即将迎来自己的春天。

其实，任何一个现象背后都有很多未说出的内容。阿尔都塞提出过"症候阅读法"，认为我们在阅读时不能仅仅满足于对文本字面意义的垂直阅读，而是要通过表层症候中的空白、沉默与语言的虚无，去发掘文本潜在的问题式，对文本本身进行反思。如果我们把"《白日焰火》现象"作为一个文本去阅读，就会发现它某种程度上揭示了中国文艺电影谋求更好发展的一些症候。

首先，文艺电影应该选一个什么样的故事？单从故事本身来看，《白日焰火》选用的是一个集犯罪悬疑与情欲畸恋于一体的惊悚片。剧本改过三遍，最后一稿商业性最强。导演刁亦男说，学习商业化的过程是痛苦的，但后来他意识到，自己一直喜爱的新浪潮当年选用的也是通俗故事，比如说戈达尔，是用"作者电影"来讲述一个低端的故事。文艺电影是冲着挖掘人性去的，通俗故事恰好能为复杂的人性提供舞台，同时又满足了电影"讲一个好看的故事"的基本诉求。

谁都知道通俗故事比较讨巧，但问题是，一不小心，通俗故事就容易拍成一个类型片，而柏林电影节绝不会把奖项颁给一个典型的惊悚片、悬疑片，影评人也不会对一部纯粹的商业片百般剖析。所以，刁亦男的巧妙在于，用镜头语言对通俗故事重新裁剪，牺牲了本来可以更加活色生香的情节，而把隐秘的情绪表达延展到极致，成就了一部真正的文艺片。

电影是视听艺术，影片的整体内涵不能只靠故事情节来传达，更重要的是通过镜头语言来展示，通过画面来表述"那种即便千言万语也难以说清的内心体验和莫名的感情。这种感情潜藏在心灵最深处，决非仅能反映思想的言语所能传达的；这正如我们无法用理性的概念来表达音乐感受一样。面部表情迅速地传达出内心的体验，不需要语言文字的媒介"①。尤其是在奇观电影盛行的现在，如何在艺术与商业之间取得平衡？《白日焰火》的探讨告诉我们：关键在于镜头语言。如果说商业电影中的奇观画面可以令观众念念不忘的话，艺术片中的奇观画面就是刺激观众去思考故事内涵和隐喻的绝妙利器。《白日焰火》中，警察去居委会调查时，走廊里莫名其妙地出现一匹马，与周围环境极不和谐，居委会工作人员的对话告诉观众，这匹马属于收废品的人，而收废品的人已经消失好几天了。这个没有前因后果的突兀画面会植入观众脑海中，让观众在看完电影之后再三品味其蕴意：现实生活中人会莫名其妙地失踪，而周围的人似乎也毫不在意。这种与现实格格不入的奇观画面，在影片中的精彩绽放当属结尾处那场白日焰火，平时只在黑暗中释放光芒的焰火，突然出现在白天，看起来苍白无力，却又似乎在倔强地表达着一些温暖。你可以把这场"白日焰火"理解成张自力对吴志贞的一种承诺，也可以把它理解成张自力对冷酷现实的一次徒劳无力的反抗。关键在于，它会在电影结束后久久回荡在你的脑海中，刺激你不断思考这部电影到底在说些什么。

一部戏，用了8年时间，导演刁亦男带领主创人员一丝不苟地探索着中国文艺电影如何让"艺术与商业并行"，为了获得市场，他们精心打磨了一个包容精英主义文艺内核的通俗故事外壳，又最大限度地使用了商业推广策略。同时，他们又始终坚守着艺术的内涵与表达方式，在满足观众窥视欲的基础上，执着地用镜头语言提醒大家去思考什么是真

---

① ［匈］贝拉·巴拉兹：《电影美学》，何力译，中国电影出版社2003年版，第25页。

实的人性。制片人文晏女士称《白日焰火》是"商业作者"电影，它不是文艺向商业的妥协，也不是商业对文艺的乞讨，而是让两者各自发挥所长，调和出一道和谐的视听盛宴，也为中国文艺电影的发展探索出一条新的道路。

附录四　论张艺谋电影中女性意识的渐变[*]

从巩俐到章子怡再到周冬雨、倪妮，张艺谋电影中的"谋女郎"已经成为中国影坛的一大特色。然而，女性形象的大量出现并不意味着相同级别的女性意识，从女性主义的角度来看，以《红高粱》《菊豆》《大红灯笼高高挂》等为代表的张艺谋早期电影确实在一定程度上张扬了女性的独立与反叛；但从《英雄》《十面埋伏》开始，女性形象在张艺谋电影中逐渐凸显出"被观看"的功能，女性意识开始被遮蔽；到了《山楂树之恋》，女主角彻底成为男性"怀旧心理"和"处女情结"的审美对象，在女性地位日益提高的当今社会通过银幕为男性编织了一个完美的权力话语体系。当然，张艺谋电影中女性意识的隐退并非突然现象，而是有着清晰的渐变过程，在这一过程背后，隐藏着丰富的社会历史文化内涵。

一　独立反叛的女性意识

从故事表层来看，《红高粱》《菊豆》《大红灯笼高高挂》讲述的都是父权制封建社会对女性的禁锢和残害，充斥在影片中的野合、乱伦和三妻四妾等封建礼教传承下来的畸形产物也因此成为国内批评界批判张艺谋"用野蛮、落后、卑劣的中国传统风俗去满足西方人猎奇心理"的佐证。然而，从影片最终呈现出来的镜头语言来看，张艺谋恰恰是在社会制度赋予男性绝对强权的大环境下，通过人类本能欲望这一途径表现出了自主、对抗的女性意识。

---

[*]　本文发表于《中南大学学报》2012 年第 2 期。

　　《红高粱》里"敢爱敢恨"的九儿，在绝对的女性内在经验和欲望的宣泄中张扬了原始的生命力，从而用巨大的女性性征与激情重建了民族和历史的叙事话语。《菊豆》中，刚被买进门的菊豆浑身洋溢着女性的魅力与自信。红色的绸缎上衣与白色碎花绸缎裤子把一位年轻女子的曲线与柔媚衬托得一览无余，她非常敏锐地把握到杨天青对自己的欲望，并迅速在这场男女关系中占据主动地位：如果没有菊豆的诱惑与鼓动，杨天青估计一辈子都只会满足于在马棚中的偷窥。到了《大红灯笼高高挂》，颂莲凭借她青春靓丽的容貌和"洋学生"的身份，敢于对"老爷"发脾气、使性子，甚至打破"规矩"，让下人把饭菜端到房里吃。更重要的是，她自始至终对"老爷"都是蔑视的，从自己拎着箱子走进这个大宅院开始，她就用这种无所谓的态度来表达自己对命运的不屑，即便是在被"封灯"之后，出现在画面中的颂莲也是一脸的倔强和冷漠，传统女性惯有的柔弱与无助在这个漠视一切的镜头中被放逐了。因此，从身体形象这个层面来说，巩俐在这几部影片中所演绎的这种倔强中带着点儿风骚的女人，是任何一个男人都无法掌控的，她那永远微微扬起的下巴、从来不知道退缩的眼神、性感的嘴唇、坚定的步伐、浑圆的臀部和被裹胸凸显得更加丰满的胸部，构成了女性对男性最原始的挑战和对抗。

　　这种挑战和对抗，在镜头语言中有一个非常特殊的表现形式，那就是女主角对男性的"注视"。贝尔·胡克斯在分析黑人女性观众的对抗性注视时说："权力关系中的从属阶级从经验上懂得应该有一种批判的注视，一种以对立的眼光来看待文献的注视。在抵抗斗争中，受统治的人们通过要求拥有和培养意识来争取能动力使'注视'的关系政治化……为了抵抗，人们要学会以某种特定的方式注视。"[1] 在张艺谋早期的几部电影中，女主角正是用"注视"来宣告自己的对立、抵抗和对权威的挑战：《红高粱》中，男主角勇打劫匪、在高粱地里与女主角野合等行为都是在女主角目光"注视"的引导下完成的，而当男主角放肆地向众人宣讲他与女主角的"野合"时，在一群男人的调笑声中，

---

　　① ［美］贝尔·胡克斯：《对抗性的注视：黑人女性观众》，都岚岚译，载陈永国主编《视觉文化研究读本》，北京大学出版社 2009 年版，第 377 页。

女主角一把推开房门，目光炯炯地射向男主角，随后，在女主角充满怒火和鄙夷的"注视"下，男主角语噎哽塞、不知所措。《菊豆》里，杨天青第一次正面与菊豆相遇，叫了一声"婶子"后便在菊豆直愣愣的"注视"下掩面而去，把自己对菊豆的欲望暴露无遗；后来，菊豆改变主意决定向杨天青展示自己的裸体，虽然她在整个脱衣的过程中充满羞涩与胆怯，但在转过身正面朝向正在偷窥她的杨天青时，菊豆却睁开了眼睛，用"注视"来彰显自己的主动和决心，与此同时，杨天青却因为过度的紧张和心虚而挪开了本应与之对视的目光。与这两部影片相比，《大红灯笼高高挂》里面女主角与男主角的关系是完全撕裂的，所以导演用颂莲对"老爷"这个人物的"不看"和漠视来彰显她对男权社会的对抗。

在文艺世界中，男性更青睐那些百依百顺的女性形象，这些女性形象"为男性提供的更具（温和的）异性色情的文学就是一个幻想世界，在那里他们永远不会被人评价或遭到拒绝，永远不会感到愧疚或尴尬"[1]。所以，无论是银幕上的男性角色还是银幕下的男性观众，喜欢的永远是贤惠善良、柔软无助、充分依附于男性的女人，因为在这些女人面前，他们有着绝对的话语权和掌控权。如果这个女人是性感的，那么她必须是没有主见的。对于那些有着充分的女性魅力和自信、敢于和男性"对视"的女性形象，男性是排斥的、惧怕的，也正是在这个意义上，张艺谋早期的几部影片在一定程度上表现了独立反叛的女性意识。

二 裂变的女性意识

同样是用巩俐当女主角，《秋菊打官司》和《活着》中的女性意识却开始发生一定的裂变。《秋菊打官司》中巩俐以一个农村孕妇的形象出现，虽然整个影片讲述的是一个女性要为自己向男权社会"讨说法"的故事——影片中对秋菊构成阻碍的村长、李公安、收辣椒的小贩和骗她钱的三路车夫均为男性，而且用她丈夫的懦弱无能来衬托秋菊的执着

---

① [美]苏珊·波尔多：《绝不仅仅是图像》，都岚岚译，载陈永国主编《视觉文化研究读本》，北京大学出版社 2009 年版，第 314 页。

与倔强：挺着大肚子四处奔走的秋菊无疑会让人想起《疾走罗拉》中那个为拯救男友而不断奔跑的罗拉，躺着床上并且阻止秋菊继续上访的丈夫则和只会守着电话亭打电话求救的罗拉男友构成了类同。但和晃动着一头红发、具有充分女性活力的罗拉不同，秋菊的原始女性特征在影片中被遮蔽了，取而代之的是一个现实的、只想要个儿子的母亲的化身：秋菊上访的心理动机是因为村长踢了她丈夫的命根子，而她肚子里的娃还不知道是男是女，在调解过程中，她一再强调"他是村长，打几下就打了嘛，但是他不能朝那要命的地方踢"，也就是说，如果她已经有了儿子，或者村长没有踢她丈夫的下身，她是不会上访的，这就把女性的坚持和不服输精神的最终目的归结为对父权制社会的维护，使之成为一个男性梦寐以求的"漂亮并且持家"的理想女性形象。

这种理想女性形象在《活着》中得到了又一次复制，巩俐饰演的家珍在丈夫富贵沉迷于赌博而不务正业时，毅然带着女儿和肚子里的孩子离开了他，但是当富贵陷入人生低谷时，她又违抗了父亲的意愿，带着一双儿女回到富贵身边，用母性的光辉和坚韧支撑起整个家庭。而且，即便在家珍明确宣告"我想明白了，你也改不了，我也不想跟你过了，我带凤霞走了"时，镜头依然用引人反思的中景表现出家珍没有说出口的留恋与期待。随后，富贵被抓壮丁，家珍带着一双儿女艰难存活，一直到富贵回家，家珍通过街头的那场抱头痛哭将支撑家庭的担子重新交还给富贵，这个家因为男主人的回归而重新焕发了生机。

值得注意的是，这两部影片的女主角虽然依旧是巩俐，但导演在塑造女主角形象时却使用了迥然不同的镜头语言。和前几部影片用大量近景和特写来刻画女主角充满诱惑力的身体不同，《秋菊打官司》用头巾和臃肿的孕妇装掩去了巩俐具有东方女性魅惑力的脸部特征，并在展示秋菊形象时大多使用全景、远景和大远景，从而放逐了巩俐固有的女性自信与反叛。《活着》里面的巩俐也一直在压抑自己的个性和激情，极力饰演出一个温和、忍耐、勤劳、柔韧的传统女性形象。巩俐在张艺谋影片中的形象变化，隐藏着深刻的政治含义，正如苏珊·波尔多在分析朱莉娅·罗伯茨在电影中的形象变化时曾经说过的那样："我记得朱莉娅·罗伯茨（Julia Roberts）在《神秘的比萨》（*Mystic Pizza*）影片中摇晃着她的臀部（那时比现在丰满得多），说着时髦自信的俏皮话，并不像后期影片中被固定为完全受惊吓的、情感上摇摆的角色。为了让罗伯茨表现一种招牌式的脆弱，过去摇晃的臀部就必须消失。它们意味着太多的身体稳定、太多的性自信和太多的女人味儿。今天的镜头更多地聚焦于罗伯茨那小马驹一样纤细的瘦腿，经常是摇摇晃晃、失去平衡。……她的腿能够传达一种脆弱的含义……"① 巩俐在这两部电影中的女性魅力与欲望的缺失，意味着张艺谋已经开始回归男权话语体系。随着这种男权话语意识的增强和市场试探的成功，张艺谋干脆弃用外在女性符号过于突出的巩俐，通过时尚女郎（《有话好好说》中的瞿颖）、乡村女孩（《一个都不能少》中的魏敏芝）等时代、群体共性大于女性个性的演员来演绎各种现实题材的故事。

三　新世纪女性意识愈加薄弱

到了新世纪，张艺谋用《英雄》《十面埋伏》《满城尽带黄金甲》等影片实现了自己在商业消费社会的华丽转身，通过大制作来奠定和稳固自己在中国影坛乃至世界影坛的地位。然而，也正是在这些由庞大的明星阵容、华丽的电影画面、高超的电脑技术特效构成的视觉冲击下，女性意识愈加薄弱：《英雄》演绎的是一个将中国传统历史与现代全球化思想相融合的寓言，在这个由男性讲述的"历史"与"天下"的故事中，张曼玉和章子怡饰演的女性角色或者被男性所指引、或者为男性而拼命，其实质不过是男权社会操纵下的两个棋子。同样，《十面埋伏》中的章子怡也是作为男性欲望（包括权力欲望和性欲欲望）的对象存在的，在这里，女主角面对的困境不再是建立在原始生命力基础上的女性与男性之间的对抗，而是理性与情感的冲突，她的痛苦在于究竟是杀掉自己心爱的男人来完成任务，还是背叛自己的组织去维护爱情，她的挣扎与冲突，来自于她内心深处对于一个男人的皈依和顺从。所以，这样一个为了男人而甘愿牺牲自己的美丽女人，对男权社会构不成任何的威胁和挑战，反而为男性提供了一个绝佳的窥视对象。到了《满城尽带黄金甲》，女性甚至成为"波涛汹涌"的"乳房盛宴"的载

---

① ［美］苏珊·波尔多：《绝不仅仅是图像》，都岚岚译，载陈永国主编《视觉文化研究读本》，北京大学出版社 2009 年版，第 313 页。

体，只承担勾引男性欲望和提供视觉刺激的职责。

经过几部大制作影片的洗礼之后，张艺谋迅速把握住了大众文化和视觉消费的时代脉搏，用《三枪拍案惊奇》将科恩兄弟的《血迷宫》改编成一个通俗搞笑、充满后现代意味的喜剧故事，在影片中扮演老板娘的闫妮，本来拥有性感的大嘴、丰满的身体等女性主义表征，却一再用笑料肢解了类似于"菊豆"的女性叛逆。《三枪拍案惊奇》用不同风格延续了张艺谋电影"叫座不叫好"的传统，与之相比，《山楂树之恋》却一改前几部影片的华丽与喧嚣，以清新脱俗的形象赢取了广大观众和影评者的好评，被誉为史上最干净的爱情。然而从女性主义的角度来看，这个史上最干净的爱情，恰恰是对现代消费社会中男性怀旧心理和处女情结的满足，在物质主义甚嚣尘上、道德伦理失去底线的今天，"静秋"所指代的纯真、羞涩，甚至是性无知的女性形象，正成为众多男性梦寐以求的"女神"。所以，导演费尽心思找到的女主角，是一个看起来似乎还未发育成熟的女孩儿，她一言一行、一举一动，与其说是一个情窦初开的少女，还不如说是一个不谙世事的孩童。丰富、复杂而真实的女性形象，在这个纯美爱情故事里被彻底遗弃了，以对抗、质疑、挑战姿态出现的独立女性意识也随之荡然无存。

四 张艺谋叙事策略的转变

纵观张艺谋电影中女性意识的渐变过程，我们会发现，女性意识的逐渐隐退，其实是和张艺谋叙事策略的转变密不可分的。《红高粱》时期的张艺谋，和其他的第五代导演一起，正经历着"既要反叛历史又要在历史的延续中为自己正名"的裂变。从中国的文化传统来看，第五代导演大多在"文革"中度过了自己的青春年华，这样的经历使他们在思想精神层面与传统文化产生了断裂，他们希望通过历史弑父行为来确立自己的个性与特色。但是，他们不能不正视的一个事实是，他们用来反叛历史的话语表述方式包括他们的反叛思想本身，恰恰是被历史赋予的。所以，他们只能转而从与"父亲"相对的"母亲"身上寻找和重续他们的文化根基，并用充满意象化、隐喻化、符号化、象征化的寓言来表现这一悖论。《红高粱》保留了原著中所有主要人物的姓名，唯独隐去男主角"余占鳌"的名字，使"我爷爷"这个家族血缘关系的源头成为一个"没有被父母命名"的历史弑父者，与之相反，"我奶奶"九儿敢爱敢恨、自由顽强、感情浓烈，显示出中华民族生生不息的强大生命力。影片用粗犷的民乐、原生态的婚嫁风俗、充满狂欢精神的祭酒、洋溢着民族气息的杀敌等场景，完美地演绎了一个批判传统伦理道德对人性的压抑、张扬民间自由人性的寓言。至于《大红灯笼高高挂》，则在一个特定环境中使人物关系呈现出鲜明的象征意义：陈佐千与众妻妾之间的统治与被统治关系实际上象征着封建社会文化中一元化主子与多元化臣僚之间的关系，同时，真正的矛盾冲突并不在统治者与被统治者之间产生，而是在被统治的"多元"之间，即臣僚、妻妾之间产生。从某种意义上来说，这部影片可以解读为中国古代权力结构及其矛盾冲突的"寓言"，在这个寓言中，三姨太梅珊的背叛与被杀、四姨太颂莲的漠视与发疯，用女性特有的对抗完成了对这一权力结构的批判。所以，此时期的张艺谋在影片中特别凸显出女性原始的生命力，以求通过这一母系纽带重新回归中华传统的历史话语体系。此外，随着现代西方文明的冲击和全球化语境的扩大，"东方传统女性形象"在身体消费层面成为吸引西方人眼球的重要视觉元素，这无形中为张艺谋电影走向世界影坛提供了保障，也因而成为张艺谋此时期电影的表现重心。

在赢取了世界影坛的认可、同时也招致了一定的后殖民主义批判之后，张艺谋逐渐意识到"寓言"式电影的不足，早在《红高粱》大获成功不久，他就说过："那类'使劲儿'的东西有一个缺陷，那就是对人的关注不够，不是完全没有，而是缺少。缺少对人物命运、人物性格、人和人之间的关系以及活生生的人的基本关注。"① 但朝向现实主义的转身不可能是一蹴而就的，《秋菊打官司》和《活着》里充满了现实与虚构交织在一起的影像，从虚构这一层面来看，张艺谋仍然热衷于在影片中塑造一个执着倔强、个性鲜明的"女性"符号，然而对现实的追求却使这一"女性"符号失去了内在的独立意识，成为男权社会中一个无法发声的配角。波伏娃曾经说过，女人不是天生的，而是被社会创造出来的。正是在努力描述现实社会里"人和人之间的关系以及

---

① 李尔葳：《当红巨星——巩俐张艺谋》，十月文艺出版社1989年版，第106页。

活生生的人"的过程中，张艺谋部分真实地再现了女性的当代生活困境：她们有着一定的自觉意识，但这种自觉意识的背后仍是深不见底的男权社会的掌控和操纵。

客观地说，张艺谋的现实主义转身是不彻底、不成功的，《一个都不能少》《我的父亲母亲》《幸福时光》都无法冲击《红高粱》的高度。但是，他很快把握住了消费社会的兴起带来的大众文化热潮，再一次回归了自己擅长的、通过符号编码来钩织的寓言式话语表述方式。当然，这一次的符号编码，已悄然褪去民族文化反思的内在精神理念，而是披上了商业产品的外衣。消费社会中的这件商业外衣，让张艺谋迅速把叙事电影调整成给大众提供视觉快感的奇观电影，通过各种具有强烈视觉吸引力的影像画面或者是借助高科技特效制作出来的奇幻场面来构造瞬间的视觉冲击。张艺谋在陈述他对《英雄》的看法时说："过两年以后，说你想起哪一部电影，你肯定把整个电影的故事都忘了。但是你永远记住的，可能就是那几秒钟的那个画面。……但是我在想，过几年以后，跟你说《英雄》，你会记住那些颜色，比如说你会记住，在漫天黄叶中，有两个红衣女子在飞舞；在水平如镜的湖面上，有两个男子在以武功交流，在水面上像鸟儿一样的，像蜻蜓一样的。像这些画面，肯定会给观众留下这样的印象。所以这是我觉得自豪的地方。"① 确实，人们不仅记住了《英雄》中漫天的黄叶和两个飞舞的女子，也记住了《十面埋伏》里摇曳多姿的小妹和《满城尽带黄金甲》里的"乳房盛宴"。这种图像景观对叙事话语的超越标志着张艺谋电影进入"奇观电影"的新电影时代，在这种新的电影形态中，丰满的人物性格和严密的叙事逻辑被边缘化了，成为外在的、可有可无的元素，奇特的自然景观、令人震撼的人文景观、惊险刺激的动作行为和充满奇幻色彩的电脑特效变成了镜头语言的主要诉诸对象。

正是在奇观电影对强烈视觉效果的追求中，女性身体的"被展示"功能再一次被重申，女性内在的独立与意识被尽可能地遮蔽。劳拉·穆尔维在分析传统电影中的女性形象时曾经说过，"正常叙事影片里，女人的在场是不可或缺的景观要素，不过，她的视觉在场往往不利于故事

---

① 周宪：《视觉文化的转向》，北京大学出版社 2008 年版，第 245 页。

情节的发展,往往在色情注视的瞬间冻结了情节流动。于是,这种陌生的在场必须整合到叙事中来"①。现在,随着奇观电影时代的到来,导演无须再考虑如何把女性身体的展示与电影叙事结合起来,而是更加自如地凸显作为"男性欲望承载体"的性别特征,从而使其成为被窥视、被消费的对象。所以,当张艺谋通过奇观电影重新登上中国影坛乃至世界影坛的顶峰时,其影片中的女性意识也就自然而然地慢慢消亡了。

张艺谋电影中女性意识的逐渐隐退,从某种意义上显示出女性在电影中的生存悖论:一方面,女性要通过各种方式尽可能地发出自己的声音。另一方面,当女性选择电影这一发声途径时,也就避免不了"被观看"、"被展示"、"被消费"的宿命——尤其是在视觉消费兴盛的当代社会。这一悖论类似于第五代导演在早期创作时所遭遇的文化悖论,只是,第五代导演通过对"母性"系带的追溯很快回到文化传统的叙事话语中,而女性在银幕上对男权制度的挑战、反叛、解构与对自身象喻系统的重建,还需要经历艰难而漫长的历史过程。

---

① [英]劳拉·穆尔维:《视觉快感与叙事电影》,张玫玫译,载陈永国主编《视觉文化研究读本》,北京大学出版社 2000 年版,第 282 页。

附录五　论延安文艺对当代中国文艺创作的启示[*]

　　历经几十年的积累，延安文艺研究取得了丰硕的成果，目前学术界对延安文艺的研究主要集中在以下几个方面：第一，对延安文艺历史的整理和编纂。如艾克恩主编的《延安文艺运动纪盛》《延安文艺史》，湖南人民出版社出版的《延安文艺丛书》，王培元的《延安鲁艺风云录》，朱鸿召的《延安日常生活中的历史》等。很多学者根据延安文艺传承下来的历史资料，对这段历史进行回顾，力争做到资料翔实、描述客观；有的学者则将自己的学术观念融入其中，呈现出一定的问题意识和思维逻辑。第二，对延安文艺的相关文艺理论问题的研究。主要是从历史分期、基本特征、文艺观念、大众化形式等方面对延安文艺的诸多基本问题进行讨论与反思。第三，对《在延安文艺座谈会上的讲话》的深入研究。研究内容主要涉及"讲话"的版本、传播、国内外评介与影响等。第四，对延安文艺价值意义的研究。主要探讨延安文艺在文艺大众化、"大众话语"、民族形式、"人民性"等方面的成功经验及其现实意义。本文即是在此基础上，借用文化研究的相关理论和研究视野，探讨延安文艺对当代中国文艺创作的启示。

　　从整体的文化语境来说，延安文艺时期对"用党的意识形态领导所有文艺工作"原则的坚持，虽然不免有政治干预文艺的偏差，但其最终效果是把握住当时的时代发展趋势，促进了社会的整体发展。这一经验告诉我们，在全球化、多元化高速发展的当代中国，应把握住"多元文化和谐共存"的时代脉搏，共同推进社会主义精神文明的发

---

　　[*]　本文发表于《延安大学学报》（社会科学版）2012 年第 4 期。

展。从主流文艺来说，延安文艺一方面坚守正面歌颂引导的主旋律，另一方面也充分吸收民间艺术形式和大众话语，用大众喜闻乐见的文艺作品来完成普及教育的任务。从大众文艺来说，延安文艺对民间"日常生活"的深入挖掘，是其赢得民众和历史双重考验的宝贵经验。从精英文艺来说，延安文艺对知识分子的改造和教育虽然保障了文艺总目标的实现，但某种程度上也限制了知识分子的思想，这些经验和教训，都值得当代中国文艺创作借鉴。

一 文化语境：从文艺为政治服务到多元文化和谐共存

延安文艺对"文艺为政治服务"原则的确立和推广，有一个循序渐进的过程。早期的延安文艺海纳百川、兼收并蓄，对知识分子、文艺创作者的到来给予了充分的肯定和支持，丁玲作为早期奔赴延安的知名作家代表，曾受到毛泽东"昨天文小姐，今日武将军"的称赞，并长期工作生活在文化一线。萧军到达延安时，毛泽东还专门到招待所探望。与沦陷区的白色恐怖相比，延安地区领导人的重视和物质生活的供给制为文艺工作者提供了更为自由的写作空间，在宽容的文艺政策下，知识分子和文艺工作者纷纷涌向延安，"据统计：在1938年5—8月间，经西安八路军办事处赴延安的知识青年就达2288人，至1938年底，赴延安的知识分子人数已达十多万"①。但在看似繁荣祥和的文艺工作中，一部分知识分子对纯文艺的追求和当时延安地区抗战的总任务产生了龃龉，如在鲁艺"演大戏"风潮中，有些剧目虽然在艺术特色上精心打造，受到文化人的好评，却脱离了群众尤其是工农兵干部的实际需求——刘因创作的《中秋》因为情节过于悲惨、气氛阴郁低沉、结局家破人亡而引起观众的不满，甚至受到贺龙的责备，认为这种悲观失望的戏完全无益于抗日战争，无益于提高抗战信心和鼓舞士气。

由这个小插曲可以看出，因为革命形势的需求，党的领导人对纷至沓来的文艺工作者持有一种潜在的"期待视野"，期待他们的文艺创作能够为革命战争的整体局势服务。毛泽东早在1939年12月《大量吸收

---

① 刘悦清：《延安知识分子的群体特征及其历史地位》，《浙江社会科学》1995年第4期。

知识分子》的决定中就指出："对于一切多少有用的比较忠实的知识分子……应该好好地教育他们，带领他们，在长期的斗争中逐渐克服他们的弱点，使他们革命化和群众化，使他们同老党员老干部融洽起来，使他们同工农党员融洽起来……使工农干部的知识分子化和知识分子的工农群众化，同时实现起来。"① 但此时的文艺工作者们只注意到延安文艺政策中"敢用重用知识分子"的一面，却忽略了"对知识分子进行教育改造、使其工农群众化"的另一面。宽松的文艺政策、自由的写作空间使知识分子们迅速为自己确立了"启蒙者"的身份，既以改造者的眼光俯视、批判工农大众，又以批评者的犀利对延安的一些现象进行讽刺。由丁玲倡导而兴起的杂文运动、延安美协主办的"讽刺画展"和中央青委的"轻骑队"墙报等从不同角度反映、反思了延安的一些不良现象甚至是阴暗面，这一风潮虽然不遗余力地展示了知识分子的担当精神和独立意识，但放在团结一切力量进行革命的延安时期，确实对党的领导和工作产生了一定程度的冲击，甚至某种程度上成为敌人诋毁延安的武器。

与此同时，广大亟须调动起来参与革命战争的陕甘宁边区人民，因为物质生活和精神生活的贫乏，无法在短时间内被知识分子"启蒙"，他们接受不了知识分子们创作出来的精致而高深的作品，自身喜欢的民间原生态文化又得不到知识分子们的认可，久而久之，知识分子和工农大众之间的隔阂竟成为延安时期的主要文化矛盾。为了调和这一矛盾，充分利用文艺活动对工农大众进行政治宣传、提高其政治觉悟、使之参与到民族解放和建设工作中来，党的领导人开始逐渐强调对文艺政策的调整和对文艺工作者的规训，《在延安文艺座谈会上的讲话》（简称《讲话》）便是这一时代发展趋势的必然产物。与之前的暗示、提醒相比，毛泽东在《讲话》中明确提出"用党的意识形态领导所有文艺工作"的重要性，要求文艺工作者一定要坚定地站在无产阶级和人民大众的立场上，当好革命机器的"齿轮"和"螺丝钉"，"使文艺很好地成为整个革命机器的一个组成部分，作为团结人民、教育人民、打击敌

---

① 毛泽东：《大量吸收知识分子》，《毛泽东著作选读：上册》，人民出版社 1986 年版，第 321 页。

人、消灭敌人的有力的武器，帮助人民同心同德地和敌人作斗争"①。至此，文艺成为"党的事业和工作"之一，"文艺为政治服务"不再是一句口号，而有了具体可以操作的制度和方法。

这种把政治性作为所有文艺创作的第一标准的做法，在很长一段时期内遮盖了文艺审美性的自身发展，对这一政策的长期推行，直接导致了庸俗社会学的产生，甚至使文艺活动出现"人民民主专政"现象，如对电影《武训传》的批判、把胡风打成反革命、把几十万知识分子打成右派以及"文化大革命"等。但在看到其先天局限性的同时，我们也应该客观地看待"文艺为政治服务"在特殊历史时期的贡献和成就。阿尔都塞在研究马克思主义时提出："为了认识一种思想的发展，必须在思想上同时了解这一思想产生和发展时所处的意识形态环境，必须揭示出这一思想的内在整体，即思想的总问题。要把所考察的思想的总问题同属于意识形态环境的各思想的总问题联系起来，从而断定所考察的思想有什么特殊的差异性，也就是说，是否有新意义产生。"② 按照这一思路，延安文艺所处的意识形态环境是中国共产党领导的革命活动，为了集中一切力量赢取抗日战争和解放战争的胜利，无产阶级的文学艺术"在党的整个革命工作中的位置，是确定了的，摆好了的；是服从党在一定革命时期内所规定的革命任务的"③。换句话说，延安文艺时期的"总问题"是如何在顺应历史潮流的情况下完成"文艺为革命服务"的使命，根据这一标准，延安文艺确实完成了它的历史任务。

延安文艺对时代发展趋势和革命话语语境的成功把握，为我们当今的文艺创作提供了宝贵的经验。中国共产党第十七次代表大会在关于《中国共产党章程（修正案）》的决议中提出，要把"经济建设、政治建设、文化建设、社会建设四位一体的中国特色社会主义事业总体布局"写入党章，这就意味着作为文化建议之一的文艺活动必须要为建设有中国特色的社会主义整体事业服务，为了完成这一目标，当代中国的文艺创作必须立足消费社会、全球化发展等时代背景，客观对待各种

---

① 《毛泽东选集》第三卷，人民出版社 1991 年版，第 851 页。
② ［法］路易·阿尔都塞：《保卫马克思》，顾良译，商务印书馆 2010 年版，第 57 页。
③ 艾克恩主编：《延安文艺史》（下），河北教育出版社 2009 年版，第 308 页。

文艺形态的杂糅共生，推进多元文化的和谐生态发展。

从具体的文化语境来看，当代中国社会的文化建设面临着如下几个问题：第一，全球化的快速推进使中国处于各种文化的交流和碰撞中，尤其是西方文化的入侵，给当前的中国文化建设提出了"增强文化软实力、保护国家文化安全"的新时期任务。第二，教育的普及和国民素质的提高，使社会各阶层人民都产生了自我意识的表述愿望，文艺创作和接受不再是精英知识分子的特权，大众文艺成为当代文艺生态体系中不可或缺的组成部分。第三，随着市场经济的发展，当代中国社会从"以政治为中心"向"以经济为中心"转变，消费主义的兴起对各种文艺形态的生产、传播和接受提出了新的制约。具体来说，当代中国文艺创作主要体现为主流文艺、精英文艺和大众文艺三种形态，这三种形态在全球化愈演愈烈的当代消费社会互助共生、和谐发展，一起推进当代中国文化事业的建设与完善。在实际的发展过程中，各种文艺形态也都能从延安文艺中吸取一定的经验和教训。

二　主流文艺：对"民间话语"的尊重和修改

所谓"主流文艺"，是指一个民族、时代或地域顺应历史的发展和社会心理而形成的文艺创作主流，它由国家意识形态所控制，是特定历史时期主导生产方式和时代面貌的最佳载体。延安文艺时期，主流文艺占据着绝对的主导地位，尤其是在《讲话》之后，文艺工作者们积极主动地向工农大众学习、进行自我改造。在具体的创作过程中，或者选择那些正面的、有教育和引导意义的题材，把人物符号化，使之成为阶级身份、政治立场的代言人，如《田宝霖》《吴满有》《洋铁桶的故事》等；或者根据主流意识形态对故事进行提炼和改编，使之为思想教育和宣传工作服务，如《兄妹开荒》《白毛女》等。

不管采取哪一种形式，延安时期的主流文艺创作都有意识地从民间进行挖掘，一方面充分尊重当地人民的传说、风俗等民间话语，另一方面也巧妙地将主流意识形态贯穿其中，让老百姓在轻松熟悉的娱乐活动中获得教育和引导。以歌剧《白毛女》为例，从20世纪30年代就开始在冀西一带流传的"白毛仙姑"传说和秧歌剧的艺术形式有广泛的接受群体，这就为歌剧的改编提供了先天的受众保障。但其主题的确立还是经历了一个漫长的过程："白毛仙姑"的故事有不同的传说版本，有的讲的是三角恋爱故事，有的讲的是神仙故事，有的讲的是因重男轻女导致的悲剧，有的讲的是因阶级压迫而造成的社会悲剧……在改编成歌剧的过程中，它可以被讲述成志怪传奇，也可以从破除封建迷信的角度来讲述，还可以从争取女性独立的角度来讲述，经过不断的碰撞和挖掘，最终才确立了目前这个意蕴深刻的主题："开始有的同志认为这是一个没有意义的神怪故事；有的同志认为可以作为一个'破除迷信'的题材来写；也有的同志认为应把'反封建'和'反迷信'的两种主题处理在这一个材料里。经过了对这故事的仔细研究，我们才抓取了更积极的主题意义——表现反对封建制度，表现两个不同社会的对照。"①对深受大众喜爱的民间传说和秧歌剧形式的选择，与对故事内在意蕴的政治化挖掘，使《白毛女》成为延安文艺时期具有代表性的主流文艺文本，既符合了党的文艺指导思想，也深受人民大众欢迎，在潜移默化中实现了主流意识形态的宣传和灌输。

从延安主流文艺对"民间话语"的把握和改造来看，当代中国的主流文艺创作还有很大的挖掘空间。为了更好地承担起保护国家文化安全、引导社会主义文化建设的职责，主流文艺一方面要歌颂社会现实生活中的正面人物和事件，另一方面也要充分注意与人民大众相结合，用大众喜闻乐见的民间话语形式来进行主流意识形态的宣传。在市场经济快速发展的今天，民间话语更多地体现为以文化消费为主的都市大众话语，主流文艺要想扩大自己的受众群，必须充分尊重大众的文化消费习惯，以近年来颇具代表性的主旋律大片《建国大业》《建党伟业》为例，阵容庞大的明星队伍从形式上为主流文艺打开了消费市场，立足"现实日常生活"的叙事策略则在内容上保障了革命话语的可接受性。这种借鉴大众文艺形式表述主流意识形态的方法，成为当前主流文艺发展的一个趋势，如近期热播的电视剧《我是特种兵》，用通俗化的故事讲述了一个极具个性的文艺青年如何在部队将自己锤炼成一名真正的、随时准备为国家和人民献身的军人，其间杂糅了爱情、成长、"偶像"等永远都会受大众欢迎的情节元素，其实质却是宣扬个体融入集体的思

---

① 丁毅：《歌剧〈白毛女〉创作的经过》，《中国青年报》1952年4月18日。

想观念，在个性张扬的 80 后、90 后逐渐成为入伍主力军的今天，这种
思想观念的宣传无疑是主流意识形态的必然要求，而大众化的形式则是
保证其成功的一个有效途径。

需要注意的是，当前主流文艺对大众话语的借鉴更多地停留在形式
层面，同时延安文艺时期的"大众"和当代中国文艺创作所面对的
"大众"的文化程度、思想水平等已有所不同。当代主流文艺应真正深
入大众话语的内部空间，从原生态的民间文化中选择对象（如对网络、
手机上流行的各种段子进行组合和改编），和大众之间进行真正的对
话，才是其鲜活生命力的最终保障。而这一点，尚未引起主流文艺创作
的重视。

三　大众文艺：对"日常生活"的深入挖掘

从其实质来看，延安文艺时期的大众文艺其实是指以说书、秧歌、
信天游等艺术形式存在的民间文艺。为了配合当时的文艺任务，文艺领
导人和文艺工作者非常明确地对民间文艺和民间艺人进行改造。如
《兄妹开荒》虽然采取了一男一女的民间秧歌形式，但为了去除原生态
民间话语中的色情成分，把男女情爱关系变成了兄妹关系，同时，"如
果要引起纠葛，最好是二人中一个进步一个落后的对比。但是，为了要
表现新社会新人物，如果在这短短的一个戏里仅有的两个人物中间就有
一个是落后的，那岂不是很难说明陕甘宁边区农民的真实情况了吗？但
如果两个都是正面人物，纠纷又如何引起呢？结果就想起了故意开玩笑
的办法，这样反衬出两个人的积极性来"①。再如对以韩起祥为代表的
说书人的改造，文艺领导人一方面帮助说书人去除封建迷信、帝王将相
的陈旧思想，引导他们根据党的政策和活动进行新的文艺创作，另一方
面也充分肯定和认可他们对民间伦理情感和话语形式的经验积累。

经过改造后的延安大众文艺，在主题思想上与主流意识形态保持一
致，在具体的内容表述中却最大限度地保留了民间话语的原生态，它们
深入陕甘宁边区劳动人民的日常生活，从民间的日常伦理中寻找情感的
宣泄点，保存了独特的民间审美趣味。韩起祥根据袁静的秦腔剧本

---

① 张庚：《秧歌与新歌剧》，《张庚自选集》，中国戏剧出版社 2004 年版，第 66 页。

《刘巧儿告状》改编而成的《刘巧团圆》，就是遵从了"有情人终成眷属"、大团圆结局的民间叙事原则，用重视家庭情感的民间叙述模式代替了表现共产党干部为人民做主的文人叙述模式，其中对主人公"爱好劳动"品格的称赞、对"抢婚"习俗的渲染，都为《刘巧团圆》在全国范围内的传诵和影响提供了民间力量。当韩起祥将毛泽东的名言"人不犯我，我不犯人；人若犯我，我必犯人"改编成"它若不咬咱不招架，它若咬起戳狗牙"①，当李季用"烟锅锅点灯半炕炕明/酒盅盅量米不嫌哥哥穷"，"前半夜想你点不着灯/后半夜想你天不明"，"我要死了你莫伤心/死活都是你的人"等陕北民间语言来创作《王贵与李香香》，当赵树理用"吃不饱"、"小腿疼"、"三仙姑"等为小说中的人物命名，浓郁的地方色彩和强烈的生活气息就已经深深吸引住了人民大众。当然，此时的"大众"主要指的是生活在社会底层、缺乏文化素养的农民，延安文艺大众化运动的实质是为了对这一"大众"群体进行文化普及和提高。客观地说，在知识分子和文艺领导者的介入下，民间的日常伦理、情感体验和审美趣味在一定程度上得到了去芜存菁式的提炼，大众在熟悉的文艺审美活动中得到了潜移默化的改造。

与延安文艺时期的民间文艺相比，当代消费社会语境中的大众文艺具有更为复杂的存在形态，其日常生活的藏污纳垢性也更为严重。从创作主体来说，随着文化程度的提高、自我表述意愿的增强和网络等新媒体技术的发展，越来越多的大众开始从事文艺创作，写作者的身份日益混杂。从接受主体来说，当代中国"大众"既包括农民工、边缘群体、市民百姓等底层人民，也包括白领、经理人等中产阶层，不同阶层拥有不同的"日常生活"，其意愿的宣泄和表述也不尽相同。从接受目的来说，当前的大众文艺接受者并不期待从文艺作品中得到教育和提高，而是更多地为了娱乐和放松去进行文艺消费，并在这种愉悦和放松中遗忘了精英文化的"彼岸理想"和主流文化的"意识统治"，转而从日常的、当下、琐碎的凡俗生活中寻找自己的心灵慰藉和精神寄托。面对这些复杂的情况，知识分子和主流文艺很难直接介入大众文艺的生产、传

---

① 林山：《盲艺人韩起祥》，《延安文艺丛书·民间文艺卷》，湖南人民出版社 1988 年版，第 517 页。

播和消费，只能借助文化生产和消费市场的自行调节，凸显那些真正反映大众生活、体现大众意识的文艺产品。

换句话说，当前的大众文艺生产极度缺乏主流意识形态和精英意识的引导。为了更好地解决这个问题，我们可以借鉴延安文艺时期对民间文艺的改造和利用，充分挖掘不同阶层大众的"日常生活"，从中寻找具有原始生命力的当代大众文艺审美趣味，并对其劣根性进行扬弃。如对地摊文学，可以让文艺领导部门直接进行管理，保留其通俗化、大众化的特色，剔除色情、暴力、神仙鬼怪等低级趣味。对民间文艺，可以通过非物质文化遗产保护其文化传承和地方特色，并有意识地引导其进入社会主义精神文明建设的整体。对网络文学，我们既要认可其交互式创作、网络传播、即时接受、口语化表达等艺术特色，也要批判其粗制滥造等负面影响。对中产阶层大众文化，可以有意识地凸显其积极奋斗的精神面貌，同时抑制其中无病呻吟、虚拟假象等成分，从而提高当代大众文艺创作的整体水平。

四 精英文艺：从政党话语权力到社会公共领域

与主流文艺、大众文艺相比，精英文艺在延安文艺时期的发展并不顺利。如前所述，当知识分子们纷纷到达延安地区、开始表现其批判监督功能时，其实已经逐渐偏离了延安文艺要求歌颂正面现象、鼓舞士气的整体轨道和党的领导人对他们的潜在期待。《讲话》之后，以政治意识形态为唯一标准的"超级文学"[1] 开始统领延安，知识分子首先要摆正自己的阶级立场才能进行文艺创作，因为"本来技术这东西使用在革命者手里，它是革命的，使用在反革命手里，它就是反革命的，凡是科学方面的技术，大致都是如此。唯独艺术上的技术则不然，这种技术它是同思想、意识、感情结合得紧紧的，凡是从不同的意识形态的基础上表现的一切形象，都是有阶级性的"[2]。经过延安整风运动和对王实味的批判，以丁玲、萧军等为代表的张扬个性、批判现实的知识分子逐

---

[1] 李洁非：《"超级文学"——认识一种文学形态及其影响》，《小说评论》2010 年第 5 期。

[2] 塞克：《在青年剧院学习总结会上的讲演》，《解放日报》1942 年 6 月 30 日。

步被改造，就连以正面歌颂为主的何其芳等人，也被要求去除文艺创作中的自我抒情成分，将个体完全消融于集体之中。

这种对文艺工作者进行全方位监督改造的文艺政策使知识分子失去了创作自由，他们或者不再写作，或者成为主流意识形态的宣传工具，思想的睿智在政党权力话语体系中再无发言的空间。知识分子批判思想和艺术创新的缺失，既使延安文艺在文艺审美上停滞不前，也造成了随后文艺创作中各种理性思辨、人性剖析、技巧创新的偏失。所以，当前中国的文艺创作应吸取这一教训，极力避免政党话语权力对知识分子言说的过度干预，充分发挥其永不妥协的质疑精神，使其深入揭露和批判后现代消费社会中的各种虚假现象和黑暗问题，为当代社会主义精神文明建设把脉问诊，提升当代文艺创作的理性和思想高度。

当然，延安文艺对知识分子的改造也有可取之处，比如说要求知识分子不断降低自己的身份，深入到群众中去，以人民大众的日常生活实践为依托，认真学习群众语言、了解群众的日常生活习惯，用群众喜闻乐见的形式来创作文艺作品，真实表现人民大众的生活、反映人民大众的心声、满足人民大众的需求。这些都对当代精英文艺的创作具有一定的参考价值。如果按照五四"哀其不幸，怒其不争"的言说方式，知识分子往往对平民大众采取俯视态度，从而遗失大众日常生活中内在的生命力和审美意蕴。

因此，当代中国的精英文艺创作既要真正深入大众的日常生活、与大众进行对话，又要保持其自身的警惕性与理性思辨。具体来说，就是要为精英知识分子营造一个适度的社会公共领域，使其凝聚起大多数平民的公共意见，在对话中客观把握社会现实，并通过精致的艺术形式将其展示出来。比如说作为当代长篇小说较高成就代表的茅盾文学奖，近几届的获奖作品既有主旋律小说，又有深厚的现实主义作品，还有以《暗算》为代表的通俗文学佳作，内容涉及明代首辅、盲人、农民等各个阶层，范围更加宽广、姿态更为平民、思想更为深邃，一定程度上展示出当代知识分子的宽阔视野和人文关怀。

延安文艺对"文艺为政治服务"这个整体原则的把握，使其较好地完成了特殊历史时期的任务，这一经验告诉我们，当代中国的文艺创作也应深入把握住"建设有中国特色的社会主义"这一时代脉搏,立足全球化高速发展的现代消费社会,充分发挥主流文艺、大众文艺和精英文艺各自的优势和功能,并在三者的相互牵制和互补中共同促进当代中国文艺创作整体的和谐生态发展。

参考文献

1. ［美］阿尔蒙德、鲍威尔：《比较政治学：体系、过程和政策》，曹沛霖等译，上海译文出版社 1987 年版。

2. ［美］纳博科夫：《文学讲稿》，申慧辉等译，生活·读书·新知三联书店 1991 年版。

3. ［美］雷内·韦勒克：《批评的概念》，张今言译，中国美术学院出版社 1999 年版。

4. ［英］拉曼·赛尔登编：《文学批评理论——从柏拉图到现在》，刘象愚、陈永国等译，北京大学出版社 2000 年版。

5. ［法］让·波德里亚：《消费社会》，刘成富、全志钢译，南京大学出版社 2001 年版。

6. ［法］蒂博代：《六说文学批评》，赵坚译，郭宏安校，生活·读书·新知三联书店 2002 年版。

7. ［英］弗朗西斯·马尔赫恩编：《当代马克思主义文学批评》，刘象愚、陈永国、马海良译，北京大学出版社 2002 年版。

8. ［英］特雷·伊格尔顿：《二十世纪西方文学理论》，伍晓明译，北京大学出版社 2007 年版。

9. ［加］马歇尔·麦克卢汉：《理解媒介——论人的延伸》，何道宽译，商务印书馆 2007 年版。

10. ［美］加布里埃尔·A. 阿尔蒙德、小 G. 宾厄姆·鲍威尔：《比较政治学——体系、过程和政策》，曹沛霖、郑世平、公婷、陈峰等译，东方出版社 2007 年版。

11. ［英］特里·伊格尔顿：《马克思为什么是对的》，李杨、任文科、郑义译，新星出版社 2011 年版。

12. ［意］卡尔维诺：《美国讲稿》，萧天佑译，译林出版社 2012 年版。

13. ［英］维克托·迈尔－舍恩伯格、肯尼思·库克耶：《大数据时代——生活、工作与思维的大变革》，盛杨燕、周涛译，浙江人民出版社 2013 年版。

14. ［美］加布里埃尔·A.阿尔蒙德、西德尼·维巴：《公民文化——五个国家的政治态度和民主制度》，张明澍译，商务印书馆、人民出版社 2014 年版。

15. 余谋昌：《生态哲学》，陕西人民教育出版社 2000 年版。

16. 刘文良：《范畴与方法：生态批评论》，人民出版社 2009 年版。

17. 罗钢、刘象愚主编：《文化研究读本》，中国社会科学出版社 2000 年版。

18. 王晓明主编：《在新意识形态的笼罩下——90 年代的文化和文学分析》，江苏人民出版社 2000 年版。

19. 罗钢、王中忱主编：《消费文化读本》，中国社会科学出版社 2003 年版。

20. 孟繁华：《传媒与文化领导权——当代中国的文化生产与文化认同》，山东教育出版社 2003 年版。

21. 朱晓进等：《非文学的世纪——20 世纪中国文学与政治文化关系史论》，南京师范大学出版社 2004 年版。

22. 江玉琴：《理论的想象——论斯洛普·弗莱的文化批评》，中国社会科学出版社 2009 年版。

23. 黄擎：《视野融合与批评话语》，浙江大学出版社 2008 年版。

24. 刘晓南：《第四种批评》，北京大学出版社 2008 年版。

25. 何坦野：《新媒体写作论》，浙江大学出版社 2008 年版。

26. 欧阳友权：《网络文学的学理形态》，中央文献出版社 2008 年版。

27. 方宁主编：《批评的力量》，人民出版社 2009 年版。

28. 李春明：《全球化与当代中国政治文化发展》，山东大学出版社 2009 年版。

29. 韩忠良主编：《21 世纪中国文学大系》，春风文艺出版社 2000—2010 年版。

30. 李洁非、杨劼：《共和国文学生产方式》，社会科学文献出版社

2011 年版。

31. 张钧：《中国当代文学制度研究（1949—1976）》，北京大学出版社
2011 年版。

32. 陶东风、周宪主编：《文化研究》（1—11 辑），广西师范大学出版
社、社会科学文献出版社 2001—2011 年版。